STEPHEN KING
alias Richard Bachman

BLAZE

avec une préface de Stephen King

Traduit de l'anglais (États-Unis)
par William Olivier Desmond

ÉDITIONS FRANCE LOISIRS

Édition originale : BLAZE

Édition du Club France Loisirs,
avec l'autorisation des Éditions Albin Michel

Éditions France Loisirs,
123, boulevard de Grenelle, Paris.
www.franceloisirs.com

© Éditions Albin Michel, 2008, *pour la traduction française*
© Stephen King 2007, Préface
© Stephen King 2007

ISBN: 978-2-298-01868-4

*Pour Tommy et Lori Spruce
et avec une pensée pour James T. Farrell*

« Ce sont les bas-fonds du cœur. »

JOHN D. MACDONALD

Aveux publics

CHER FIDÈLE LECTEUR

Ce bouquin est un fond de tiroir – d'accord. Je tiens à ce que vous le sachiez tant que vous avez encore votre ticket de caisse et avant que vous le salopiez avec un truc comme de la sauce ou de la crème glacée, ce qui rendrait difficile, voire impossible, de le restituer[1]. C'est un fond de tiroir qui a certes été relu et mis à jour, mais ça ne change rien à la chose. C'est le nom de Bachman qui figure dessus, parce que ce roman a été le dernier écrit entre 1966 et 1973, période de plus grande productivité de ce gentleman.

Pendant ces années, j'ai vécu un véritable dédoublement de personnalité. J'étais d'une part Stephen King, l'auteur qui écrivait (et vendait) des histoires d'épouvante à des revues de cul mal fichues comme *Cavalier* et *Adam*[2], et de

---

1. En disant ceci, je suppose que vous êtes comme moi et que vous vous mettez rarement à table – même pour un simple casse-croûte – sans le livre que vous avez en cours de lecture à portée de la main.
2. À une exception près : sous le pseudonyme de John Swithen, Bachman a vendu une seule nouvelle, *The Fifth Quarter*.

l'autre Bachman, auteur d'une série de romans qu'il n'a vendus à personne. Notamment *Rage*[1], *The Long Walk* (*Marche ou crève*), *Roadwork* (*Chantier*) et *The Running Man* (*Running Man*)[2]. Les quatre ont été publiés directement en poche.

Blaze a été le dernier de ces premiers romans… le cinquième quart, si vous préférez. Ou rien que le fond de tiroir d'un auteur bien connu, si vous y tenez. Il a été écrit entre la fin de 1972 et le début de 1973. Je le trouvais génial pendant que je le rédigeais, il me parut nul quand je le relus. Autant que je m'en souvienne, je ne l'ai montré à aucun éditeur – pas même à Doubleday, où je m'étais fait un ami du nom de William G. Thompson, le type qui allait plus tard découvrir John Grisham et qui me fit signer un contrat pour le livre qui suivit *Blaze* – l'histoire tordue mais assez rigolote d'une soirée de bal de promotion dans le centre du Maine[3].

J'oubliai *Blaze* pendant quelques années. Puis, après la publication des premiers Bachman, je l'ai repris et j'ai commencé à le lire. Au bout d'une vingtaine de pages, j'en arrivai à la conclusion que mon premier jugement avait été le bon et le renvoyai dans les limbes. Son écriture me paraissait satisfaisante, mais l'histoire me rappelait une remarque d'Oscar Wilde. Il prétendait qu'il était impossi-

---

1. Aujourd'hui épuisé, et c'est aussi bien.

2. Le roman de Bachman qui suivit fut *Thinner* (*La Peau sur les os*), et il n'y a rien d'étonnant à ce que j'aie été découvert, vu qu'il avait été écrit par Stephen King – la photo bidon de l'auteur, au dos, n'a trompé personne.

3. Je crois être le seul auteur de toute l'histoire de la littérature de langue anglaise dont la carrière repose sur des serviettes hygiéniques ; cet aspect de mon apport à la littérature en question semble être indiscutable.

ble de lire *Le Magasin d'antiquités* de Dickens sans rire aux larmes[1]. Si bien que *Blaze* a été oublié, mais jamais vraiment perdu. Il s'est retrouvé dans un coin de la bibliothèque Folger de l'université du Maine, avec le reste des productions de King/Bachman.

Blaze a donc passé les trente années suivantes dans le noir (en fait celui d'un carton, pas d'un tiroir). C'est alors que j'ai publié un petit texte original en poche intitulé *The Colorado Kid*, dans une collection nommée « Crimes Terribles ». Celle-ci, fruit de l'imagination d'un type brillant et super-cool, Charles Adai, était vouée à la publication en poche de textes noirs anciens comme d'inédits. Le *Kid* n'était pas à la hauteur de la collection mais Charles décida tout de même de le publier en l'affublant d'une de ces inimitables couvertures[2] qui caractérisent les livres de poche. Le projet était canon… sauf pour la lenteur avec laquelle les droits étaient versés.

Environ un an plus tard, j'ai pensé pouvoir peut-être reprendre la voie des « Crimes Terribles », avec quelque chose qui aurait en effet un petit côté terrible. Je repensai – pour la première fois depuis des années – à *Blaze,* mais aussitôt la fichue remarque d'Oscar Wilde m'est revenue à l'esprit. Le *Blaze* dont je me souvenais n'était pas du roman noir pur et dur, mais plutôt un mélo catégorie sortez vos mouchoirs. Je décidai néanmoins que je ne risquais rien à y jeter un coup d'œil. Si, évidemment, je pouvais retrouver

---

1. J'ai eu la même réaction à la lecture d'*Everyman* de Philip Roth, de *Jude l'Obscur* de Thomas Hardy et de *The Memory Keeper's Daughter* de Kim Edwards : à un moment ou un autre, je n'ai pu m'empêcher de me mettre à rire et de m'écrier : « Il manque le cancer ! Il manque la cécité ! Nous n'avons pas encore eu ça ! »
2. Une dame au regard troublé – avec, probablement, *extase* en dessous de la ceinture.

le manuscrit. Je me souvenais du carton et des caractères typographiques carrés (ceux de l'ancienne machine à écrire de ma femme Tabitha, du temps où elle était étudiante, une Olivetti portable aussi indestructible qu'un tracteur), mais impossible de me rappeler ce qu'il était advenu du manuscrit resté en principe dans le carton. Pour ce que j'en savais, il avait disparu corps et biens[1].

Pas du tout. Marsha, l'une de mes deux précieuses assistantes, le retrouva dans la bibliothèque Folger. N'ayant pas assez confiance en moi pour me confier l'original (il m'arrive, euh, d'égarer les choses), elle en tira une photocopie. J'avais sans doute utilisé un ruban usé jusqu'à la trame lorsque j'avais écrit *Blaze*, parce que la copie était à peine lisible ; quant aux notes des marges, elles étaient complètement brouillées. Je me suis néanmoins installé pour le lire, prêt à souffrir les assauts de gêne que seule peut provoquer une version de soi-même plus jeune et qui se croit plus maligne.

En fait, je le trouvai pas mal du tout – certainement mieux que *Chantier* que j'avais considéré, à l'époque, comme assez bien représentatif de la fiction américaine. Simplement, ce n'était pas un roman noir, mais plutôt une tentative dans le genre naturalisme-avec-crime tel que le pratiquaient James M. Cain et Horace McCoy dans les années trente[2]. Je trouvais

---

1. Au cours de ma carrière, je me suis arrangé pour perdre non pas un mais deux manuscrits en cours. *Under the Dome* ne faisait que cinquante pages au temps de sa disparition, mais *The Cannibals* en comptait plus de deux cents quand il s'est évanoui dans la nature. Aucun double dans les deux cas. C'était avant les ordinateurs, et je n'utilisais pas de copie-carbone pour les premiers jets – cela me semblait, d'une certaine manière, prétentieux.
2. C'était aussi, bien entendu, un hommage à *Des souris et des hommes*.

simplement les flash-back plus intéressants que l'histoire proprement dite. Certes, le livre accumulait par endroits la tension lacrymale, mais il avait été écrit par un homme jeune (j'avais vingt-cinq ans) convaincu de travailler POUR L'ÉTERNITÉ.

Je conclus néanmoins que *Blaze* pouvait être révisé et publié sans me procurer trop de gêne, mais qu'il ne convenait pas à « Crimes Terribles ». En un sens, ce n'était absolument pas une histoire de crime. Plutôt quelque chose comme une tragédie mineure de la classe la plus pauvre, à condition de la réécrire de manière impitoyable. À cette fin, j'ai adopté la tonalité plate et sèche qui semble caractériser les meilleurs romans noirs, allant même jusqu'à utiliser la typographie appelée *American Typewriter** comme rappel constant de cet objectif. Je travaillai vite, sans regarder en avant ou en arrière, cherchant aussi à lui donner le côté haletant typique de ces livres (je pense davantage ici à Jim Thompson et à Richard Stark qu'à Cain, McCoy ou Farrell). Je comptais également faire mes révisions à la fin, au crayon plutôt que par des modifications sur écran, comme c'est aujourd'hui la mode. Si ce livre devait être raté, je voulais jouer le jeu et non pas tricher. J'étais enfin bien déterminé à enlever tout sentimentalisme à mon écriture, et à faire en sorte que le produit fini soit aussi dépouillé qu'une maison vide, sans même un tapis sur le plancher. Ma mère aurait dit : « Je veux sa tête sans maquillage. » Seul le lecteur pourra dire si j'ai réussi.

Si la chose vous importe (cela ne devrait pas : vous êtes ici avec l'espoir de lire une bonne histoire et vous allez peut-être en découvrir une), les droits d'auteur que produi-

---

* « Machine à écrire américaine. » *(Toutes les notes appelées par un astérisque sont du traducteur.)*

ront *Blaze* iront à la Fondation Haven, créée pour aider les artistes indépendants qui sont dans une mauvaise passe[1].

Autre chose encore, tant que je vous tiens. J'ai essayé d'être aussi vague que possible sur l'époque de *Blaze* afin de le rendre intemporel. L'idée d'un Clay Blaisdell grandissant dans les États-Unis de l'après-guerre ne me plaisait pas ; ce contexte semblait beaucoup trop lointain, alors que cela ne posait apparemment pas de problème en 1973, quand je ramais dans la caravane où nous habitions, ma femme, nos deux enfants et moi. Il était impossible de retirer tous les éléments datés, cependant, car certains étaient importants pour l'intrigue (écrite aujourd'hui, l'histoire aurait certainement fait appel aux téléphones portables, par exemple). « Les États-Unis, il n'y a pas si longtemps que ça », me paraît être la meilleure façon d'aborder cette histoire.

Puis-je terminer par où j'ai commencé ? C'est un roman ancien, certes, mais je crois que je me suis trompé, autrefois, quand je l'ai déclaré mauvais. Vous avez le droit de ne pas être d'accord. Mais ce n'est tout de même pas *La Petite Marchande d'allumettes*. Comme toujours, fidèle lecteur, je te souhaite le meilleur, te remercie d'avoir ouvert ce livre et souhaite qu'il te plaise. Je n'irai pas jusqu'à dire que j'espère que tu en auras un peu les larmes aux yeux, mais...

Eh bien si, je le dirai. Du moment que ce ne sont pas des larmes de rire.

Stephen King (alias Richard Bachman)
Saratosa, Floride
30 janvier 2007

---

1. On peut en apprendre davantage sur la fondation en consultant mon site web : www.stephenking.com.

1

GEORGE ÉTAIT QUELQUE PART dans le noir. Blaze ne pouvait pas le voir, mais sa voix lui parvenait, forte et claire, rude et un peu enrouée. George donnait l'impression d'être toujours enrhumé. Il avait eu un accident, enfant. Quoi exactement, il ne l'avait jamais dit, mais sa pomme d'Adam présentait une cicatrice bien visible.

« Pas celle-là, crétin, elle a des autocollants partout. Trouve-toi une Chevy ou une Ford. Bleu foncé ou verte. De deux ans. Pas plus, pas moins. Personne ne s'en souvient. Et pas d'autocollants. »

Blaze dépassa la petite voiture avec ses autocollants et continua d'avancer. Le martèlement assourdi des basses lui parvenait, alors qu'il était à l'autre bout du parking du bar à bières. Samedi soir, l'établissement était bondé. Il faisait un froid mordant. Il était venu dans le centre en stop, mais il était dehors depuis quarante minutes et il ne sentait plus ses oreilles. Il avait oublié sa casquette à rabats. Il oubliait toujours quelque chose. Il avait sorti les mains de ses poches pour les plaquer sur ses oreilles, mais George y avait mis le holà. George disait que ses oreilles pouvaient geler, mais pas ses mains. On n'a pas besoin de ses oreilles pour braquer une bagnole. Il faisait moins dix au thermomètre.

17

« Là, dit George, à ta droite. »

Blaze regarda et vit une Saab. Avec un autocollant. Pas du tout la voiture qu'il fallait, apparemment.

« Celle-là, elle est à *ta gauche*, dit George. J'ai dit *à ta droite*, crétin. Comme la main avec laquelle tu te cures le nez.

– Désolé, George. »

Oui, il jouait à nouveau les crétins. Il pouvait se curer le nez avec l'une ou l'autre main, mais il savait où était sa main droite – celle avec laquelle on écrit. Il pensa à cette main et regarda du même côté. Il vit une Ford vert foncé.

Blaze se dirigea vers elle d'un pas naturel très étudié. Il regarda derrière lui. Le bar à bières était un abreuvoir pour étudiants situé en sous-sol et appelé *The Bag* – ce qui était stupide, *bag* étant l'autre nom des couilles. Un groupe y jouait les vendredi et samedi soir. Sans doute y faisait-il chaud et sans doute y avait-il plein de monde, des tas de gamines en jupe courte se déhanchant comme des folles. Ce serait chouette d'y entrer juste pour jeter un coup d'œil…

« Tu es ici pour faire quoi, au juste ? demanda George. Tu te crois sur Commonwealth Avenue ? Tu ne serais pas fichu de rouler ma vieille grand-mère aveugle. Alors fais ce que tu as à faire.

– D'accord, je voulais juste…

– Ouais, je sais ce que tu voulais juste. Pense seulement à ce que tu dois faire.

– D'accord.

– Tu es quoi, Blaze ? »

Il inclina la tête et renifla une chandelle de morve. « Je suis un crétin. »

George disait toujours qu'il n'y avait pas de honte à ça, mais que c'était un fait et qu'il fallait l'admettre. On ne peut faire croire à personne qu'on est intelligent quand on est un crétin. Les gens te regardent et constatent ce qu'il en est : les lumières sont bien allumées mais il n'y a personne à la maison. Quand on est un crétin, on fait son boulot et on se casse. Et si on se fait prendre, autant tout raconter, sauf les noms des types qui étaient avec toi, vu qu'à la fin, de toute façon, ils t'auront tiré les vers du nez. George disait que les crétins, question mensonge, sont archinuls.

Blaze sortit les mains de ses poches et fit jouer deux fois ses articulations, qui craquèrent dans l'air glacial.

« Prêt, le balèze ?

— Oui.

— Alors je vais prendre une bière. Tu t'occupes de tout. »

Blaze sentit la panique monter. Elle montait dans sa gorge, qui se serrait. « Hé, non, j'ai jamais fait ça avant ! Je t'ai juste regardé.

— Eh bien, aujourd'hui, tu vas faire plus que regarder.

— Mais… »

Il s'interrompit. Inutile de continuer, sauf s'il avait envie de crier. Il entendait les crissements secs de la neige tassée sous les pas de George en route vers le bar à bières. Bruit rapidement noyé dans les battements de la basse.

« Bordel, marmonna Blaze, bordel de Dieu ! »

Et ses doigts ! Ils devenaient de plus en plus gourds. Par une telle température, il ne pourrait s'en servir que quelques minutes. Moins, peut-être. Il passa côté conducteur, supposant qu'il trouverait la portière fermée. Avec la portière fermée, impossible de piquer cette bagnole : il n'avait pas le Slim Jim. C'était George qui avait le rossignol. Sauf que la portière n'était pas fermée à clef. Il l'ouvrit, farfouilla à l'intérieur pour trouver l'ouverture du capot, tira dessus. Puis il passa à l'avant de la voiture, chercha le levier de sécurité, le trouva et souleva le capot.

Il avait une petite lampe-stylo dans la poche. Il la prit, l'alluma et braqua le rayon sur le moteur.

Trouve le fil du contact.

Mais il y avait tous ces spaghettis ! Câbles de batterie, durites, fils de l'allumage, arrivée d'essence…

Il resta planté là, la sueur lui coulant du front et gelant sur ses joues. C'était nul. Et ce serait toujours nul avec lui. Et, tout d'un coup, il eut une idée. Pas une très bonne idée, mais il n'en avait pas beaucoup et quand il en tenait une, il devait la poursuivre jusqu'au bout. Il retourna à la portière du conducteur et l'ouvrit à nouveau. Le plafonnier s'alluma, mais il n'y pouvait rien. Si quelqu'un le voyait tripoter la bagnole, le type penserait simplement qu'il avait du mal à démarrer. Par une nuit aussi glaciale, c'était logique, non ? Même George ne pourrait pas lui en vouloir pour ça. Ou juste un petit peu.

Il abaissa le pare-soleil, au-dessus du volant, avec l'espoir beaucoup moins logique qu'une deuxième clef en tomberait, parfois les gens en planquent une là, mais il n'y avait rien, sinon un vieux racloir à glace. Le racloir, lui, dégringola. Il explora ensuite la boîte à gants. Elle était pleine de papiers. Il les expédia sur le plancher, agenouillé sur le siège, haletant. En plus des papiers, il y avait des bonbons à la menthe, mais pas de double de clef.

Il entendit George murmurer :

Et voilà, espèce de crétin, tu es content, à présent ? Ça y est, tu es prêt à essayer de la faire démarrer ?

Il se dit que oui. Il se dit qu'il pouvait au moins détacher certains fils, les mettre en contact et voir ce qui se passerait. Il referma la portière et retourna à l'avant de la Ford, la tête basse. Puis il s'arrêta. Une nouvelle idée venait de le frapper. Il revint sur ses pas, ouvrit la portière, se baissa et souleva le tapis de sol. Elle était là. Il n'y avait pas écrit FORD sur la clef, il n'y avait rien de marqué dessus parce qu'il s'agissait simplement d'un double, mais elle avait la même tête carrée et tout.

Blaze la ramassa et embrassa le métal glacé.

Une bagnole ouverte, pensa-t-il. Puis il pensa encore : *Une bagnole ouverte et la clef sous le tapis de sol.* Puis encore : *Je ne suis pas le plus crétin de sortie ce soir, après tout, George.*

Il se coula derrière le volant, fit claquer la portière, glissa la clef dans le contact – elle y entra sans problème – puis se rendit compte qu'il ne voyait rien – le capot était resté levé. Il regarda rapidement autour de lui, d'un côté puis de l'autre, voulant être sûr que George n'était pas revenu pour l'aider. Il n'avait pas fini d'entendre George, si George voyait le capot relevé. Mais George n'était pas là. Personne n'était là. Le parking était une toundra de voitures.

Blaze descendit et fit claquer le capot. Puis remonta derrière le volant et tendit la main vers la poignée. Arrêta son geste. Et George ? Devait-il aller le chercher là-bas, dans ce trou à bières ? Blaze resta ainsi un moment, tête baissée, front plissé. Le plafonnier diffusait une lumière jaunâtre sur ses grandes mains.

Tu sais quoi ? pensa-t-il, relevant enfin la tête. *Qu'il aille se faire foutre.*

« Va te faire foutre, George », dit-il.

George l'avait laissé se débrouiller pour venir jusqu'ici en stop, il l'avait juste rejoint sur place, puis il l'avait à nouveau abandonné. Laissé faire le sale boulot, et ce n'était que par le plus idiot des coups de chance idiots que Blaze avait trouvé une clef, alors que George aille se faire foutre. Qu'il tende le pouce pour se faire prendre par une voiture, par moins dix degrés.

Blaze referma la portière, plaça le levier de la boîte automatique sur *Drive* et manœuvra pour sortir de l'emplace-

21

ment. Une fois dans l'allée de desserte, il écrasa l'accélérateur et la Ford bondit, dérapant de l'arrière sur la neige tassée. Il enfonça le frein, raide de panique. Qu'est-ce qui lui prenait ? À quoi pensait-il ? Partir sans George ? Il n'aurait pas fait dix kilomètres qu'il se ferait choper. Il se ferait choper au premier feu, probablement. Il ne pouvait pas partir sans George.

Mais George est mort.

Des conneries. George est simplement là-dedans. Il est allé boire une bière.

Il est mort.

« Oh, George, gémit Blaze, penché sur le volant. Oh, George, sois pas mort. »

Il resta ainsi un moment. Le moteur de la Ford tournait rond. Il ne cognait pas ni rien, alors qu'il était froid. La jauge d'essence indiquait un réservoir aux trois quarts plein. Les vapeurs d'échappement s'élevaient dans le rétroviseur, blanches et glacées.

George ne sortit pas du bar à bières. Il ne pouvait pas en sortir, n'y étant jamais entré. George était mort. Depuis trois mois. Blaze se mit à trembler.

Au bout d'un petit moment, il se reprit. Et commença à rouler. Personne ne l'arrêta au premier feu, ni au second. Personne ne l'arrêta sur la route qui quittait la ville. Le temps de rejoindre le secteur de l'Apex, il roulait à quatre-vingts à l'heure. La voiture dérapait parfois un peu sur des plaques de glace, mais cela ne l'inquiétait pas. Il laissait aller. Il avait commencé à conduire sur la glace dès l'adolescence.

Une fois hors de la ville, il poussa la Ford jusqu'à quatre-vingt-dix et continua comme ça. Les phares trouaient la nuit de leurs doigts brillants et leurs faisceaux se réverbéraient vivement sur les bas-côtés enneigés. Bon sang, sûr qu'il allait y avoir un étudiant pas qu'un peu surpris quand il ramènerait sa petite amie dans le parking. Elle le regarderait et lui dirait, « T'es qu'un crétin, je sortirai plus avec toi, pas plus ici qu'ailleurs ».

« Je *ne* sortirai plus, dit Blaze à voix haute. C'est une étudiante, elle dira *je ne*. »

Ce qui le fit sourire. Le sourire transformait son visage. Il mit la radio. Elle était branchée sur une station de rock. Blaze tripota le bouton jusqu'à ce qu'il ait trouvé de la country. Le temps d'arriver au chalet, il chantait à pleins poumons avec la musique et avait complètement oublié George.

2

MAIS IL S'EN SOUVINT LE LENDEMAIN MATIN.

C'était la malédiction d'être un crétin. On était toujours pris par surprise par le chagrin, parce qu'on n'arrivait jamais à se rappeler les choses importantes. Les seuls trucs qu'on retenait étaient les trucs idiots. Comme ce poème que Mrs Selig leur avait fait apprendre quand il était en cours moyen deuxième année : *Sous le vaste châtaignier, se tient le forgeron du village**... à quoi bon apprendre ça ? À quoi ça servait, quand on se surprenait à peler des pommes de terre pour deux et qu'on se retrouvait sur le cul à l'idée qu'il n'y avait pas besoin d'en peler pour deux, vu que plus jamais l'autre type ne mangerait de purée ?

Au fond, ce n'était peut-être pas du chagrin. Ce n'était peut-être pas le bon mot. Pas s'il était synonyme de pleurer et de se cogner la tête contre les murs. On ne faisait pas ça pour des types comme George. Mais il y avait la solitude. Et il y avait la peur.

---

* *Le Forgeron du village*, célèbre poème de Longfellow.

George dirait : « Bon Dieu, tu vas pas changer ton foutu calcif ? Il doit tenir debout tout seul, je parie. C'est répugnant. »

George dirait : « Tu n'en as lacé qu'un, demeuré. »

George dirait : « Ah, merde, tourne-toi, et je vais te la rentrer dedans, *moi*, ta chemise. C'est comme avec un gosse. »

Lorsqu'il s'était levé, le lendemain du soir où il avait piqué la Ford, George était assis dans l'autre pièce. Blaze ne pouvait pas le voir, mais il savait qu'il était installé comme toujours dans le gros fauteuil effondré, la tête tellement inclinée que son menton touchait presque sa poitrine. La première chose qu'il dit fut : « T'as encore foiré ton coup, Kong. Félicita-con ! »

Blaze laissa échapper un sifflement lorsque ses pieds touchèrent le sol glacé. Il enfila maladroitement ses chaussures. Nu – souliers exceptés –, il courut regarder par la fenêtre. Pas de voiture. Il poussa un soupir de soulagement. Il put voir le petit nuage de vapeur.

« Non, j'l'ai pas foiré. Je l'ai mise dans la grange, juste comme t'avais dit.

– Mais tu n'as pas pensé à effacer les putains d'empreintes de pneus, je parie ? Pourquoi tu mets pas un panneau, tant que tu y es, Blaze ? PAR ICI POUR LA TIRE VOLÉE. Tu pourrais faire payer l'entrée. Pourquoi tu fais pas ça ?

– Enfin, George…

– Enfin George, enfin, George. Sors les effacer.

– D'accord. »

Il se dirigea vers la porte.

« Blaze ?

– Quoi ?

– Si t'enfilais d'abord ton futal, hein ? »

Blaze sentit sa figure devenir brûlante.

« Comme un gosse, dit George d'un ton résigné. Un gosse qui doit se raser. »

George savait y faire, sûr et certain. Sauf qu'en fin de compte il avait misé sur le mauvais cheval, trop souvent et trop longtemps. C'était comme ça qu'on se retrouvait mort, sans plus rien avoir de futé à dire. Maintenant George était mort et Blaze reproduisait la voix de George dans sa tête, lui donnant les bonnes répliques. George était mort depuis cette foutue partie de cartes dans l'entrepôt.

Je suis fou de seulement essayer ce truc, pensa Blaze. *Un crétin comme moi.*

Il enfila néanmoins son boxer-short (vérifiant avec soin, auparavant, l'absence de taches), puis un tricot de peau épais, puis une chemise en flanelle et un pantalon en gros velours. Ses bottes de chantier étaient sous le lit. Sa parka, venue des surplus de l'armée, était accrochée au bouton de porte. Il partit à la recherche de ses moufles, qu'il découvrit finalement sur l'étagère, au-dessus de la cuisinière à bois délabrée qui trônait dans la cuisine-séjour. Il trouva aussi sa casquette à carreaux munie de rabats et la mit, prenant soin de tourner la visière vers la gauche – côté chance. Puis il sortit et prit le balai posé à côté de la porte.

La matinée était ensoleillée mais le froid mordant. Ses narines se mirent aussitôt à craquer. Une rafale de vent lui jeta à la figure de la neige aussi fine que du sucre en poudre et il fit la grimace. C'était bien George, toujours à donner des ordres. George était à l'intérieur et sirotait son café à côté de la cuisinière. Comme la veille au soir, lorsqu'il était parti boire une bière en laissant Blaze s'occuper de tirer la bagnole. Et il y serait encore sans le coup de pot de tomber sur la clef sous le tapis de sol ou dans la boîte à gants, il ne se rappelait plus. Des fois, il se disait que George n'était pas un si bon ami que ça.

Il balaya les traces de pneus, s'attardant plusieurs minutes pour les admirer avant de commencer, émerveillé par la manière dont elles étaient imprimées dans la neige, nettes, en relief, projetant leur ombre : des petits objets parfaits. C'était drôle, toutes ces petites choses si parfaites que personne ne remarquait jamais. Il les contempla tout son soûl (pas de George pour le houspiller), puis il remonta la courte allée jusqu'à la route, effaçant les traces au fur et à mesure. Le chasse-neige était passé pendant la nuit, repoussant de part et d'autre les congères accumulées par le vent, sur ces routes de campagne qui passaient au milieu de champs ouverts, si bien que toutes les autres traces avaient disparu.

Blaze revint d'un pas lourd au chalet. Il ressentit, en entrant, une impression de chaleur. Il avait eu froid en sortant du lit, mais maintenant il y faisait chaud. Ça aussi, c'était amusant, la manière dont la perception qu'on avait des choses pouvait changer. Il enleva bottes, manteau et chemise de flanelle et s'assit à la table en sous-vêtements et pantalon de velours. Il brancha la radio et eut la surprise de ne pas tomber sur le rock que George écoutait toujours, mais sur de la musique country. Ravi, il entendit Loretta Lynn chanter que votre bonne petite allait mal tourner. George aurait sans doute rigolé et lancé quelque chose comme : « Exact, mon chou, tu peux mal tourner pourvu que ce soit autour de moi. » Et Blaze aurait ri aussi, mais tout au fond de lui cette chanson le rendait toujours triste. La country le rendait souvent triste.

Une fois le café chaud, il bondit de son siège et en prépara deux tasses. Il ajouta de la crème dans l'une et beugla : « George ? Ton café est prêt, mon vieux ! Le laisse pas refroidir ! »

Pas de réponse.

Il regarda le liquide beige. Il ne buvait jamais de café au lait, qu'est-ce qui lui avait pris ? Qu'est-ce qui lui avait

pris ? Une boule lui monta dans la gorge et il faillit balancer le foutu café de George à travers la pièce, mais il se
retint. Il porta la tasse jusqu'à l'évier et la vida dedans. Il
devait se contrôler. Quand on était un grand costaud il fallait faire ça, se contrôler, sans quoi on courait tout droit
aux ennuis.

Blaze resta à traîner dans le chalet jusqu'après le déjeuner. Puis il sortit la Ford volée de la grange et s'arrêta à
hauteur de la cuisine, le temps de descendre lancer des boules de neige sur les plaques d'immatriculation. Malin, non ?
Les numéros devenaient difficiles à lire.

« Au nom du ciel, qu'est-ce que tu fabriques ? demanda
George depuis la remise.

– T'occupe, répondit Blaze. De toute façon, t'es juste
dans ma tête. »

Sur quoi il remonta dans la Ford et s'engagea sur la
route.

« Ce n'est pas très astucieux », observa George. Il était
maintenant installé à l'arrière. « Tu te balades dans une voiture volée. Sans l'avoir repeinte, sans avoir changé les plaques, sans avoir rien fait du tout. Où tu vas, comme ça ? »

Blaze ne répondit pas.

« Tu ne vas tout de même pas à Ocoma, si ?

Blaze ne répondit pas.

« Oh, merde ! s'exclama George, l'enculé ! Il faut vraiment que tu ailles là-bas ? »

Blaze continua de ne rien dire. Il faisait le crétin.

« Écoute-moi, Blaze. Fais demi-tour. Tu te fais choper,
et tout est foutu. Tout. Toute l'affaire. »

Blaze savait que George avait raison, mais il ne fit pas
demi-tour. Pourquoi fallait-il que George n'arrête pas de

lui donner des ordres ? Même d'être mort ne l'avait pas arrêté. D'accord, c'était le plan de George, le grand coup dont rêvent tous les gagne-petit. « Y'a que nous qui pourrions le faire », disait-il, mais c'était en général quand il était soûl ou shooté et sur un ton... comme s'il n'y croyait pas vraiment.

Ils avaient passé l'essentiel de leur temps à monter des petites combines à deux et George paraissait assez bien s'en satisfaire, en dépit de tout ce qu'il racontait quand il était soûl ou sous l'effet de la fumette. Le coup d'Ocoma Heights était peut-être juste un jeu pour lui, ou ce qu'il appelait parfois de la masturbation intellectuelle quand il voyait des types en costard parler politique à la télé. Blaze savait que George était intelligent. C'était de son cran qu'il n'avait jamais été sûr.

Mais à présent que George était mort, quel choix lui restait-il ? Tout seul, il n'était pas de taille. La seule fois où il avait tenté le coup du tailleur, après la mort de George, il avait dû prendre la tangente plein pot pour ne pas se faire prendre. Il avait trouvé le nom de la dame dans la colonne nécro du journal, comme faisait George, et avait commencé à jouer le numéro inventé par George en exhibant les facturettes (ils en avaient tout un stock dans le chalet, venant des meilleures boutiques). Il lui avait dit combien il trouvait triste de devoir la déranger dans un moment pareil mais que les affaires étaient les affaires et qu'elle comprendrait certainement. Elle avait répondu que oui et lui avait demandé de l'attendre dans l'entrée pendant qu'elle allait chercher son carnet de chèques. Pas un instant il n'avait soupçonné qu'elle avait appelé la police. Si elle n'était pas revenue en braquant un pistolet sur lui, il aurait sans aucun doute attendu jusqu'au moment où les flics se seraient pointés. Il n'avait jamais bien évalué l'écoulement du temps.

Mais elle était revenue l'arme au poing – un petit auto-matique de dame argenté et décoré à crosse de nacre. « La police est en route, avait-elle dit, mais avant qu'elle arrive, vous allez me donner des explications. Je veux que vous me disiez quelle espèce de crapule est capable de s'en prendre à une femme dont le mari défunt n'est même pas encore dans sa tombe. »

Blaze n'avait eu aucune envie de lui faire ce plaisir. Il avait tourné les talons, bondi jusqu'à la porte, franchi le porche, dégringolé les marches et couru le long de l'allée. Il courait vite, une fois lancé – mais il était lent à démarrer et la panique l'avait rendu encore moins preste. Si elle avait appuyé sur la détente, elle aurait très bien pu loger une balle à l'arrière de sa grosse tête, ou lui érafler une oreille, ou le manquer complètement. Avec une petite arme à canon court comme celle-ci, on ne pouvait pas savoir. Mais elle n'avait pas ouvert le feu.

Une fois de retour au chalet, il gémissait encore de peur et il avait des nœuds dans l'estomac. Ce n'était pas la prison, ni le pénitencier ni même la police qu'il redoutait – même s'il savait que les flics l'auraient fait tourner en bourrique avec leurs questions, comme toujours –, mais il trouvait effrayante la facilité avec laquelle elle avait vu clair dans son jeu. Comme si ç'avait été évident pour elle. Ses victimes n'avaient que très rarement vu clair dans le jeu de George et, quand c'était le cas, George l'avait compris et les avait tirés de là.

Et maintenant, ça. Il ne s'en sortirait jamais, il le savait, mais il persévérait néanmoins. Peut-être souhaitait-il se faire boucler, au fond. Ce n'était pas forcément une si mau-vaise solution, à présent que George s'était fait descendre. Que quelqu'un d'autre s'occupe de réfléchir et lui assure le gîte et le couvert.

Et peut-être même essayait-il de se faire prendre en ce moment précis, en roulant dans une tire volée en plein centre d'Ocoma Heights. Pour passer juste devant la maison des Gerard.

Dans le congélo qu'est l'hiver en Nouvelle-Angleterre, elle avait tout d'un palais de glace. Ocoma Heights, c'était de vieilles fortunes (c'est ce que George disait) et les demeures étaient de véritables manoirs. Les vastes pelouses qui les entouraient, l'été, se transformaient comme en ce moment en étendues neigeuses éclatantes. L'hiver avait été dur.

La maison Gerard était la plus belle de toutes. George disait qu'elle était de style américain merdico-primitif, mais Blaze la trouvait splendide. D'après George, les Gerard avaient fait fortune comme armateurs ; la Première Guerre mondiale les avait rendus riches, la Seconde les avait rendus saints. Neige et soleil faisaient naître un flamboiement glacé aux nombreuses fenêtres. D'après George, il y aurait eu plus de trente pièces. Il avait procédé à une première prospection en se faisant passer pour un géomètre-arpenteur de la Central Valley Power. C'était en septembre dernier. Blaze avait conduit le petit camion – disons emprunté plutôt que volé, quoique la police aurait dit *volé* s'ils avaient été pris. Quelques personnes jouaient au croquet sur la pelouse latérale. Parmi elles des filles, genre en terminale ou étudiantes, en tout cas des jolies filles. Blaze les avait regardées et avait commencé à se sentir excité. Lorsque George était revenu et lui avait demandé de rouler, Blaze lui avait parlé des jolies filles, qui avaient disparu derrière la maison à ce moment-là.

« Je les ai vues, avait répondu George. Elles se croient mieux que tout le monde. Elles croient que leur merde ne schlingue pas.

– Mais elles sont jolies.

— Qu'est-ce qu'on en a à foutre ? avait rétorqué un George maussade en croisant les bras devant lui.

— Tu ne bandes jamais, George ?

— Devant des nanas comme ça ? Tu rigoles. Ferme-la et conduis, plutôt. »

L'évocation de ce souvenir fit sourire Blaze. George était comme le renard de la fable qui décrète que les raisins sont trop verts parce qu'il ne peut y accéder. Miss Jollison leur avait lu cette histoire en classe.

C'était une grande famille, les Gerard. Il y avait tout d'abord les grands-parents, Mr et Mrs Gerard — lui avait quatre-vingts ans et était encore capable de descendre sa pinte de Jack Daniel's tous les jours, *dixit* George. Puis il y avait les Mr et Mrs Gerard de la génération intermédiaire. Puis les jeunes Mr et Mrs Gerard. Le jeune Mr Gerard était Joseph Gerard III, vraiment très jeune : juste vingt-cinq ans. Sa femme était une Narménienne. D'après George, ça voulait dire qu'elle était une macaroni. Pourtant, Blaze croyait que seuls les Italiens étaient des macaronis.

Il fit demi-tour au bout de la rue et passa une seconde fois devant la maison, se demandant quel effet ça faisait d'être marié à vingt-deux ans. Il continua sa route pour rentrer à la maison. Il ne fallait pas en rajouter, tout de même.

Les Gerard intermédiaires avaient eu d'autres enfants que Joseph Gerard III, mais ils ne comptaient pas. Celui qui comptait était le bébé. Joseph Gerard IV. Un bien grand nom pour un si petit bébé. Il n'avait que deux mois lorsque George et Blaze avaient arpenté le terrain, en septembre. Il avait donc maintenant, euh… il y avait un-deux-trois-quatre mois entre septembre et janvier — six mois. Il était l'unique arrière-petit-fils du premier Joseph.

« Si tu dois faire un enlèvement, il faut enlever un bébé, avait dit George. Un bébé peut pas t'identifier, tu peux donc le rendre vivant. Il peut pas te baiser en essayant de s'évader ou en faisant passer un mot ou une connerie comme ça. Tout ce qu'un bébé peut faire, c'est rester là où on le pose. Il ne sait même pas qu'il a été enlevé. »

Ils étaient dans le chalet, devant la télé, une bière à la main.

« À ton avis, combien il peut rapporter ? avait demandé Blaze.

— Assez de pognon pour que tu ne sois plus jamais obligé de passer un autre hiver à te geler les fesses à vendre de faux abonnements à des revues ou à faire la quête pour la Croix-Rouge, avait répondu George. Qu'est-ce que t'en dis ?

— Mais combien tu vas demander ?

— Deux millions. Un pour moi et un pour toi. Faut pas être trop gourmand.

— On se fait prendre, quand on est trop gourmand.

— Oui, les trop gourmands se font prendre. C'est ce que je t'ai appris. Mais qu'est-ce que mérite le travailleur, mon Blazino ? Qu'est-ce que je t'ai appris là-dessus ?

— Son salaire.

— Tout juste, s'était exclamé George, en entrechoquant leurs bières. Tout travail mérite son putain de salaire. »

Et c'est ainsi qu'il se retrouvait reprenant la direction de leur misérable cabane, celle où George et lui avaient vécu depuis qu'ils s'étaient carapatés de Boston en direction du nord, préparant effectivement leur grand coup. Il pensait qu'il allait se faire prendre, mais... deux millions de dollars ! Avec ça, il pouvait aller dans un coin où il n'aurait plus jamais froid. Et si on le prenait, le pire qu'on pouvait lui faire était de le mettre en prison pour le reste de ses jours.

Auquel cas, de toute façon, il n'aurait plus jamais froid.

Une fois la Ford volée planquée dans la grange, il se rappela qu'il fallait effacer les empreintes de pneus. George aurait été content de lui.

Il se prépara deux hamburgers pour le déjeuner.

« Tu vas vraiment tenter le coup, Blazino ? fit la voix de George dans l'autre pièce.

– T'es couché, George ?

– Non, je me branle en faisant le poirier. Je t'ai posé une question.

– Je vais essayer. Tu vas m'aider ? »

George soupira. « Va bien falloir, j'en ai peur. Je suis coincé avec toi, maintenant. Mais dis-moi, Blaze…

– Oui ?

– Ne demande qu'un million. Quand on est trop gourmand, on se fait prendre.

– D'accord, seulement un million. Tu veux un hamburger ? »

Pas de réponse. George était mort, une fois de plus.

3

Il avait prévu le kidnapping pour le soir même – le plus tôt serait le mieux. George l'arrêta :

« Qu'est-ce que tu mijotes, tête de nœud ? »

Blaze était sur le point d'aller sortir la Ford de la grange. Il s'immobilisa. « Je me prépare à le faire, George.

– À faire quoi ?

– Enlever le môme. »

George éclata de rire.

« Qu'est-ce qui te fait marrer, George ? »

Comme si je ne le savais pas, pensa-t-il.

« Toi.

– Pourquoi ?

– Comment tu vas t'y prendre ? J'aimerais bien savoir. »

Blaze fronça les sourcils. Son visage, déjà laid, devint aussi affreux que celui d'un troll. « Comme on avait dit qu'on ferait, je suppose. J'irai le prendre dans sa chambre.

– Et elle est où, sa chambre ?

– Eh bien…

– Et comment vas-tu entrer ? »

Ça, il s'en souvenait. « Par l'une des fenêtres du premier. Elles n'ont que des fermetures simples. C'est toi qui les as vues, George. Quand on était de la Compagnie d'électricité. Tu te rappelles ?

– Tu as une échelle ?

– Eh bien…

– Et quand tu auras le gosse, où tu vas le mettre ?

– Dans la voiture, George.

– Oh, bon Dieu de merde. »

George ne disait cela que lorsque, ayant atteint le fond, il était à court d'expressions percutantes.

« George…

– Je sais bien que tu vas le mettre dans ta foutue caisse, j'ai jamais pensé que t'allais le ramener sur ton dos ! Je veux dire, quand tu seras *ici*. Qu'est-ce que tu vas faire ? Où vas-tu le mettre ? »

Blaze pensa à la cabane. Regarda autour de lui.

« Eh bien…

– Et les couches ? Et les biberons ? Et les petits pots ? À moins que tu croies qu'il n'y a qu'à lui refiler un hamburger et une bière pour ses foutus repas ?

– Eh bien…

– La ferme ! Dis ça encore une fois et je vais dégueuler ! »

Blaze s'assit à la table de la cuisine, tête baissée. Il avait le visage brûlant.

« Et coupe-moi cette putain de musique de merde ! À entendre cette nana, on dirait qu'elle s'encule elle-même ! »

– D'accord, George. »

Blaze coupa la radio. La télé, un vieil appareil japonais que George avait eu pour trois fois rien dans un vide-grenier, était en rideau.

« George ? »

Pas de réponse.

« Allez, George, ne t'en va pas. Je suis désolé. » Il entendait la peur dans sa propre voix. Il en balbutiait presque.

« D'accord, dit George alors que Blaze commençait à croire que c'était fichu. Voilà ce que tu dois faire. Commencer par un coup. Un petit, pas grand-chose. La boutique tenue par les vieux où on s'est arrêtés des fois pour acheter de la bière, non loin de la route 1 – elle devrait faire l'affaire.

– Ah bon ?

– T'as toujours le colt ?

– Sous le lit, dans la boîte à chaussures.

– Prends-le. Et mets un bas sur ton visage. Sans quoi le type qui tient la boutique le soir te reconnaîtra.

– Ouais.

– Vas-y samedi soir, à la fermeture. Disons à une heure moins dix. Ils ne prennent pas les chèques et tu devrais donc te faire entre deux et trois cents billets.

– Ouais, génial !

– Y'a encore autre chose, Blaze.

– Quoi, George ?

– N'oublie pas d'enlever les balles du pétard, d'accord ?

– Bien sûr, George, je le sais, c'est comme ça qu'on fonctionne.

– Ouais, c'est comme ça qu'on fonctionne. Frappe le type s'il le faut, mais l'affaire ne doit pas faire la une des journaux, vu ?

– Oui, vu.

– T'es un trou-du-cul, Blaze, tu sais ça ? Tu ne vas jamais réussir ce coup-là. Ce serait peut-être mieux que tu te fasses prendre sur le petit.

– Mais non, George. »

Pas de réponse.

« George ? »

Pas de réponse. Blaze se leva et rebrancha la radio. Pour le souper, il oublia et mit deux couverts.

4

CLAYTON BLAISDELL JUNIOR était né à Freeport, dans le Maine. Sa mère fut renversée trois ans plus tard par un camion en traversant Main Street, un sac d'épicerie dans les bras. Le conducteur était ivre et n'avait pas de permis. Devant le tribunal, il déclara qu'il était désolé. Il pleura. Promit de retourner aux Alcooliques Anonymes. Le juge le condamna à payer une amende et à deux mois de prison. Le petit Clay, lui, fut condamné à La Vie avec Papa, qui en savait très long sur la picole et rien du tout sur les A.A. Clayton père travaillait pour Superior Mills, à Topsham, sur la ramasseuse-trieuse. D'après ses collègues, il était arrivé qu'on ne le voie pas en état d'ébriété sur son lieu de travail.

Clay savait déjà lire en entrant dans la petite classe et n'eut aucun problème à comprendre que trois pommes plus deux pommes égalent cinq pommes. Il était déjà grand pour son âge et, même si on ne se faisait pas de cadeaux à Freeport, personne ne l'embêtait à la récré, alors qu'on le voyait presque toujours avec un livre à la main ou sous le bras. Son père était cependant encore plus costaud et les autres gosses trouvaient intéressant de découvrir les bandages ou les bleus qu'arborerait Clay le lundi matin.

« Ce sera un miracle s'il atteint la taille adulte avant d'avoir été gravement blessé ou tué », avait un jour prophétisé Sarah Jolison dans la salle des profs.

Le miracle ne se produisit pas. Un samedi matin de gueule de bois où tout allait de travers, Clayton père était sorti en titubant de sa chambre, dans l'appartement qu'il partageait avec son fils au premier étage. Clay était assis en tailleur sur le sol du séjour et regardait des dessins animés en mangeant des céréales (des Apple Jacks). « Combien de fois je t'ai dit de pas bouffer cette merde ici ? » demanda papa à fiston. Sur quoi, il le cueillit et le jeta dans l'escalier. Clay atterrit sur la tête.

Son père descendit, le ramassa, le traîna au premier et le balança une deuxième fois. La première fois, Clay était resté conscient ; la deuxième, il perdit connaissance. Son père descendit, le remonta et l'examina. « Fils de pute, tu fais semblant ! » Et il l'expédia une troisième fois.

« Voilà, dit-il à la poupée de chiffon désarticulée qu'était son fils dans le coma, au pied de l'escalier. Peut-être que t'y réfléchiras à deux fois avant de bouffer cette saloperie de merde dans le séjour. »

Malheureusement, Clay n'eut plus guère la possibilité de réfléchir à deux fois à quoi que ce soit. Il resta inconscient pendant trois semaines à l'hôpital Portland General. Les médecins qui s'occupaient de lui étaient d'avis qu'il allait rester dans cet état de légume jusqu'à sa mort. Mais le garçon se réveilla. Hélas, passablement ramolli du bulbe. La période où il se baladait avec des livres sous le bras était bel et bien terminée.

Les autorités ne crurent pas à la version de Clay père quand celui-ci déclara que son gosse s'était fait ça tout seul en tombant une seule fois dans l'escalier. Et elles le crurent encore moins lorsqu'il tenta d'expliquer les quatre brûlures de cigarette en voie de guérison, sur la poitrine du garçon, par « une sorte de pelade ».

Le garçon ne retourna plus jamais à l'appartement du premier étage. Il devint pupille de la nation et alla directement de l'hôpital à un foyer rural, où son existence sans papa-maman commença par des croche-pieds donnés à ses béquilles, sur le terrain de jeu, par deux garçons qui s'égaillèrent en ricanant comme des trolls. Clay se releva et se remit sur ses béquilles. Il ne pleura pas.

Son père alla émettre quelques vagues protestations auprès de la police de Freeport, et s'épancha beaucoup plus longuement dans plusieurs bars de la même ville. Il prétendait aimer son fils, et peut-être l'aimait-il, au moins un peu ; mais dans son cas, c'était de l'amour vache de la pire catégorie. Le garçon était bien mieux hors de sa portée.

Mieux, mais pas tellement. Hetton House, au sud de Freeport, n'était guère qu'une ferme minable pour gamins laissés pour compte, et Clay y passa une enfance misérable, même si les choses allèrent un peu moins mal quand il eut recouvré sa santé physique. À partir de ce moment-là, au moins fut-il capable de tenir à distance les pires brutes du terrain de jeu — lui et les quelques enfants plus jeunes venus chercher sa protection. Les brutes l'appelaient Hulk, ou Troll, ou Kong, mais lui se moquait de ces sobriquets, et il leur fichait la paix s'ils lui fichaient la paix. Ce qu'ils faisaient pour l'essentiel, une fois qu'il eut fait mordre la poussière au pire de la bande. Il n'était pas mauvais mais, provoqué, il pouvait être dangereux.

Ceux qui n'avaient pas peur de lui l'appelaient Blaze* et c'est sous ce nom qu'il finit par penser à lui.

---

* *To blaze up* signifie : exploser de colère.

Un jour, il reçut une lettre de son père. *Cher fils* – ainsi commençait-elle – *Eh bien, comment ça va. Moi ça va. Je travaille en ce moment au Lincoln Rolling Lumber. Ce serait bien si ces fumiers ne carottaient pas sur les heures sup, ah ! Je vais louer un petit appartement et je t'enverrai chercher le moment venu. Bon, écris-moi une petite lettre et dis à ton vieux papa comment ça va. Tu peux m'envoyer une photo ?* Et c'était signé : *Avec amour, Clayton Blaisdell.*

Clay n'avait pas de photo à envoyer à son père ; il aurait répondu – le prof de musique qui venait le mardi l'aurait aidé, il en était sûr – s'il y avait eu l'adresse de l'expéditeur sur l'enveloppe, laquelle était sale et simplement adressée à *Clayton Blaisdell Jr Orphelinat de Freeport MAINE.*

Blaze n'entendit plus jamais parler de lui.

On le plaça dans différentes familles pendant son séjour à Hetton House, chaque fois à l'automne. Les fermiers le gardaient le temps d'aider à rentrer les récoltes et de déneiger les toits et les cours. Puis, quand arrivaient les fontes printanières, ils s'apercevaient qu'il ne faisait pas l'affaire et le renvoyaient. Parfois, ça ne se passait pas trop mal. Parfois – comme chez les Bowie, avec leurs horribles clébards –, c'était vraiment l'horreur.

Quand il quitta HH, Blaze alla frapper aux portes un peu partout en Nouvelle-Angleterre. Parfois il était heureux, mais pas de la manière dont il aurait voulu l'être, pas de la manière dont il voyait les gens être heureux. Lorsqu'il s'installa finalement à Boston (plus ou moins ; il ne s'enracina jamais nulle part), ce fut parce qu'il ne supportait plus la solitude de la campagne. À la campagne, il lui arrivait de dormir dans une grange. Il se réveillait la nuit et sortait contempler les étoiles ; il y en avait tellement ! Il savait qu'elles avaient été là avant lui, qu'elles y seraient encore après lui. C'était à la fois terrible et merveilleux, d'une certaine manière. Parfois, quand il faisait du stop et qu'arrivait novembre, le vent qui l'entourait de son souffle et faisait battre le bas de ses pantalons lui donnait la nostalgie de quelque chose de perdu, comme la lettre arrivée sans adresse d'expéditeur. Certains jours, au printemps, il regardait le ciel et voyait un oiseau, ce qui pouvait le rendre heureux, mais tout aussi souvent il avait l'impression de quelque chose en lui qui devenait tout petit, prêt à se briser.

Ce n'est pas bien de se sentir comme ça, songeait-il, *et je ferais peut-être mieux de ne pas regarder les oiseaux.* Mais des fois, il levait tout de même les yeux vers le ciel.

Boston, c'était pas mal, mais il lui arrivait d'être pris d'angoisse. Cette ville comptait un million d'habitants, peut-être plus, et personne n'en avait rien à foutre de Clay Blaisdell. Si on le regardait, c'était uniquement parce qu'il était grand et qu'il avait un trou dans le front. Parfois il s'amusait un peu, et parfois il avait simplement peur. Il essayait de s'amuser un peu à Boston quand il avait rencontré George Rackley. Après, ç'avait été mieux.

5

LA PETITE ÉPICERIE DE QUARTIER était une Quik-Pik tenue par un couple, Tim & Janet. La plupart des étagères, vers l'arrière du magasin, croulaient sous les bonbonnes de vin et les packs de bière empilés dans des cartons. Une chambre froide géante occupait tout le mur du fond. Deux des quatre allées étaient réservées aux en-cas divers. Un bocal d'œufs durs au vinaigre de la taille d'un enfant de cinq ans trônait à côté de la caisse. Tim & Janet avaient aussi en stock des produits de première nécessité comme des cigarettes, des serviettes hygiéniques, des hot-dogs et des bouquins de cul.

Le type qui tenait la caisse le soir, un boutonneux inscrit à la branche de Portland de l'université du Maine, s'appelait Harry Nason et préparait un diplôme d'élevage de bétail. Quand le grand balèze au trou dans le front était entré, à une heure moins dix, Nason était plongé dans la lecture d'un des livres du présentoir dont le titre était *Gros et dur*. L'affluence du début de soirée s'était tarie et il n'y avait plus personne. Nason décida qu'une fois que le costaud aurait acheté son gallon de vin ou son pack de six, il fermerait la boutique et rentrerait chez lui. Peut-être en emportant le livre pour une petite branlette. Il se disait que le passage où le prédicateur ambulant s'occupe des deux veuves en chaleur conviendrait bien pour ça, lorsque le grand balèze lui colla son colt sous le nez et dit : « La caisse. Tout. »

Nason laissa tomber son livre. Toute idée de se faire plaisir disparut de son esprit. Il resta bouche bée devant l'arme. L'ouvrit encore un peu plus pour dire quelque chose d'intelligent. Le genre de truc qu'un type dans la même situation aurait dit, à la télé, s'il avait été le héros de l'histoire. Il ne réussit à émettre qu'un son : « Aaaaa…

— La caisse, tout », répéta le costaud.

Le trou qu'il avait au front était effrayant. Une grenouille y aurait tenu à l'aise.

Harry Nason se souvint alors — d'une manière en quelque sorte pétrifiée — de ce que lui avait dit son patron : *En cas de hold-up, donne au voleur tout ce qu'il te demande, sans discuter.* Il était très bien assuré. Nason sentit tout d'un coup qu'il avait un corps très tendre et vulnérable, plein de sacs et d'eau. Sa vessie le trahit. Et brusquement il eut l'impression d'avoir de la merde plein le rectum.

« Tu m'as entendu, mec ?

— Aaaa, répondit Nason en appuyant sur le levier du tiroir-caisse.

— Mets l'argent dans un sac.

— OK. D'accord. Oui. »

Il fouilla sous le comptoir et fit tomber la plupart des sacs en papier par terre. Il finit tout de même par en agripper un. Il sortit le casier compartimenté de la caisse et commença à faire tomber l'argent dedans.

La porte s'ouvrit à ce moment-là et un couple de jeunes gens entra. Ils virent le revolver et s'immobilisèrent. « C'est quoi ce truc ? » demanda le garçon. Il fumait un cigarillo et portait un insigne sur lequel on lisait en gros que l'herbe, c'était le pied : POT ROCKS.

« C'est un hold-up, dit Nason. Je vous en prie, ne… n'énervez pas ce monsieur.

– Hé, c'est génial », dit POT ROCKS. Il se mit à sourire et braqua un index sur Nason. Son ongle n'était pas très net. « T'es en train de te faire dévaliser, vieux. »

L'homme au colt se tourna vers POT ROCKS. « Ton portefeuille, dit-il.

– Vieux, dit POT ROCKS sans perdre son sourire, je suis de ton côté. Les prix qu'ils demandent, dans cette boutique… et tout le monde sait que Tim est le mec le plus facho depuis Adolf…

– Donne-moi ton portefeuille ou je te fais sauter la tête. »

POT ROCKS comprit soudain qu'il risquait d'avoir des ennuis ; un truc certain, il n'était pas dans un film. Le sourire s'envola et il arrêta de parler. Plusieurs boutons rougeoyaient violemment sur ses joues, lesquelles étaient soudain devenues très pâles. Il sortit un portefeuille noir de la poche de son jean.

« Impossible de trouver un flic quand on en a besoin », commenta froidement sa petite amie. Elle portait un manteau long marron et des bottes en cuir noir. Ses cheveux étaient assortis à ses bottes, du moins cette semaine.

« Mets le portefeuille dans le sac », ordonna le type au colt, tendant le sac en question.

Harry Nason s'était toujours imaginé en héros de la situation, à ce stade, et brisant par exemple le bocal à œufs géant sur la tête de son agresseur. Sauf que l'agresseur paraissait avoir la tête dure. Très dure.

Le portefeuille tomba dans le sac.

L'homme au colt contourna le couple et prit la direction de la porte. Il se déplaçait vite pour un type de son gabarit.

« Sale porc », lui lança la fille.

Le grand costaud s'arrêta tout net. Un instant, la fille eut la certitude (c'est du moins ce qu'elle prétendit par la suite) que le voleur allait se retourner, ouvrir le feu et les laisser tous sur le carreau. Plus tard, les déclarations des trois témoins à la police allaient différer : sur la couleur des cheveux (bruns, blonds, roux) ; sur son teint (clair, bronzé, pâle) ; et sur ses vêtements (grosse veste, coupe-vent, chemise de laine de bûcheron). Mais ils étaient tous d'accord sur une chose : sa taille (très grand), et sur les derniers mots qu'il avait prononcés avant de sortir. Apparemment adressés au chambranle, simple découpe carrée sur la nuit, et sur le ton du gémissement :

« Bordel, George, j'ai oublié le bas ! »

Puis il disparut. Ils aperçurent vaguement sa silhouette lancée au pas de course, dans la lumière blanche et froide diffusée par l'enseigne publicitaire Schlitz au-dessus de l'entrée du magasin, puis il y eut un grondement de moteur de l'autre côté de la rue. L'instant suivant, il filait. La voiture était une berline, mais aucun des trois ne put déterminer le modèle ou la marque. Il commençait à neiger.

« Au revoir les bières, dit POT ROCKS.

— Allez en prendre une dans le frigo, dit Harry Nason. C'est la maison qui régale.

— Ouais ? Vous êtes sûr ?

— Sûr que je suis sûr. Votre copine aussi. Qu'est-ce qu'on en a à branler ? On est assurés. »

Il se mit à rire.

Interrogé par la police, il répondit que c'était la première fois qu'il voyait son agresseur. Ce n'est que plus tard qu'il eut sujet de se demander s'il ne l'avait pas déjà aperçu dans le magasin, à l'automne précédent, en compagnie d'un petit maigrichon à face de rat et grande gueule qui avait acheté du vin.

6

LORSQUE BLAZE SE LEVA, le lendemain matin, des bancs de neige s'étaient accumulés, montant jusqu'aux chéneaux du chalet, et le feu s'était éteint dans la cuisinière. Sa vessie se contracta dès l'instant où il posa les pieds par terre. Il courut jusqu'à la salle de bains sur les talons, grimaçant et lâchant de petits nuages de vapeur blanche. Le jet d'urine décrivit un arc de liquide à haute pression qui dura peut-être trente secondes avant de commencer à faiblir peu à peu. Il soupira, se la secoua et lâcha un vent.

Un autre vent, beaucoup plus violent, hurlait et hululait autour de la maison. Par la fenêtre de la cuisine, il vit les pins osciller et plonger. Ils lui donnaient l'impression de pleureuses squelettiques à des funérailles.

Il s'habilla, passa par la porte de derrière et s'ouvrit un chemin dans la neige jusqu'à la pile de bois, sous l'avant-toit sud. L'allée avait complètement disparu. La visibilité était réduite à moins de deux mètres. Il jubilait. Les gifles granuleuses de la neige sur sa figure le faisaient aussi jubiler.

Il prit une brassée de solides bûches de chêne, ne s'arrêtant sur le seuil que le temps de taper des pieds avant d'entrer. Il alluma le feu sans enlever sa parka. Puis il prépara le café et posa deux tasses sur la table.

51

Il s'immobilisa, le front plissé. Il avait oublié quelque chose.

L'argent ! Il n'avait pas compté l'argent.

Il se dirigea vers l'autre pièce. La voix de George le pétrifia sur place. George était dans la salle de bains.

« Trou-du-cul.

— George, je...

— George, je suis un trou-du-cul. Tu veux bien répéter ça ?

— Je...

— Non. Dis : George, je suis un trou-du-cul d'avoir oublié de me mettre un bas sur la tête.

— J'ai le...

— *Dis-le.*

— George, je suis un trou-du-cul. J'ai oublié.

— Oublié quoi ?

— Oublié de mettre le bas.

— Et maintenant dis toute la phrase.

— George, je suis un trou-du-cul d'avoir oublié de mettre le bas.

— Et à présent, dis ça : George, je suis un trou-du-cul qui veut se faire prendre.

— Non, c'est pas vrai ! C'est un mensonge, George !

— C'est la vérité pure et simple. Tu veux te faire prendre et qu'on t'envoie à Shawshank où tu travailleras dans la lingerie. C'est la vérité, rien que la vérité, toute la vérité. La pure vérité. T'es qu'un âne. C'est ça, la vérité.

— Non George, c'est pas vrai. J'te promets.

— Je me barre.

— Non ! » La panique paraissait lui couper la respiration. Comme la manche de la chemise de flanelle que son vieux lui avait un jour enfoncée dans la bouche pour ne plus l'entendre brailler. « T'en va pas, j'ai oublié, je suis un cré-

52

tin, sans toi, je me rappellerais jamais ce qu'il faut acheter…

— Amuse-toi bien, Blaze, dit George dont la voix, bien que provenant toujours de la salle de bains, paraissait s'éloigner. Prends ton pied à te faire choper. Prends ton pied à laver et repasser tous ces foutus draps.

— Je ferai tout ce que tu me diras. Je déconnerai plus. »

Il y eut un long silence. Blaze pensa que George était parti. « Je reviendrai peut-être. Mais je ne crois pas.

— George ! George ? »

Le café bouillait. Il en remplit une tasse et passa dans la chambre. Le sac de papier bulle avec l'argent était sous le côté du matelas où George dormait. Il le renversa sur les draps qu'il oubliait tout le temps de changer. C'était les mêmes depuis trois mois que George était mort.

La descente dans la petite épicerie lui avait rapporté deux cent soixante dollars. Et il y en avait quatre-vingts dans le portefeuille de l'étudiant. Plus qu'assez pour acheter…

Quoi ? Qu'est-ce qu'il devait acheter, au juste ?

Des couches. C'était le truc. Quand on enlève un bébé, il faut prévoir des couches. D'autres trucs, aussi. Mais il n'arrivait pas à se souvenir des autres trucs.

« En plus des couches, George, qu'est-ce qu'il y a ? » demanda-t-il d'un ton détaché, dans l'espoir que, pris par surprise, George répondrait.

Mais George ne mordit pas à l'hameçon.

Je reviendrai peut-être. Mais je ne crois pas.

Il remit l'argent dans le sac marron et échangea son portefeuille avachi et éraflé contre celui de l'étudiant. Le sien contenait deux billets d'un dollar graisseux, une photo jaunie de son père et de sa mère se tenant par les épaules et un cliché de Photomaton de lui et de son seul véritable copain à Hetton House, John Cheltzman. Il y avait aussi son demi-dollar porte-bonheur à l'effigie de Kennedy, une ancienne facture pour un pot d'échappement (qui remontait à l'époque où George et lui roulaient dans cette puissante et catastrophique Pontiac Bonneville) et un Polaroid plié.

Sur le Polaroid, George regardait l'objectif, souriant. Les yeux un peu plissés parce qu'il avait le soleil dans les yeux. Il portait des jeans et des bottes de chantier. Sa casquette était tournée sur la gauche, comme toujours. George disait que c'était le côté porte-bonheur.

Ils montaient toutes sortes de coups et la plupart – les meilleurs – étaient faciles à mettre en œuvre. Certains étaient fondés sur une tromperie, d'autres sur l'avidité, d'autres sur la peur. « Les petits coups », comme George les appelait ; ceux qui se fondaient sur la peur étaient les « petits coups à crise cardiaque ».

« J'aime les trucs simples, disait George. Et pourquoi j'aime les trucs simple, Blaze ?

– Peu de pièces mobiles, répondait Blaze.

– Tout juste Auguste ! Peu de pièces mobiles. »

Pour le meilleur des petits coups à crise cardiaque, George s'habillait d'une tenue « juste un poil trop chicos » et faisait la tournée de certains bars qu'il connaissait. Ce n'était pas des bars homos, mais pas des bars hétéros non plus. George les appelait des bars « homotéros ». C'était toujours le pigeon qui choisissait George. George ne faisait pas un geste. Blaze avait réfléchi à ça une ou deux fois (à sa manière laborieuse) sans en tirer la moindre conclusion.

George avait le don pour détecter les gays honteux et les mecs à voile et à vapeur qui, une ou deux fois par mois, glissaient leur alliance dans leur portefeuille avant de sortir. Gros commerçants, assureurs, administrateurs scolaires, jeunes cadres bancaires aux dents longues. George disait qu'il avait le flair. Il était sympa avec eux. Il les aidait quand ils étaient timides et n'arrivaient pas à trouver les bons mots. Après quoi, il leur disait qu'il était descendu dans un bon hôtel. Pas un grand hôtel, mais un bon hôtel. Un hôtel sûr.

L'Imperial, pas très loin de Chinatown. George et Blaze étaient de mèche avec le réceptionniste de nuit et le chef du personnel. La chambre qu'ils utilisaient pouvait changer, mais elle était toujours située au bout d'un couloir, et jamais mitoyenne d'une chambre occupée.

Blaze s'installait dans le hall entre quinze et vingt-trois heures, habillé d'une tenue dans laquelle il détestait se balader. Ses cheveux étaient brillantinés à mort. Il lisait des bandes dessinées tout en attendant George. Il n'avait pas conscience du temps qui passait.

Détail qui montrait bien le génie de George, quand le pigeon entrait, il n'avait jamais l'air nerveux. Excité, mais pas nerveux. Blaze leur laissait un quart d'heure et montait.

« Ne te dis pas que tu rentres simplement dans une chambre, lui recommandait George. Dis-toi que tu entres en scène. Le seul qui ne sait pas que le spectacle commence, c'est le pigeon. »

Blaze ouvrait toujours avec sa clef et entrait donc en scène en lançant sa première réplique : « Hank, mon chéri, si tu savais comme je suis content d'être de retour ! » Sur quoi, il devenait fou furieux, ce qu'il faisait passablement bien, même s'il n'atteignait sans doute pas un niveau hollywoodien : « Bordel, non, pas ça ! Je vais le tuer, ce type ! je vais le tuer ! »

Et il propulsait ses cent dix kilos vers le lit, dans lequel le pigeon, horrifié, tremblait de tout son corps, habillé à ce moment-là, en général, de ses seules chaussettes. George se précipitait entre le pigeon et son ami tempêtant à la dernière seconde. Ligne de défense bien fragile, devait se dire le pigeon – s'il était capable de penser. Et le feuilleton se poursuivait.

George : Dana, écoute-moi, ce n'est pas ce que tu crois.

Blaze : Je vais le tuer ! Je vais le jeter par la fenêtre !

(Piaillements terrifiés du pigeon ; il y en avait eu neuf ou dix en tout.)

George : Je t'en prie, laisse-moi t'expliquer.

Blaze : Je vais lui arracher les couilles, à celui-là !

(Le pigeon commençait alors à plaider pour sa vie et son matériel trois pièces – pas toujours dans cet ordre.)

George : Non, tu ne feras rien du tout. Tu vas descendre tranquillement dans le hall et tu vas m'attendre.

À cet instant, Blaze tentait de nouveau de se précipiter sur le pigeon. George réussissait à le contenir – tout juste. Blaze récupérait alors le portefeuille du type dans son pantalon.

Blaze : j'ai ton nom et ton adresse, salope ! Je vais appeler ta femme !

À ce stade, la plupart des pigeons oubliaient tout, y compris leur vie et leur service trois pièces, et se concentraient exclusivement sur la défense de leur honneur sacré et de leur réputation dans le voisinage. Blaze trouvait cette réaction étrange, mais le truc paraissait toujours marcher. D'autres révélations se trouvaient dans le portefeuille. Le soi-disant Bill Smith de New Rochelle (identité donnée à George) s'avérait être Dan Donahue, de Brookline.

Le deuxième acte pouvait commencer.

George : Descends, Dana. Sois un chou et va dans le hall.

Blaze : Non !

George : Descends, ou je ne t'adresse plus jamais la parole. J'en ai plus qu'assez de tes crises et de ta possessivité. Je parle sérieusement !

Sur quoi Blaze sortait, serrant le portefeuille contre sa poitrine, marmonnant des menaces et foudroyant le pigeon des yeux.

La porte à peine fermée, le pigeon se jetait sur George, suppliant. Il fallait absolument qu'il retrouve son portefeuille. Il ferait n'importe quoi pour récupérer son portefeuille. L'argent, il s'en fichait, seules comptaient les pièces d'identité. Si Sally apprenait ça... et fiston ! Oh, mon Dieu, rien que de penser à son fils...

George apaisait le pigeon. Il savait très bien comment s'y prendre. Il disait, par exemple, qu'il était possible de raisonner Dana. Oui, il était presque certainement capable de raisonner Dana. Dana avait juste besoin de quelques minutes pour se calmer et George irait lui parler en tête à tête. Pour le raisonner. Et caresser un peu le grand costaud dans le sens du poil.

Bien entendu, Blaze n'était pas dans le hall de l'hôtel, mais dans une autre chambre du deuxième étage. George allait le retrouver et ils comptaient l'argent. Leur butin le plus médiocre s'était élevé à quarante-trois dollars. Leur meilleur (l'un des dirigeants d'une chaîne de restauration rapide) à cinq cent cinquante.

Ils laissaient au pigeon tout le temps de suer de peur et de se faire de tristes promesses. George, du moins, lui donnait ce temps. George savait exactement le calculer. C'était stupéfiant. Comme s'il avait eu une horloge dans la tête, réglée de manière différente chaque fois. Il retournait finalement dans la première chambre avec le portefeuille et disait que Dana, s'il acceptait d'entendre raison, refusait de rendre l'argent. George avait vraiment dû se décarcasser pour récupérer les cartes de crédit. Désolé.

Le pigeon se moquait de l'argent comme de sa première chemise. Il fouillait fiévreusement son portefeuille, s'assurant qu'il avait toujours son permis de conduire, sa carte de Sécurité sociale, sa carte Blue Cross, ses photos. Tout était là. Grâce à Dieu, tout était là. Plus pauvre mais plus avisé, il s'habillait et se coulait dehors, regrettant sans doute d'avoir des hormones aussi exigeantes.

Au cours des quatre ans qui précédèrent sa deuxième arrestation, cette escroquerie fut celle à laquelle ils eurent toujours recours en dernier ressort, et elle ne rata jamais. Ils n'eurent jamais aucun problème pour le premier acte non plus. Si Blaze n'était pas très brillant, c'était un bon acteur. George était le seul véritable ami qu'il ait eu depuis la mort de John Cheltzman, et il suffisait de lui faire croire que le pigeon essayait de persuader George que Blaze était un nul. Que George perdait son temps et son talent avec cet imbécile. Que Blaze était non seulement un demeuré, mais un raté, un branleur. Une fois Blaze convaincu, sa fureur devenait authentique. Si George ne s'était pas interposé, Blaze aurait cassé les deux bras du pigeon. Ou l'aurait peut-être même tué.

À présent, faisant tourner la photo Polaroid entre ses doigts, Blaze se sentait vide. Se sentait comme quand il levait les yeux vers le ciel et voyait les étoiles, ou un oiseau sur un fil, pépiant, les plumes ébouriffées. George n'était plus là et lui était toujours aussi stupide. Blaze était dans une impasse et il n'y avait aucune issue.

Sauf, peut-être, s'il était capable de montrer à George qu'il était tout de même assez malin pour monter ce coup-là. Sauf s'il était capable de montrer à George qu'il n'avait pas l'intention de se faire prendre. Ce qui voulait dire quoi ?

Ce qui voulait dire des couches. Des couches et quoi d'autre, au fait ? Bon Dieu, quoi d'autre ?

Il tomba dans une sorte de rêverie comateuse. Qui dura toute la matinée, laquelle passa au rythme des rafales chargées de neige.

7

Il ÉTAIT AUSSI DÉPLACÉ, dans le rayon bébé du Hager's Mammoth Department Store, qu'un éléphant dans un magasin de porcelaine. Il portait un jean, ses bottes de chantier à lacets de cuir, une chemise de flanelle et une ceinture de cuir noir avec la boucle déportée vers le côté gauche – son côté de chance. Il n'avait pas oublié son couvre-chef, cette fois, la casquette avec les rabats pour les oreilles, et il le tenait à la main. Il restait planté au milieu d'une salle remplie de lumière et dont la couleur dominante était le rose. Il regarda à gauche et vit des tables à langer. Il regarda à droite et vit des poussettes. Il avait l'impression d'avoir atterri sur la planète Bébé.

Il n'y avait pratiquement que des femmes, ici. Certaines avaient un gros ventre, certaines un nourrisson dans les bras. Nombreux étaient les bébés qui pleuraient et les femmes regardaient Blaze avec méfiance, comme s'il allait piquer sa crise d'un moment à l'autre et se mettre à dévaster la planète Bébé, à lancer en tous sens des coussins déchirés et des ours en peluche éventrés. Une vendeuse s'approcha de lui. Blaze se sentit soulagé. Il avait eu peur d'adresser la parole à quelqu'un. Il se rendait compte, quand les gens avaient peur ; il se rendait compte, quand il était déplacé. Il était idiot, mais pas à ce point-là.

La vendeuse lui demanda s'il avait besoin d'aide. Blaze répondit que oui. Il avait été incapable de penser à tout ce dont il allait avoir besoin, en dépit de ses efforts, et il eut donc recours à la seule forme de subterfuge à laquelle il était habitué : jouer une petite comédie.

« J'étais à l'étranger », commença-t-il, découvrant les dents sur un sourire qui aurait flanqué la frousse à un couguar. La vendeuse lui rendit courageusement son sourire. Le sommet de sa tête arrivait à la hauteur du cœur de Blaze. « Je ne savais même pas que ma belle-sœur avait eu un enfant… un bébé… pendant que j'étais parti, vous comprenez, et je voudrais l'équiper. Tout le bazar. »

Le regard de la femme s'éclaira. « Je vois. C'est très généreux de votre part. Vraiment gentil. Que voulez-vous en particulier ?

– Je ne sais pas… je n'y connais rien… tout… tout ce qu'il faut pour les bébés.

– Et quel âge a votre neveu ?

– Hein ?

– Le bébé de votre belle-sœur ?

– Ah, oui ! Six mois.

– Si c'est pas mignon, minauda professionnellement la vendeuse. Comment s'appelle-t-il ? »

Blaze resta court pendant un instant, puis lâcha : « George.

– Un prénom ravissant ! Ça vient du grec, et ça veut dire *qui travaille la terre*.

– Ouais ? C'est drôlement chouette.

– N'est-ce pas ? dit-elle, continuant à sourire. Bon, qu'est-ce qu'elle a, pour le moment ? »

C'était une question que Blaze avait anticipée. « Les affaires qu'ils ont ne valent vraiment pas grand-chose, c'est ça le problème. Ils sont dans une passe difficile, question argent.

— Je vois. Vous voulez donc… tout reprendre de zéro, comme s'ils n'avaient rien ?

— Ouais, vous avez tout pigé.

— Vraiment *très* généreux de votre part. Bon, il faut commencer par aller au bout de l'allée Pooh, dans le coin des berceaux. Nous avons de très beaux berceaux en bois… »

Blaze n'en revenait pas de constater tout ce dont on avait besoin pour maintenir en état de marche un si minuscule bout d'homme. Il avait estimé plus que suffisant l'argent dérobé à l'épicerie, mais il quitta la planète Bébé le porte-feuille presque vide.

Il avait acheté un berceau Dreamland, avec trois jeux de draps grands comme des serviettes de table et trois couvertures, une chaise haute Happy Hippo, une table à langer pliable E-Z, une baignoire en plastique, huit tenues de nuit, huit protections en caoutchouc Dri-Day, huit petites brassières Hager avec un système d'attache auquel il n'avait rien compris, un jeu de pare-chocs pour berceau supposés empêcher le bébé de se cogner la tête s'il s'agitait, un chandail, un bonnet, des petites bottes, des chaussures rouges avec des clochettes sur la lan-guette, deux paires de pantalons avec chemises assorties, quatre paire de chaussettes trop petites pour qu'il puisse se les enfiler sur les doigts, un jeu de biberons Playtex Nurser (les sachets de plastique ressemblaient beaucoup à ceux que George utilisait pour son shit) et, pour les repas du bébé, une boîte complète d'un truc appelé Similac, une autre de Junior Fruits, une autre de Junior

Dinners, une autre de Junior Desserts, et un plateau avec les Schtroumpfs dessinés dessus.

Ces pots de nourriture pour bébé avaient un goût dégueulasse – il avait essayé une fois rentré chez lui.

Au fur et à mesure que les paquets s'empilaient dans un coin du rayon, les coups d'œil que lui adressaient les jeunes mamans se faisaient de plus en plus longs et spéculatifs. Il devint un événement, un point de repère dans les mémoires : l'énorme gars baraqué habillé en bûcheron qui, de sa démarche de plantigrade, suivait la minuscule vendeuse d'un endroit à l'autre, attentif, et achetait ce qu'elle lui disait d'acheter. Elle s'appelait Nancy Moldow. Elle était au pourcentage, et plus l'après-midi avançait, plus ses yeux s'illuminaient d'une lumière surnaturelle. Finalement elle lui présenta le total, et pendant que Blaze comptait l'argent, elle ajouta trois boîtes de Pampers au lot. « Vous m'avez fait gagner ma journée, dit-elle. En fait, vous venez même peut-être de lancer ma carrière dans les ventes pour bébé.

– Merci, madame », dit-il.

Il était très content pour les Pampers. Il avait oublié les couches, en fin de compte.

Et tandis qu'il empilait ses achats sur deux Caddie (un magasinier était chargé de porter les cartons contenant le berceau et la chaise haute en pièces détachées), Nancy Moldow s'écria : « Et n'oubliez pas de venir avec ce jeune homme pour qu'on le prenne en photo !

– Oui, madame », balbutia Blaze. Pour une raison mystérieuse, sa première photo anthropométrique lui revint brusquement à l'esprit, tandis qu'une voix intimidée lui ordonnait : *Et maintenant, Mister Deux-Étages, tourne-toi de côté et plie encore les genoux – Seigneur, comment peut-on être aussi foutrement grand ?*

« La photo, ce sera avec les compliments de Hager's Mammoth !

— Oui, madame.

— Ça fait un sacré paquet de trucs », commenta le magasinier. Il avait peut-être vingt ans et venait juste de franchir le cap de sa dernière crise d'acné. Il portait un petit nœud papillon rouge. « Où êtes-vous garé ?

— Dans le parking, à l'arrière », répondit Blaze.

Il suivit le jeune homme, qui tint à pousser l'un des chariots et se plaignit ensuite qu'il avançait mal sur la neige tassée. « On ne sale pas ici, vous voyez, et la neige finit par coller aux roues. Si bien que ces foutus chariots glissent dans tous les sens. On peut se foutre un sacré pet aux chevilles si on fait pas gaffe. Un sacré pet. Je ne me plains pas, mais... »

Ah bon, qu'est-ce que tu fais alors, Toto ? C'était comme si Blaze entendait George dans sa tête. *Tu bouffes les boulettes du chat dans la gamelle du clébard ?*

« C'est celle-là, dit Blaze. C'est la mienne.

— Ouais, bon. Qu'est-ce que vous voulez mettre dans le coffre ? La chaise haute, le berceau, ou les deux ? »

Blaze se souvint soudain que la clef de contact n'ouvrait pas le coffre.

« Non, on va tout ranger à l'arrière. »

Les yeux du garçon s'écarquillèrent. « Ah, mais bon Dieu, ça va jamais rentrer, vous croyez pas ? Je suis à peu près sûr que...

— On en mettra une partie à l'avant. Le carton du berceau doit rentrer dans l'espace devant le siège du passager. Je vais le repousser le plus possible.

— Mais pourquoi pas dans le coffre ? Est-ce que ça ne serait pas, euh, plus simple ? »

Blaze envisagea un instant de lui raconter une histoire de coffre déjà plein de trucs, mais le problème, avec les mensonges, était qu'il fallait ensuite les multiplier. On finissait par être comme un voyageur sur des routes qu'il ne connaît pas. Il se perd. *Je dis toujours la vérité quand je le peux*, répétait George. *C'est comme quand on conduit pour rentrer chez soi.*

« Je ne retrouve plus la clef du coffre, dit tout de même Blaze. Je n'ai que celle du contact, pour le moment.

– Oh », dit le magasinier. Il regarda Blaze comme s'il le trouvait stupide, mais c'était sans importance ; on l'avait déjà regardé comme ça. « Manque de pot. »

À la fin, tout entra. Il fallut faire quelques acrobaties et il ne restait plus la moindre place, mais ils y parvinrent. Quand Blaze regardait dans son rétroviseur, il apercevait malgré tout une parcelle du monde extérieur par la vitre arrière. Le carton de la table à langer oblitérait le reste.

« Bonne voiture, remarqua le magasinier. Pas toute neuve, mais solide.

– Exact », répondit Blaze. Et comme c'était une remarque que faisait souvent George, il ajouta : « Plus cotée en Bourse, mais cote d'amour intacte. »

Il se demanda si le magasinier n'attendait pas quelque chose. On aurait dit.

« C'est quoi le moteur, un 302 ?

– Un 342 », répondit automatiquement Blaze.

Le jeune homme acquiesça mais ne bougea pas.

Depuis le siège arrière de la Ford, où il n'y avait pas la moindre place mais où il se trouvait (d'une certaine manière) néanmoins, George lança : « Si tu veux pas qu'il reste planté là jusqu'à l'année prochaine, donne un pourboire à cet abruti et débarrasse-toi de lui. »

Ah oui, un pourboire. Très juste.

Blaze sortit son portefeuille, examina le choix limité de billets qu'il lui restait et, à contrecœur, en retira un parmi les cinq. Il le donna au magasinier, lequel le fit prestement disparaître. « Parfait, mec. Allez en paix.

– Si vous le dites. »

Il monta dans la Ford et lança le moteur. Le magasinier repartit vers le magasin en traînant les deux chariots. À mi-chemin, il s'arrêta et se retourna. Blaze n'aima pas le regard qu'eut le jeune homme. Un regard qui disait : *Je m'en souviendrai.*

« J'aurais dû penser à lui donner le pourboire tout de suite. Pas vrai, George ? »

George ne répondit pas.

Une fois arrivé, il planqua la Ford dans la grange et trimballa tout le bazar dans la maison. Il monta le berceau dans la chambre et installa la table à langer à côté. Nul besoin d'étudier les notices ; il lui suffisait de regarder les étapes de montage dessinées sur les cartons, ses mains faisaient le reste. Puis il alla installer le berceau dans la cuisine, à côté de la cuisinière… mais pas trop près. Il empila toutes les autres affaires dans le placard de la chambre, hors de vue.

La chambre, quand il eut terminé, s'en trouva transformée mais pas seulement parce qu'il y avait un meuble de plus. Autre chose s'y était ajouté. L'atmosphère avait changé. Comme si un fantôme venait d'y faire son entrée. Pas le fantôme de quelqu'un qui serait parti, de quelqu'un qui serait mort, mais celui de quelqu'un qui allait venir.

Cela fit une impression bizarre à Blaze.

8

LE LENDEMAIN SOIR, Blaze décida qu'il était temps de changer les plaques d'immatriculation de la Ford volée ; il alla piquer celles d'une Volkswagen dans le parking de Jolly Jim's Jiant Groceries, à Portland. À leur place, il vissa les plaques de la Ford. Il pouvait se passer des semaines, sinon des mois, avant que le propriétaire de la Coccinelle se rende compte qu'il roulait sous une immatriculation qui n'était pas la sienne : le chiffre, sur le côté, était 7, ce qui signifiait qu'elles étaient valables jusqu'en juillet. Il fallait toujours vérifier ce chiffre. George lui avait appris ça.

Il se rendit ensuite dans un magasin discount, se sentant un peu mieux avec ses nouvelles plaques, mais sachant aussi qu'il se sentirait encore plus en sécurité lorsque la Ford aurait changé de couleur. Il acheta quatre bombes de peinture pour automobile bleu Skylark et un pistolet à peinture. Il rentra chez lui les poches vides, mais heureux.

Il dîna à côté de la cuisinière, battant la mesure du pied sur le lino usé pendant que Merle Haggard chantait « Okie from Muskogee ». En voilà une qui pouvait en remontrer à ces foutus hippies.

Sa vaisselle faite, il déroula la rallonge électrique rapiécée à coups d'adhésif jusqu'à la grange et installa

une ampoule à partir d'une poutre. Blaze adorait pein-
dre. Et le bleu Skylark était l'une de ses couleurs préfé-
rées. On ne pouvait qu'être touché par ce nom. Il
voulait dire : bleu comme un oiseau. Bleu comme une
alouette.

Il retourna à la maison et prit une pile de journaux.
George lisait le journal tous les jours, et pas seulement les
BD. Il lisait parfois des articles à Blaze et râlait contre ces
beaufs de républicains. Il disait que les républicains détes-
taient les pauvres. Il parlait du Président comme de ce
bon Dieu de couille molle de la Maison-Blanche. George
était démocrate et, deux ans auparavant, avait mis des
autocollants démocrates sur trois voiture volées différentes.

Tous ces journaux étaient fichtrement vieux, ce qui
d'ordinaire aurait rendu Blaze triste, mais ce soir il était
trop excité à la perspective de repeindre la Ford. Il scotcha
une protection de papier à tout ce qui n'était pas la carros-
serie : vitres, roues, chromes.

À vingt et une heures, l'odeur entêtante de banane de la
peinture en bombe emplit la grange ; à vingt-trois heures,
le travail était terminé. Blaze enleva les protections en
papier journal, procéda à quelques retouches et recula pour
admirer le résultat. Il estima avoir bien travaillé.

Il alla se coucher, légèrement enivré par les émanations,
et se réveilla le lendemain avec un mal de tête. « George ? »
dit-il, plein d'espoir.

Pas de réponse.

« J'ai plus un rond, George. Je suis complètement
fauché. »

Toujours pas de réponse.

Il traîna dans la maison toute la journée, se demandant
ce qu'il pouvait bien faire.

Le préposé du soir était plongé dans une grande saga en poche intitulée *Butch Ballerinas* lorsqu'un colt apparut sous son nez. Le même colt. Et la même voix bourrue disant : « La caisse.

– Oh, non, s'écria Harry Nason. Oh, bordel ! »

Il leva les yeux. Debout devant lui, il vit une sorte de monstruosité chinoise au nez écrasé, le bas nylon qu'il avait enfilé sur la tête lui retombant dans le dos comme une queue-de-cheval.

« Pas vous. Pas encore !

– Tout ce qu'il y a dans la caisse. Mets-le dans un sac. »

Personne n'entra, cette fois, et il y avait moins dans le tiroir.

Le voleur s'arrêta en repartant et se retourna. *Cette fois,* pensa Harry Nason, *il va me descendre.* Mais au lieu de lui tirer dessus, l'homme lança : « Ce coup-ci, je n'ai pas oublié le bas. »

Sous le nylon, on aurait dit qu'il souriait.

Puis il disparut.

9

IL Y AVAIT UNE DIRECTRICE à la tête de Hetton House lorsque Clayton Blaisdell Junior y fut placé. Il ne se souvenait plus de son nom, seulement de ses cheveux gris et de ses grands yeux gris derrière ses lunettes ; également qu'elle leur lisait la Bible et terminait chaque rassemblement matinal par cette phrase : *Soyez de bons enfants et vous prospérerez.* Puis un jour, ils ne la virent plus. Elle avait eu une attaque, disaient les gens. Sur le coup, Blaze crut qu'on l'avait attaquée, mais il finit par comprendre qu'il s'agissait en fait d'une sorte de mal à la tête qui ne voulait pas partir. Elle fut remplacée par un certain Martin Coslaw. Blaze n'oublia pas son nom, à celui-là, et pas seulement parce que les gamins l'appelait la *Loi**. Blaze ne l'oublia jamais parce que la Loi enseignait l'arithmétique.

Les cours d'arithmétique avaient lieu en salle 7, au deuxième étage, où en hiver il faisait un froid à geler les couilles d'un singe. Des photos de George Washington, Abraham Lincoln et sœur Mary Hetton décoraient les murs. Sœur Hetton avait une peau très blanche et des che-

---

* Jeu de mots sur *Law* = loi.

73

veux noirs tirés en arrière et noués en une sorte de bouton de porte sur la nuque. Elle avait des yeux sombres dont, après l'extinction des feux, l'expression accusatrice venait parfois hanter Blaze. Ils lui reprochaient avant tout d'être stupide. Probablement trop stupide pour poursuivre des études, comme le disait la Loi.

La salle 7 avait un plancher jaune et sentait constamment le vernis à bois, une odeur qui rendait Blaze somnolent même s'il était bien réveillé en entrant. Neuf globes constellés de chiures de mouches diffusaient les jours de pluie une lumière maladive et chiche. Au-dessus de l'ancien tableau noir, à l'avant de la salle, étaient placardées en ordre de bataille les lettres de l'alphabet selon la méthode Palmer – en capitales et en minuscules. Après l'alphabet venait la suite des chiffres de zéro à neuf, si beaux et élégants qu'on se sentait encore plus stupide rien qu'en les regardant. Les pupitres étaient gravés de slogans et d'initiales qui se superposaient ; tout cela réduit à l'état de fantômes par les nombreux ponçages et vernissages qui ne les avaient pas fait complètement disparaître. Les bureaux étaient vissés au sol par des disques de fer. Chacun avait son encrier. On remplissait les encriers avec de l'encre Carter. De l'encre renversée vous valait la Cravache dans les toilettes. Faire l'idiot en classe vous valait aussi la Cravache, à ceci près que faire l'idiot en classe entrait dans la rubrique des *mauvais comportements*. Il y avait d'autres délits sanctionnés par la Cravache ; Martin Coslaw croyait aux punitions corporelles et à la Cravache. À Hetton House, on craignait la Cravache de la Loi plus que tout, plus, même, que le père Fouettard qui se cachait sous le lit des petits enfants. En réalité, la Cravache était une baguette de hêtre assez fine, que la Loi avait perforée de plusieurs trous pour diminuer sa résistance à l'air. Joueur de bowling au sein d'une équipe qui s'appelait les Falmouth Rockers, il venait parfois à l'école, le vendredi, habillé de son polo de bowling. Il était bleu foncé et portait son prénom écrit en lettres cursives au-dessus de la poche de poitrine. Ces lettres faisaient un peu l'effet de celles de la méthode Palmer pour Blaze. La Loi disait qu'au bowling comme dans la vie il faut savoir ce qu'on vise. Il avait un bras droit puissant à force de manier les boules et lorsqu'il abattait la Cravache sur quelqu'un, cela faisait très mal. On disait qu'il s'était même mordu la langue en corrigeant un garçon coupable d'un comportement particulièrement mauvais. Parfois, il frappait si fort qu'il faisait saigner sa victime et, pendant un temps, l'un des pensionnaires de Hetton House le surnomma Dracula en plus de la Loi ; puis ce garçon fit sa valise et on ne le revit plus. *Faire sa valise* était l'expression qu'ils employaient quand l'un d'eux était placé dans une famille et y restait, pour y être parfois adopté.

Martin Coslaw était craint et haï par tous les garçons de Hetton House, mais personne ne le craignait et ne le haïssait davantage que Blaze. Blaze était très mauvais en arithmétique. Il avait pigé que trois pommes plus deux pommes faisaient cinq pommes, mais seulement après beaucoup d'efforts ; quant au résultat de l'addition d'un quart de pomme à trois quarts de pomme, voilà qui le dépasserait à tout jamais. À sa connaissance, les pommes se divisaient en bouchées.

Ce fut pendant le cours d'arithmétique pour débutants que Blaze, aidé par son ami John Cheltzman, monta sa première arnaque. John était un garçon maigre, monté en graine, laid et rempli de haine. Cette haine transparaissait rarement. Elle était pour l'essentiel dissimulée derrière les verres en culs de bouteille de ses lunettes rafistolées à coups d'adhésif et les fréquents *yuk-yuk-yuk* agrestes de son rire. Il était la cible désignée des garçons plus âgés et plus costauds, qui le battaient régulièrement. On lui barbouillait le visage de boue (en automne et au printemps) ou de neige (l'hiver). Ses chemises étaient souvent déchirées. Il sortait rarement des douches communes sans avoir reçu plusieurs coups de serviette mouillée sur les fesses. Il essuyait la boue ou la neige, enfonçait le pan de sa chemise déchirée dans son pantalon ou ricanait de son *yuk-yuk-yuk* en frottant ses fesses virant au rouge ; mais il laissait rarement voir sa haine. Ou qu'il avait quelque chose dans la tête. Il était bon en classe – et même très bon, il ne pouvait rien y faire – mais il obtenait rarement le A, la note maximum. C'était mal vu, à Hetton House. À Hetton House, la note A était synonyme de trou-du-cul. Et bien entendu, de coups de pied au cul.

Blaze commençait à avoir une taille supérieure à la moyenne, à cette époque. Il n'avait pas encore ses mensurations définitives, un mètre quatre-vingt-dix et quelques, mais on sentait que ça approchait. Il était aussi costaud que les plus costauds. Et il ne prenait part ni aux brutalités de la cour de récré ni aux coups de serviette dans les douches. Un jour, John Cheltzman alla voir Blaze – Blaze se tenait près de la clôture, à l'autre bout du terrain de jeu, sans rien faire sinon regarder les corbeaux se poser dans les arbres et en repartir. John fit une proposition à Blaze :

« Tu vas devoir te payer encore la Loi en math, ce semestre, lui dit-il. C'est la suite des fractions.

– Je hais les fractions.

– Je ferai tes devoirs si t'empêches ces salauds de me tomber dessus. Je laisserai des erreurs pour qu'il ne s'en doute pas – assez, même, pour que tu ne sois pas pris – mais ça suffira pour que tu aies la paix. Tu n'iras plus au coin. »

Aller au coin n'était pas aussi terrible que de recevoir la Cravache, mais c'était dur tout de même. On devait rester debout dans un angle de la salle 7, face au mur. Il était interdit de regarder l'horloge.

Blaze réfléchit à l'idée de John Cheltzman puis secoua la tête. « Il va s'en douter. Il va m'appeler au tableau et il s'en rendra compte.

– Tu n'auras qu'à regarder la classe, comme si tu réfléchissais, dit John. Je m'occuperai de toi. »

Et c'est ce que fit John. Blaze recopia les réponses de John, pour ses devoirs de math, s'efforçant de tracer des chiffres aussi beaux que ceux de la méthode Palmer, au-dessus du tableau, sans jamais y parvenir. La Loi le faisait parfois venir, et Blaze, debout, regardait autour de lui – partout sauf en direction de Martin Coslaw – et ça passait très bien, c'était l'attitude que prenaient tous ceux ou presque qui étaient appelés au tableau. Pendant qu'il avait l'air de réfléchir, il regardait John Cheltzman, vautré sur sa chaise, près de la porte donnant sur le local des livres, les mains sur le bureau. Si le chiffre que demandait la Loi était de dix ou moins, il exhibait le nombre de doigts correspondant. S'il s'agissait d'une fraction, il fermait d'abord les poings. Puis les ouvrait. Il faisait très vite. La main gauche indiquait le numérateur, la main droite le dénominateur. Si le chiffre du dénominateur était supérieur à cinq, John refermait rapidement son poing puis se servait de ses deux mains. Blaze n'avait aucun mal à décoder ces signaux, que beaucoup auraient trouvés plus ardus à déchiffrer que les fractions qu'ils représentaient.

« Alors, Clayton ? disait la Loi. Nous attendons. »

Et Blaze répondait : « Un sixième, monsieur. »

Il n'était pas nécessaire qu'il tombe toujours juste. Quand il en avait parlé à George, plus tard, celui-ci avait paru impressionné. « Une jolie petite combine. Comment vous vous êtes plantés ? »

Le stratagème avait été éventé au bout de presque quatre semaines et quand Blaze y repensait – il était capable de penser, il lui fallait seulement du temps et de l'opiniâtreté –, il comprenait que ses stupéfiants et soudains succès au pays des fractions avaient dû rendre la Loi soupçonneux tout de suite. Pouvait pas laisser passer ça. Il avait lui-même tressé la corde dont Blaze avait besoin pour se pendre.

Il y eut une interrogation écrite-surprise. Blaze obtint zéro. Car l'interro écrite n'était faite que de fractions. Et la Loi ne l'avait donnée que dans un seul et unique but : piéger Clayton Blaisdell. Sous le zéro, une annotation était griffonnée d'une encre rouge flamboyante. Ne pouvant la déchiffrer, Blaze la montra à John.

John la lut. Sur le coup, il ne dit rien. Puis il se tourna vers Blaze. « Il a écrit que John Cheltzman va de nouveau être battu.

– Quoi ? Hein ?

– Et il a ajouté : dans mon bureau à seize heures.

– Pourquoi ?

– Parce que nous avons oublié la possibilité des interros écrites – non, ce n'est pas toi qui les as oubliées. C'est moi. Parce que je n'avais qu'une chose en tête, comment empêcher ces tarés de me taper dessus. Et maintenant, c'est toi qui vas me battre et la Loi va me cravacher et ensuite les tarés vont recommencer à me taper dessus. Bordel de Dieu, je voudrais être mort. »

Et, en disant cela, il avait l'air sérieux.

« Mais non, je ne vais pas te battre.

– Non ? »

John tourna vers lui des yeux qui disaient qu'ils ne demandaient qu'à le croire sans y parvenir tout à fait.

« Tu ne pouvais pas faire l'interro écrite à ma place, pas vrai ? »

Le bureau de Martin Coslaw était une pièce assez grande avec DIRECTEUR écrit en gros sur la porte. On y trouvait un petit tableau noir en face de la fenêtre. Celle-ci donnait sur la pitoyable cour de récré de Hetton House. Le tableau noir était empoussiéré de craie et couvert, devinez de quoi, de fractions. Martin Coslaw était assis derrière son bureau lorsque Blaze entra. Il avait les sourcils froncés, sans raison apparente. Blaze lui donna un motif de les froncer encore plus. « Va frapper.

– Hein ?

– Retourne dehors et frappe à la porte, dit la Loi.

– Oh... »

Blaze fit demi-tour, sortit, frappa, entra.

« Merci.

– Ouais. »

Martin Coslaw le foudroya du regard. Prit un crayon et commença à en tapoter le bureau. Un crayon rouge à annoter. « Clayton Blaisdell Junior, reprit-il d'un ton songeur. Un nom bien long pour un esprit aussi court.

– Les autres gonzes m'appellent...

– Je me fiche pas mal de la façon dont les autres *gonzes* t'appellent, un *gonze* est un terme argotique que les imbéciles vont répétant, je ne veux pas le connaître et ceux qui s'en servent ne m'intéressent pas. Je suis professeur d'arithmétique et ma tâche est de préparer les jeunes gens dans ton genre au lycée – quand c'est possible – mais aussi de leur enseigner la différence entre ce qui est bien et ce qui est mal. Si mes responsabilités se réduisaient à l'enseignement de l'arithmétique – et parfois j'en viens à le souhaiter, *souvent* j'en viens à le souhaiter –, ce ne serait pas le cas, mais je suis également directeur, d'où l'enseignement du bien et du mal, *quod erat demonstrandum*. Savez-vous ce que veut dire *Quod erat demonstrandum*, Mr Blaisdell ?

– Non », répondit Blaze.

Son cœur battait, les larmes lui montaient aux yeux. Il était grand pour son âge, mais il se sentait tout petit. Et devenait de plus en plus petit. Savoir que c'était ce que la Loi voulait qu'il éprouve n'y changeait rien.

« Non, et tu ne le sauras jamais, car même si tu réussis à entrer dans le second cycle – ce dont je doute –, la géométrie restera toujours autant hors de ta portée que les étoiles. » La Loi mit ses doigts en forme de clocher et se balança dans son siège, au dos duquel était accroché son polo de joueur de bowling. Le polo se balança aussi. « Cela veut dire *Ce qu'il fallait démontrer, CQFD*, Mr Blaisdell, et ce que j'ai démontré grâce à ma petite interrogation écrite est que tu es un tricheur. Un tricheur est quelqu'un qui ne voit pas la différence entre le bien et le mal. CQFD. Et donc, qui doit être puni. »

Blaze se mit à contempler le plancher. Il entendit un tiroir s'ouvrir. Qu'on en retirait quelque chose et qu'on le refermait. Il n'avait pas besoin de lever les yeux pour savoir ce que la Loi tenait à présent à la main.

« J'ai les tricheurs en horreur, reprit Martin Coslaw. Mais j'ai conscience de vos insuffisances intellectuelles, Mr Blaisdell, et je comprends donc qu'il y a quelqu'un de pire que vous dans ce petit complot. Celui qui a fait entrer l'idée de cette supercherie dans votre crâne de toute évidence épais et vous a encouragé. Vous me suivez ?

– Non », répondit Blaze.

La langue de Martin Coslaw pointa entre ses dents et il la serra fermement. C'est avec une fermeté égale sinon supérieure que sa main étreignit la Cravache.

« Qui a fait vos devoirs ? »

Blaze ne répondit rien. On ne dénonce jamais les autres. Dans toutes les BD, dans les séries télé et dans les films on disait pareil : on ne dénonce jamais quelqu'un. En particulier si ce quelqu'un est votre seul ami. Sans compter qu'il y avait autre chose. Une chose qu'il avait du mal à exprimer.

« Vous ne devriez pas me battre, monsieur, dit-il finalement.

– Oh ? fit un Martin Coslaw stupéfait. Vous me dites ça ? Et pour quelle raison, Mr Blaisdell ? Éclairez-moi. Je suis fasciné. »

Blaze ne comprenait pas tous ces grands mots, mais comprenait ce regard. Il l'avait déjà souvent vu tout au long de sa courte vie.

« Vous vous fichez pas mal de m'apprendre l'arithmétique. Vous voulez juste faire en sorte que je me sente… petit, et taper sur ceux qui vous en empêchent pendant un bref moment. C'est mal. Vous ne devriez pas avoir le droit de me taper puisque c'est vous qui avez tort. »

La Loi n'avait plus du tout l'air fasciné. Mais furieux. Tellement furieux qu'une veine pulsait au beau milieu de son front. « Qui a fait vos devoirs à votre place ? »

Blaze ne répondit pas.

« Comment avez-vous pu répondre au tableau ? Comment ça marchait ? »

Blaze ne répondit pas.

« C'était Cheltzman ? Je parie que c'était Cheltzman. »

Blaze ne dit rien. Il serrait les poings et tremblait. Des larmes coulèrent de ses yeux, mais à présent il ne pensait plus que c'étaient des larmes d'humiliation.

Martin Coslaw brandit sa badine et l'abattit haut sur le bras de Blaze. Il y eut une détonation, comme un petit coup de feu. C'était la première fois qu'un professeur frappait Blaze ailleurs que sur les fesses, même si, quelquefois, quand il était petit, il s'était fait tirer les oreilles (et une ou deux fois le nez). « Réponds-moi, bougre d'âne !

– Allez vous faire foutre ! » hurla Blaze, la chose sans nom bondissant finalement à l'air libre. « Allez vous faire foutre, allez vous faire foutre !

– Viens ici ! » dit la Loi. Il roulait des yeux énormes, exorbités. La main qui tenait la Cravache était blanche. « Viens ici, débris des poubelles de Dieu ! »

Et, en dépit de cette chose sans nom sortie de lui qui était de la rage, et parce que après tout il était un enfant, Blaze obéit.

Quand il sortit du bureau de la Loi, vingt minutes plus tard, la respiration chevrotante et haletante, le nez en sang – mais les yeux secs et la bouche fermée –, il devint une des légendes de Hetton House.

Il en avait cependant terminé avec l'arithmétique. Pendant le mois d'octobre et presque tout le mois de novembre, au lieu de se rendre en salle 7, il allait en étude, salle 19. Cela lui convenait très bien. Il fallut deux semaines pour qu'il puisse s'allonger sur le dos sans avoir mal et, à partir de là, tout le reste alla très bien aussi.

Un jour, fin novembre, on l'appela de nouveau dans le bureau du directeur. Assis devant le tableau noir, il y avait un couple d'âge moyen. Un homme et une femme desséchés, telle était l'impression qu'ils faisaient à Blaze. À croire que les premiers vents d'automne auraient pu les emporter comme des feuilles mortes.

La Loi était assis derrière son bureau. Son polo de bowling avait disparu. La pièce était froide ; on avait ouvert la fenêtre pour laisser entrer la pâle lumière du soleil de novembre. Outre le fait d'être un dingue du bowling, la Loi était un maniaque de l'air frais. Le couple n'avait pas l'air de s'en formaliser. L'homme desséché portait un costume gris à épaulettes et une cravate-ficelle ; la femme desséchée, un manteau en tissu écossais sur une blouse blanche. Les deux avaient des mains carrées aux veines saillantes. Calleuses pour l'homme, crevassées et rouges pour la femme.

« Mr Bowie, Mrs Bowie, voici le garçon dont je vous ai parlé. Enlevez votre couvre-chef, jeune Blaisdell. »

Blaze retira sa casquette des Red Sox.

Mr Bowie l'examina d'un œil critique. « Il est grand. Il n'a qu'onze ans, vous dites ?

– Il en aura douze le mois prochain. Il pourra vous donner un bon coup de main.

– Il n'a rien, hein ? » demanda Mrs Bowie. Elle avait une voix haut perchée et flûtée. Ce qui semblait étrange, sortant de cette poitrine pachydermique qui roulait sous le manteau écossais telle une vague à Higgins Beach. « Pas la tuberculose ni rien comme ça ?

– Il a subi les examens, répondit Coslaw. Régulièrement, comme tous nos élèves. Règlement de l'État.

– Il est capable de fendre du bois ? C'est ça que je veux savoir », dit Mr Bowie.

Il avait des traits minces et un air hagard, la tête d'un prédicateur de télé raté.

« J'en suis certain, répondit Coslaw. Je suis sûr qu'il peut travailler dur. Je parle de travail *physique*, bien entendu. Il est mauvais en arithmétique. »

Mrs Bowie sourit. Un sourire tout en lèvres, sans dents.

« C'est moi qui fais les comptes. (Elle se tourna vers son mari.) Hubert ? »

Bowie réfléchit un instant, puis hocha la tête. « Entendu.

— Sortez maintenant, jeune Blaisdell, dit La Loi. Je vous reparlerai plus tard. »

Et c'est ainsi, sans qu'ils lui aient adressé une seule fois la parole, que Blaze fut confié aux Bowie.

« Je veux pas que tu partes », dit John. Assis sur la couchette voisine de celle de Blaze, il le regardait mettre ses quelques biens personnels dans un sac à fermeture Éclair. La plupart de ses affaires, y compris le sac, lui avaient été fournis par Hetton House.

« Je suis désolé », répondit Blaze. Mais ce n'était pas tout à fait vrai : il aurait simplement souhaité que John vienne avec lui.

« Ils vont se remettre à me taper dessus dès que tu seras au bout de la route. Tous. » Ses yeux bougeaient rapidement en tous sens dans leurs orbites et il pressa un bouton tout neuf sur le côté de son nez.

« Mais non, ils ne le feront pas.

— Si, et tu le sais bien. »

Blaze, effectivement, le savait. Il savait aussi qu'il ne pouvait rien y faire. « J'ai pas le choix. Je suis mineur, dit-il en souriant à John. Mineur, menteur et malfaiteur, désolé Monseigneur. »

Pour Blaze, c'était le comble de l'humour, mais ce trait d'esprit n'arracha même pas un sourire à John. Celui-ci prit son ami par le bras et serra fort, comme pour en enregistrer définitivement la texture en mémoire. « Tu ne reviendras jamais. »

Mais Blaze revint.

Les Bowie vinrent le chercher dans un vieux pick-up Ford repeint de manière ridicule avec des couches de blancs différents quelques années auparavant. Il y avait de la place pour trois personnes dans la cabine mais Blaze fit le trajet sur la plateforme. Ça lui était égal. La vue de Hetton House devenant de plus en plus petit au loin, puis disparaissant, le remplit de joie.

Le couple habitait un énorme bâtiment de ferme délabré à Cumberland, patelin voisin de Falmouth d'un côté et de Yarmouth de l'autre ; donnant sur une route en terre, la bâtisse était recouverte par des décennies de poussière. Elle n'était pas peinte. Un panneau, devant, indiquait : BOWIE-COLLEYS. À gauche de la ferme, dans un chenil également gigantesque, vingt-huit colleys couraient, aboyaient et jappaient en permanence. Certains souffraient de la gale. Ils perdaient leurs poils par poignées, exhibant la peau tendre et rose en dessous, sur laquelle festoyaient les derniers parasites de la saison. Des pâturages s'étendaient de l'autre côté de la ferme, derrière laquelle on trouvait l'étable dans laquelle les Bowie avaient leurs vaches. La propriété comptait une dizaine d'hectares. Elle était vouée avant tout à la production du foin, mais il y avait également deux hectares de bois d'essences diverses.

Quand le pick-up s'arrêta, Blaze sauta de la plateforme, son sac à la main. Bowie le lui prit. « Je vais le ranger. Toi, tu vas fendre le bois. »

Blaze cligna des yeux.

Bowie lui montra la grange. Elle était constituée d'une série d'abris qui la reliaient à la maison en zigzaguant pour former une sorte de cour intérieure. Des bûches s'empilaient contre l'une des parois. Il y avait de l'érable mais aussi du pin avec des coulées de résine solidifiées dans les fentes de l'écorce. Devant la pile était posé un vieux billot couturé de cicatrices, une hache enfoncée dedans.

« Toi, tu vas fendre le bois, répéta Bowie.

– Oh », dit Blaze.

C'était la première parole qu'il adressait à l'un ou à l'autre.

Les deux fermiers le regardèrent se diriger vers le billot et libérer la hache. Il la regarda, puis resta planté à côté du billot, dans la poussière. Les colleys n'arrêtaient pas de courir et d'aboyer. Les plus jeunes avaient une voix suraiguë.

« Eh bien ? demanda Bowie.

– J'ai jamais fendu de bois, m'sieur. »

Bowie laissa tomber le sac par terre. Il alla prendre une bûche et la posa sur le billot. Cracha dans une de ses paumes, se frotta les mains et prit la hache. Blaze le regardait avec attention. L'homme abattit la lame sur la bûche, qui se fendit en deux.

« Voilà, dit Bowie. C'est la bonne grosseur pour la cuisinière. À toi, maintenant », ajouta-t-il en lui tendant la hache.

Blaze cala la lame entre ses pieds, se cracha dans une paume et se frotta les mains. Il allait prendre la hache quand il se rendit compte qu'il n'avait pas placé de bûche sur le billot. Il alla en prendre une, la posa, brandit la hache et l'abattit. La bûche se fendit en deux morceaux à peu près identiques à ceux du coup de hache de Bowie. Blaze fut ravi. L'instant suivant il se retrouva par terre, l'oreille droite carillonnant du revers que lui avait porté Bowie de sa main sèche et durcie par le travail.

« Qu'est-ce que j'ai fait ? demanda Blaze.

– Tu as dit que tu savais pas fendre le bois. Et avant que tu viennes me dire que c'était pas de ta faute – ce n'était pas de la mienne non plus, mon gars. Et maintenant, au boulot. »

Sa chambre se réduisait à une espèce de cagibi surajouté au deuxième étage du bâtiment de ferme. Il comprenait un lit et une commode, et rien de plus. Tout ce qu'on apercevait par l'unique fenêtre était ondulé et déformé. Il faisait froid le soir, dans cette pièce, encore plus froid le matin. Peu importait le froid à Blaze ; ce qui l'inquiétait, c'étaient les Bowie. Et ils l'inquiétaient de plus en plus. L'inquiétude devint de la détestation et la détestation, finalement, de la haine. La haine se constitua lentement. Pour lui, c'était la seule issue. Elle grandit à son propre rythme, atteignit son paroxysme et produisit ses fleurs rouges. Le genre de haine qu'une personne intelligente ne connaît jamais. Un bloc qu'aucune réflexion n'était venue entamer.

Il fendit de grandes quantités de bois cet automne et cet hiver. Bowie essaya de lui apprendre à traire les vaches à la main, mais Blaze s'en montra incapable. Il avait ce que Bowie appelait des mains dures. Les vaches devenaient nerveuses en dépit des efforts qu'il faisait pour saisir délicatement leurs tétines. Du coup, elles lui transmettaient leur nervosité, refermant le circuit. Le flot de lait se réduisait à presque rien, puis tarissait complètement. Jamais Bowie ne le gifla pas sur les oreilles ou ne lui donna pas une claque sur la tête pour ça. Pas question pour lui d'acheter une machine à traire, il ne croyait pas aux trayeuses, prétendait que ces DeLaval faisaient vieillir prématurément les vaches ; en revanche, il estimait que traire à la main était un talent. Si bien qu'on ne pouvait pas davantage punir quelqu'un parce qu'il n'avait pas ce talent qu'on n'aurait pu le punir parce qu'il était incapable d'écrire ce qu'il appelait de la *poéssie*.

« Mais tu sais fendre le bois, lui avait-il dit sans sourire. Tu as le talent pour ça. »

Blaze fendait et transportait les bûches, remplissant la caisse à bois quatre ou cinq fois par jour. Il y avait bien une chaudière à mazout, mais Bowie ne l'allumait pas avant février, à cause du prix du mazout. Blaze devait aussi pelleter la neige sur les quatre-vingt-dix mètres que comptait l'allée, dès les premières chutes, faire tomber le foin dans les mangeoires, nettoyer l'étable et récurer les planchers de Mrs Bowie.

Les jours de semaine, il se levait à cinq heures pour nourrir les vaches (à quatre heures s'il avait neigé) et prendre son petit déjeuner avant l'arrivée du bus jaune du ramassage scolaire. Les Bowie se seraient bien passés de l'envoyer à l'école, s'ils avaient pu, mais c'était le règlement.

À Hetton House, Blaze avait entendu raconter des histoires bonnes et moins bonnes sur ceux qui « sortaient ». Surtout des moins bonnes, colportées par les grands, ceux qui allaient au lycée de Freeport. Blaze était encore trop jeune pour ça, cependant. Il alla à l'école du district A de Cumberland tant qu'il fut chez les Bowie, et l'école lui plut. Il aimait son professeur. Il aimait apprendre des poèmes par cœur, se lever et les réciter en classe : *Près du pont grossier qui enjambait les flots...* Il déclamait les vers dans sa veste à carreaux noirs et rouges (il ne l'enlevait jamais, parce qu'il l'oubliait après les exercices d'alerte-incendie), son pantalon de flanelle vert, ses bottes en caoutchouc vertes. Il mesurait déjà un mètre quatre-vingts, dominant d'une bonne tête tous les autres de sa classe de sixième – une tête au front déformé par une cavité et affichant un grand sourire. Personne ne riait de Blaze quand il récitait un poème.

Il avait beaucoup d'amis, même s'il n'était qu'un pupille de la nation, parce qu'il n'était ni querelleur ni brutal. Pas plus que de mauvaise humeur. Dans la cour de récré, il était le nounours de tout le monde. Il portait parfois trois petits à la fois sur ses épaules. Quand ils jouaient au prisonnier, il se retrouvait avec cinq, six, voire sept joueurs accrochés à lui, oscillait, oscillait, en général sans se départir de son sourire, son visage excavé tourné vers le ciel, avant de s'effondrer comme un gratte-ciel, inévitablement salué par les cris de tout le monde. La catholique Mrs Waslewski, un jour qu'elle surveillait la récréation, le vit qui trimballait cinq petits du cours élémentaire sur ses épaules et commença à l'appeler le saint François des Bambins.

Mrs Cheney lui apprit à lire et à écrire et lui donna des rudiments d'histoire. Elle comprit très tôt que les maths (que Blaze s'obstinait à appeler l'arithmétique) étaient une cause perdue pour lui. La seule fois où elle essaya de lui présenter les *flash cards**, il devint tellement pâle qu'elle eut la conviction qu'il avait été sur le point de s'évanouir.

Il était lent, mais pas à proprement parler retardé. En décembre, il était passé des aventures pour petits de Dick et Jane aux histoires de *Roads to Everywhere*, le livre de lecture du cours moyen. Elle lui confia une pile de classiques en bandes dessinées reliées pour qu'il les amène avec lui chez les Bowie, accompagnée d'un mot disant que c'étaient ses devoirs. Son histoire préférée était bien entendu *Oliver*

---

* Cartes présentant des problèmes simples (7 + 11 = ?) qu'il faut résoudre rapidement de tête.

Twist, qu'il relut jusqu'à le connaître pratiquement par cœur.

Tout cela continua jusqu'en janvier et aurait pu se poursuivre jusqu'au printemps, si deux événements malheureux ne s'étaient produits. Il tua un chien et tomba amoureux.

Il détestait les colleys, mais leur apporter leur pitance faisait partie de ses corvées. Les chiens étaient de race mais leur alimentation médiocre et leurs conditions de vie – ils ne sortaient jamais du chenil – les rendaient laids et névrosés. La plupart étaient peureux et fuyaient le contact. Ils se précipitaient sur vous en aboyant et en montrant les dents, puis rebroussaient brusquement chemin pour vous attaquer depuis un angle différent. Parfois, ils s'y prenaient par-derrière. Ils vous mordillaient au mollet ou aux fesses et s'enfuyaient. Ils n'appartenaient pas au champ de compétence de Mr Bowie. Mrs Bowie était la seule à qui ils faisaient la fête. Elle leur roucoulait des fadaises de sa voix haut perchée, toujours vêtue d'une veste rouge, laquelle était couverte de poils fauves.

Les Bowie vendaient rarement un animal adulte mais, tous les printemps, les chiots leur rapportaient deux cents dollars pièce. Mrs Bowie insistait auprès de Blaze sur l'importance qu'il y avait à bien les nourrir, à leur donner ce qu'elle appelait « un bon mélange ». Néanmoins, ce n'était jamais elle qui s'en chargeait et ce que Blaze mettait dans leur gamelle, c'étaient les produits périmés ou abîmés d'un magasin d'alimentation de Falmouth. Hubert Bowie appelait la mixture de la bouffe-à-chiens et parfois les pets-de-chien. Mais jamais quand sa femme était là.

Les chiens sentaient que Blaze ne les aimait pas et qu'il avait peur d'eux, si bien qu'ils devenaient tous les jours un peu plus agressifs avec lui. Le temps que l'hiver s'installe pour de bon, ils en étaient à le mordiller en l'attaquant de face. La nuit, Blaze se réveillait parfois sur un cauchemar dans lequel la meute se précipitait sur lui, le faisait tomber à terre et commençait à le dévorer vivant. Sur quoi, il restait dans son lit les yeux grands ouverts dans le noir, lâchant des petites nuages de buée dans l'air glacial et se tâtant pour être sûr qu'il était encore en un seul morceau. Certes il le savait, il connaissait la différence entre rêve et réalité, mais dans les ténèbres, cette différence paraissait s'estomper.

À plusieurs reprises, leurs assauts lui firent renverser la nourriture et il dut la ramasser du mieux qu'il put dans la neige tassée et jaune d'urine, tandis que les chiens grondaient et se disputaient les morceaux autour de lui.

Peu à peu, l'un d'eux devint leur leader dans la sourde guerre qu'ils menaient contre lui. Il s'appelait Randy, avait onze ans et un œil laiteux. Il terrifiait Blaze. Ses dents avaient quelque chose de vieilles défenses jaunies et il présentait une bande blanche au milieu du crâne. Il fonçait sur Blaze du plus loin qu'il le voyait, droit dessus, ses postérieurs comme des pistons sous sa fourrure qui pelait. Son bon œil flamboyait tandis que l'autre, telle une lampe éteinte, paraissait indifférent à tout. Ses pattes griffues imprimaient leurs traces dans la neige jaunâtre et tassée du chenil. Il accélérait au point qu'il paraissait impossible qu'il puisse faire autre chose que bondir à la gorge de Blaze. Le spectacle rendait les autres chiens frénétiques et ils sautaient, virevoltaient et grondaient. Au dernier instant, Randy raidissait les antérieurs et projetait une gerbe de neige sur le pantalon de Blaze, puis il repartait à fond de train pour renouveler la manœuvre. Mais il interrompait son attaque de plus en plus tard et bientôt se trouva si près que Blaze sentait sa chaleur et même son haleine.

Puis, un soir de la fin janvier, il sentit que le chien n'allait pas s'arrêter. Comment avait-il compris qu'il en irait autrement, il l'ignorait, mais ça lui paraissait évident : Randy, ce coup-ci, ne jouait plus. Il allait sauter. Les autres suivraient aussitôt. Et ce serait alors la curée, comme dans son cauchemar.

Le chien fonça, prenant de plus en plus d'élan, silencieux. Pas d'antérieurs raidis au dernier moment, cette fois. Pas de dérapage ou de volte-face. Les postérieurs fléchis, il se détendit. Et il fut en l'air.

Blaze tenait deux seaux en fer remplis de bouffe-à-chiens. À l'instant même où il comprit que Randy allait sauter, il laissa tomber les seaux et toute sa peur disparut. Il portait des gants de cuir brut avec des trous pour les doigts. Son poing droit entra en contact avec le dessous de la mâchoire allongée du chien. La secousse remonta jusqu'à son épaule et sa main se retrouva sur-le-champ complètement engourdie. Il y eut un bref craquement amer. Randy fit un saut périlleux parfait dans l'air froid et atterrit lourdement sur le dos.

Blaze ne se rendit compte que tous les chiens s'étaient tus que lorsqu'ils se remirent à aboyer. Il reprit les seaux, alla jusqu'à l'auge et y versa l'ignoble mélange. Jusqu'ici, les chiens s'étaient toujours précipités dessus pour s'empiffrer, grognant et menaçant pour avoir la meilleure place, avant même qu'il puisse ajouter l'eau. Il ne pouvait rien y faire ; tous ses efforts étaient vains. Ce jour-là, lorsqu'un des plus jeunes colleys se jeta sur l'auge, une lueur stupide dans ses yeux et sa stupide langue pendant de sa stupide gueule, Blaze le repoussa de ses mains gantées et l'animal se détourna si brutalement qu'il dérapa et s'étala sur le côté. Les autres reculèrent.

Blaze ajouta deux seaux d'eau qu'il prit à la chante-pleure. « Voilà, dit-il. C'est mouillé. Vous pouvez y aller. »

Il revint jeter un coup d'œil à Randy pendant que le reste de la meute se précipitait vers l'auge.

Les puces quittaient déjà le corps en train de se refroidir du colley mort dans la neige jaunie de pisse. Son bon œil paraissait à présent presque aussi vitreux que l'autre. Blaze en conçut de la pitié et de la tristesse. Peut-être le chien avait-il juste voulu jouer, au fond. Juste voulu lui faire peur.

Et il avait *peur*. D'autre chose. Il allait se faire sonner les cloches.

Il retourna à la maison avec ses seaux vides, tête basse. Mrs Bowie était dans la cuisine. La planche à laver était inclinée dans l'évier et elle lavait des rideaux, chantant un hymne de sa voix flûtée tout en travaillant.

« Ah ! tu vas me laisser des traces de pas sur mon plancher ! » lui cria-t-elle en le voyant. Son plancher, peut-être, mais c'était lui qui le frottait. À genoux. Une boule de mauvaise humeur se forma dans sa poitrine.

« Randy est mort. Il m'a sauté dessus. Je l'ai frappé. Je l'ai tué. »

Ses mains jaillirent de l'eau savonneuse et elle hurla : « Randy ? Randy ! *Randy !* »

Elle se mit à courir en rond, arracha son chandail au portemanteau à côté de la cuisinière et courut à la porte.

« Hubert ! cria-t-elle à son mari depuis le seuil. Hubert ! Oh, Hubert ! Oh, le méchant garçon ! » Puis, comme si elle chantait toujours : « OooooooOOOO ! »

Elle bouscula Blaze et courut dehors. Mr Bowie apparut à l'une des nombreuses portes des granges, la surprise allongeant encore un peu plus son visage émacié. Il se dirigea à grands pas vers Blaze et l'agrippa par l'épaule. « Qu'est-ce qui s'est passé ?

— Randy est mort, répondit Blaze sans se démonter. Il m'a sauté dessus et je l'ai frappé.

— Attends ici », dit Bowie avant de rejoindre sa femme.

Blaze enleva sa veste à carreaux et alla s'asseoir sur le tabouret, dans le coin. La neige se mit à fondre de ses bottes et à former une flaque. Il s'en fichait. La chaleur de la cuisinière lui martelait le visage. Il fendait le bois. Il s'en fichait.

Bowie dut ramener sa femme à l'intérieur parce qu'elle cachait sa figure dans son tablier. Elle sanglotait bruyamment. À cause de son timbre aigu, on aurait dit un bruit de machine à coudre.

« Va dans la grange », ordonna Bowie.

Blaze ouvrit la porte et le fermier l'aida à sortir de la pointe de sa botte. Blaze tomba au pied des deux marches, se releva et alla dans la grange. Toutes sortes d'instruments s'y trouvaient : des haches, des marteaux, un tour à bois, une meule, un rabot et une ponceuse, et d'autres outils dont il ne connaissait pas le nom. Il y avait aussi des pièces détachées d'automobile et des caisses pleines de vieilles revues. Ainsi qu'une pelle à neige en alu à lame ultralarge et recourbée. *Sa* pelle à neige. Blaze la regarda, et quelque chose dans cette pelle scella sa haine pour les Bowie, la rendit totale. Ils touchaient cent soixante dollars par mois pour le garder et il effectuait toutes leurs corvées. Il mangeait mal. La nourriture était meilleure à Hetton House. Ce n'était pas juste.

Hubert Bowie ouvrit la porte à ce moment-là et entra. « Tu vas recevoir le fouet, mon garçon.

— Le chien m'a sauté dessus. Il cherchait ma gorge.

— Pas un mot de plus. Tu ne fais que rendre les choses encore pires pour toi. »

Chaque printemps, Bowie faisait saillir l'une de ses vaches par Freddy, le taureau de Franklin Marstellar. Sur le mur de la grange, il y avait une longe (qu'il appelait une corde d'amour) se terminant par un anneau nasal. Bowie la décrocha et la tint par l'anneau, laissant pendre les lourdes lanières de cuir.

« Penche-toi sur l'établi.

– Randy m'a sauté à la gorge. Je vous dis que c'était lui ou moi.

– Penche-toi sur l'établi. »

Blaze hésita, mais ne réfléchit pas. Réfléchir était long et laborieux. Au lieu de cela, il consulta son instinct.

Et son instinct lui dit que le moment n'était pas encore venu.

Il se pencha sur le banc. Bowie le fouetta longtemps et méchamment, mais Blaze ne pleura pas. Les larmes vinrent plus tard, dans sa chambre.

La fille dont il tomba amoureux était en cours moyen deuxième année à l'école de Cumberland où il allait et s'appelait Marjorie Thurlow. Elle avait les cheveux jaunes, les yeux bleus et pas de poitrine. Mais un doux sourire lui redressait le coin des yeux. En récréation, Blaze la suivait du regard. Il sentait alors comme un creux au milieu de son corps, mais d'une manière qui était agréable. Il s'imaginait lui portant ses livres et la défendant contre les méchants. Son visage devenait alors brûlant.

Un jour, peu de temps après l'incident Randy et les coups de fouet, l'infirmière du service de santé vint procéder aux rappels de vaccination. On avait donné aux enfants, la semaine précédente, des formulaires qu'on demandait aux parents de signer s'ils autorisaient cette vaccination. Ceux qui devaient la subir se tenaient en rang, nerveux, devant l'entrée du vestiaire. Blaze se trouvait parmi eux. Bowie avait appelé George Henderson, qui faisait partie de la commission scolaire, pour lui demander si c'était payant. Comme c'était gratuit, il avait signé l'autorisation.

Margie Thurlow se trouvait aussi dans la file d'attente. Elle paraissait très pâle. Blaze se sentait mal pour elle. Il aurait aimé aller lui tenir la main. Cette seule idée rendit son visage brûlant. Il inclina la tête et se dandina sur place.

Blaze était le premier à passer. Quand l'infirmière lui fit signe d'entrer dans le vestiaire, il enleva sa veste à carreaux et remonta la manche de sa chemise. L'infirmière prit une aiguille dans une sorte d'autoclave, consulta ses notes et dit : « Remonte aussi l'autre manche, grand garçon. Tu es bon pour les deux.

— Ça fait mal ? demanda Blaze en déboutonnant la manche.

— À peine une seconde.

— Bon », dit Blaze.

Et il la laissa enfoncer l'aiguille dans son bras gauche.

« Bien. L'autre bras, à présent, et tu en auras terminé. »

Blaze présenta son bras droit. Elle lui injecta encore du truc avec une autre aiguille. Puis il quitta le vestiaire, retourna à son bureau et commença à déchiffrer une histoire dans son livre de lecture.

Lorsque Margie sortit, elle avait les larmes aux yeux et d'autres avaient coulé sur son visage, mais elle ne sanglotait pas. Blaze se sentit fier d'elle. Quand elle passa devant son bureau pour gagner la porte (les deuxième année étaient dans une autre salle de classe), elle lui sourit. Il lui rendit son sourire. Blaze plia ce sourire, le rangea dans un coin et le conserva des années.

À la récréation, au moment où Blaze sortait dans la cour, Margie franchit la porte en courant devant lui, en pleurs. Il se tourna pour la regarder, puis s'avança lentement sur le terrain de jeu, le front plissé, l'expression malheureuse. Il s'approcha de Peter Lavoie qui, de sa main gantée, frappait le ballon de boxe et lui demanda s'il savait ce qui était arrivé à Margie.

« Glen l'a frappée. Sur sa piqûre », répondit Peter, qui ajouta une démonstration en portant trois coups de poing rapides et légers au bras d'un garçon qui passait près d'eux. Blaze fronça les sourcils. L'infirmière avait menti. Ses deux bras lui faisaient très mal à hauteur de la piqûre. Il avait une sensation de raideur dans les muscles, comme après un choc. Il était difficile de les faire jouer sans grimacer. Et Margie était une fille. Il chercha Glen des yeux.

Glen Hardy était dans la classe au-dessus de la sienne, un costaud tout en muscles, dans le genre de ceux qui joueront au football américain puis prendront ensuite trop de poids. Il repoussait en arrière les grandes ondulations de sa chevelure rousse. Un garçon lança à Blaze le ballon du jeu du prisonnier. Il le laissa tomber à terre sans même le regarder et se dirigea vers Glen Hardy.

« Oh, bon sang, s'exclama Peter Lavoie, Blaze va se battre avec Glen ! »

Cette nouvelle circula en un instant dans la cour de récré. Avec une indifférence étudiée, des groupes de garçons commencèrent à dériver vers l'endroit où Glen et quelques garçons parmi les plus âgés jouaient à une version maladroite et trollesque du kickball. Glen lançait. Il expédiait des ballons difficiles qui rebondissaient et glissaient sur le sol gelé.

Mrs Foster, responsable de la récréation ce jour-là, se trouvait de l'autre côté du bâtiment pour surveiller les petits sur les balançoires. Elle n'allait pas interférer – en tout cas, pas tout de suite.

Glen leva les yeux et vit Blaze s'approcher. Il laissa tomber le ballon. Mit les mains sur ses hanches. Les deux équipes se mélangèrent pour se mettre en demi-cercle autour et derrière lui. Ils avaient tous douze ou treize ans. Aucun n'avait la taille de Blaze. Seul Glen était plus grand.

Les plus jeunes s'étaient plus ou moins regroupés derrière Blaze. Ils se dandinaient, tiraient minutieusement sur leurs moufles et marmonnaient entre eux. Tous, d'un côté comme de l'autre, arboraient une absurde expression d'indifférence. La bagarre n'avait pas encore été déclenchée.

« Qu'est-ce que tu veux, pauv'cloche ? » demanda Glen Hardy d'une voix enrouée – la voix d'un jeune dieu enrhumé.

« Pourquoi t'as donné des coups de poing à Margie sur sa piqûre ? demanda Blaze.

– Pour me marrer.

– Très bien », dit Blaze en se jetant sur lui.

Glen le frappa deux fois au visage, très vite, avant même qu'il soit vraiment à sa portée, et du sang se mit à couler du nez de Blaze. Puis il recula, voulant garder l'avantage de son allonge. Les garçons criaient.

Blaze secoua la tête. Des gouttes de sang volèrent, éclaboussant la neige des deux côtés et devant lui.

Glen souriait. « Pupille de la nation, dit-il, pupille de la nation ramolli du citron ! » Il dirigea son coup suivant au milieu du front troué de Blaze et son sourire s'évanouit lorsqu'il sentit la douleur remonter son bras. Troué ou pas, le front de Blaze était très dur.

Un instant, Glen oublia de reculer et Blaze lança son premier coup. Il ne se servait pas de son corps, se contentant d'utiliser son bras comme un piston. Ses articulations entrèrent en contact avec la bouche de Glen, qui poussa un cri lorsque ses lèvres se fendirent contre ses dents et commencèrent à saigner. Le cri devint plus fort.

Glen sentit le goût de son propre sang et oublia encore de reculer. Oublia d'injurier ce garçon affreux avec son front défoncé. Il se jeta sur lui, lançant ses poings en swings de bâbord et de tribord.

Blaze affermit sa position et tint tête. Vaguement, comme s'ils venaient de loin, il entendit les cris et les encouragements de ses camarades de classe. Ils lui rappelèrent les jappements des colleys le jour où il avait compris que Randy allait lui sauter dessus.

Glen réussit à passer au moins trois bons coups et la tête de Blaze oscilla à chacun. Haletant, il inhala du sang. Ses oreilles tintaient. Mais son poing jaillit à son tour et il sentit l'impact lui remonter tout le long du bras jusqu'à l'épaule. Tout d'un coup, il y eut du sang non seulement sur la bouche de Glen mais jusque sur son menton et ses joues. Le garçon recracha une dent. Blaze frappa à nouveau, au même endroit. Glen hurla. On aurait dit un petit qui se serait pris les doigts dans une porte. Il arrêta de se balancer. Sa bouche était en capilotade. Mrs Foster courait vers eux. Sa jupe volait, soulevée par ses genoux, et elle s'époumonait dans son petit sifflet d'argent.

Blaze avait le bras très douloureux, là où l'infirmière l'avait piqué ; il avait mal à ses articulations, il avait mal à la tête, mais il frappa à nouveau, avec l'énergie du désespoir, d'une main engourdie qu'il ne contrôlait plus. La même main que celle qu'il avait utilisée contre Randy, et il y mit autant de force que ce jour-là, dans le chenil. Il y eut un craquement parfaitement audible qui réduisit tout le monde au silence. Glen resta un instant debout, telle une poupée de chiffon, ses yeux roulèrent et devinrent blancs et il s'effondra en tas sur le sol.

Je l'ai tué, pensa Blaze. Oh, bon Dieu, je l'ai tué comme Randy.

C'est alors que Glen se mit à bouger et à marmonner du fond de la gorge, comme on fait dans son sommeil. Mrs Foster cria à Blaze de retourner dans la classe. Pendant qu'il s'y rendait, il l'entendit dire à Peter Lavoie d'aller au bureau chercher le kit de première urgence, *et au pas de course !*

On le renvoya de l'école. Auparavant, on lui avait mis de la glace sur le nez pour arrêter le saignement, on avait placé un pansement sur son oreille. Il avait dû faire à pied les six kilomètres qui le séparaient de la ferme aux chiens. Il avait déjà parcouru quelques centaines de mètres lorsqu'il se souvint de son repas. Mrs Bowie lui préparait toujours une tranche de pain tartinée de beurre de cacahuètes repliée sur elle-même et une pomme. Ce n'était pas grand-chose, mais il avait un bout de chemin à faire et, comme aurait dit John Cheltzman, quelque chose valait mieux que rien n'importe quel jour de la semaine.

On ne voulut pas le laisser entrer quand il revint, mais Margie Thurlow le lui apporta. Elle avait encore les yeux rouges d'avoir pleuré. Elle le regarda comme si elle voulait lui dire quelque chose, mais sans savoir comment s'y prendre. Blaze comprenait ce qu'elle ressentait et il lui sourit pour lui montrer que tout allait bien. Elle lui rendit son sourire. Il avait un œil presque complètement fermé et il la regardait avec celui qui restait.

Quand il arriva à l'autre bout du terrain de jeu, il se retourna pour la voir encore, mais elle n'était plus là.

« Va dans la grange, dit Bowie.

– Non », répondit Blaze.

Les yeux du fermier s'agrandirent. Il secoua un peu la tête, comme pour s'éclaircir les idées. « Qu'est-ce que tu as dit ?

– Vous n'avez aucune raison de me fouetter.

– C'est à moi d'en juger. Va dans la grange.

– Non. »

Bowie avança vers lui. Blaze recula de deux pas et serra son poing gonflé. Cala ses pieds sur le sol. Bowie s'arrêta. Il avait vu Randy. Randy avait eu le cou brisé comme une branche de cèdre après une forte gelée.

« Monte dans ta chambre, espèce de fils de pute ! »

Blaze obéit. Il s'assit sur le bord du lit. D'où il était, il entendait Bowie vociférer dans le téléphone. Il avait une petite idée de la personne à qui s'adressaient ces vociférations.

Il s'en fichait. Il s'en fichait. Mais quand il pensait à Margie Thurlow, il ne s'en fichait plus. Quand il pensait à Margie Thurlow il avait envie de pleurer, de pleurer de la manière dont il avait envie de pleurer lorsqu'il voyait un oiseau perché, solitaire, sur les fils du téléphone. Mais il ne pleura pas. Au lieu de cela, il relut *Oliver Twist*. Il le connaissait par cœur ; il pouvait même prononcer les mots qu'il ne comprenait pas. Dehors, les chiens aboyaient. Ils avaient faim. C'était l'heure de leur repas. Personne ne l'appela pour la corvée qu'il aurait faite si on le lui avait demandé.

Il lut *Oliver Twist* jusqu'au moment où le break de Hetton House vint le chercher. La Loi était au volant. Il avait les yeux rouges de fureur. Sa bouche se réduisait à une fente entre son nez et son menton. Les Bowie se tinrent ensemble sur le pas de leur porte, dans le crépuscule de janvier, pour les regarder partir.

Lorsqu'ils arrivèrent à Hetton House, Blaze se sentit envahi par un pesant et affreux sentiment de familiarité. Comme s'il avait revêtu une chemise imbibée d'eau. Il dut se mordre la langue pour ne pas pleurer. Trois mois, et rien n'avait changé. Hetton House était toujours ce même et éternel tas de briques merdique. Les mêmes fenêtres diffusaient la même lumière jaunâtre sur le sol dehors, à ceci près que la neige couvrait ce sol. La neige disparaîtrait avec le printemps, la lumière resterait la même.

Dans son bureau, la Loi exhiba la Cravache. Blaze aurait pu la lui arracher, mais il était fatigué de se bagarrer. Et quelque chose lui disait qu'il y aurait toujours quelqu'un de plus fort, avec une plus grosse cravache.

Quand la Loi eut fini de faire travailler son bras, il l'envoya dans le dortoir de Fuller Hall. John Cheltzman se tenait près de la porte. L'un de ses yeux se réduisait à une fente entre deux paupières violacées et gonflées.

« Salut, Blaze.

– Salut, Johnny. Où sont tes lunettes ?

– Pétées, répondit John. Blaze, ils m'ont pété mes lunettes ! Je peux plus rien lire ! »

Blaze pensa à ça. Il était triste d'être de retour ici, mais trouver John qui l'attendait signifiait beaucoup pour lui. « On va les réparer », dit-il. Puis il eut une idée : « On ira pelleter la neige en ville à la prochaine tempête, et on fera des économies pour t'en payer d'autres.

– Tu crois qu'on pourrait faire ça ?

– Bien sûr. Toi, tu m'aideras avec mes devoirs, hein ?

– Évidemment, Blaze, évidemment. »

Ils entrèrent ensemble.

10

Vaste, situé en bord de route, le centre commercial Apex comprenait, entre autres, un salon de coiffure, une boutique vidéo, une quincaillerie, une église pentecôtiste (Apex Pentecostal Church of the Holy Spirit !), un marchand de bière et un feu jaune clignotant. Il n'était qu'à quelques minutes à pied du chalet et Blaze s'y rendit le lendemain du jour où il avait fait la caisse du Quik-Pik de Tim & Janet pour la seconde fois. Son objectif était la quincaillerie, un petit magasin indépendant où il acheta une échelle extensible en aluminium pour trente dollars sans les taxes. Elle portait l'étiquette rouge des objets en promotion.

Il la rapporta par la route, marchant d'un bon pas sur le bas-côté déblayé sans regarder ni à gauche ni à droite. Il ne lui était pas venu à l'esprit qu'on se rappellerait cet achat. George y aurait pensé, mais George était toujours aux abonnés absents. L'échelle était trop longue pour entrer dans le coffre de la Ford, mais elle tenait dans l'habitacle, en diagonale entre le siège arrière gauche et le siège du passager avant. Une fois cette question réglée, il rentra dans la maison et brancha la radio sur WJAB, qui diffusa de la musique jusqu'à la tombée de la nuit.

« George ? »

Pas de réponse. Il prépara du café, en but une tasse et s'allongea. Il s'endormit pendant que la radio jouait « Phantom 409 ». Il faisait nuit à son réveil et la radio n'émettait plus qu'un chuintement d'électricité statique. Il était sept heures et quart.

Il se leva et se prépara un repas composé d'un sandwich à la mortadelle et de morceaux d'ananas en boîte. Il adorait les ananas en boîte Dole. Il pouvait en manger trois fois par jour sans s'en lasser. Il avala le sirop en trois grandes rasades et regarda autour de lui. « George ? »

Pas de réponse.

Il se mit à aller et venir nerveusement. La télé lui manquait. La radio n'était pas une compagnie le soir. Si George avait été là, ils auraient pu jouer au cribbage. George gagnait tout le temps parce que lui se trompait souvent, surtout dès qu'il y avait des chiffres (c'était de l'arithmétique), mais il trouvait amusant de foncer de haut en bas du jeu. Comme dans une course de chevaux. Et si George n'avait pas envie d'une partie de cribbage, ils pouvaient toujours mélanger quatre paquets de cartes et jouer à la guerre. George était capable de jouer à la guerre pendant la moitié de la nuit tout en buvant de la bière et en lui expliquant comment ces salauds de républicains baisaient les pauvres (« *Pourquoi ? je vais te dire pourquoi, moi. Pour la même raison qu'un chien se lèche les couilles : parce qu'ils peuvent* »). Sauf qu'à présent, il n'avait plus rien à faire. George lui avait bien montré comment jouer au solitaire, une fois, mais Blaze avait oublié les règles. Il était beaucoup trop tôt pour procéder à l'enlèvement. Il n'avait pas pensé à chaparder des BD ou des revues porno pendant qu'il était dans le magasin.

Il finit par ouvrir un vieux numéro de *X-Men*. George appelait les X-Men les homos à pépins, comme s'ils venaient d'une pomme, Blaze ignorait pourquoi.

Il s'enfonça dans la somnolence un peu avant huit heures et quand il se réveilla, à onze heures, il se sentit vaseux, à moitié présent au monde. Il pouvait y aller maintenant, s'il voulait – le temps d'arriver à Ocoma Heights il serait minuit passé – mais, tout d'un coup, il ne savait plus s'il voulait ou non faire le coup. Tout d'un coup, l'affaire lui paraissait très effrayante. Très compliquée. Fallait réfléchir. Élaborer un plan. Il devrait peut-être imaginer lui-même une manière d'entrer dans la maison. Voir ça de plus près. Se faire passer pour un agent du service des eaux, ou de la compagnie électrique. Dessiner un circuit.

Le berceau vide, à côté de la cuisinière, avait l'air de le narguer.

Il s'endormit de nouveau et fit un rêve désagréable dans lequel il courait. Il pourchassait quelqu'un dans les rues désertes du secteur des quais pendant que des paquets de mouettes tourbillonnaient et poussaient leurs cris au-dessus des jetées et des entrepôts. Était-ce John Cheltzman ou George qu'il poursuivait, il l'ignorait. Et quand il commença à gagner du terrain et que la personne se tourna pour lui adresser, par-dessus l'épaule, un sourire moqueur, il vit que ce n'était ni l'un ni l'autre. Mais Margie Thurlow.

Quand il se réveilla, toujours dans son fauteuil et encore habillé, le jour pointait. Les programmes de radio avaient repris sur WJAB. Henson Cargill chantait « Skip A Rope ».

Il se prépara à faire le coup le soir même, mais n'y alla pas. Le lendemain, il sortit et déblaya un inutile chemin dans la neige en direction du bois voisin. Il pelleta jusqu'à ce qu'il soit hors d'haleine et ait le goût du sang dans la bouche.

J'y vais ce soir, pensait-il, mais le seul endroit où il se rendit, en fin de journée, fut l'épicerie du coin, pour voir si de nouvelles BD étaient arrivées. Il y en avait, et il en acheta trois. Il s'endormit sur la première après le dîner et il était minuit quand il se réveilla. Il se levait pour aller pisser dans la salle de bains – après quoi il irait se mettre au pieu – lorsque George éleva la voix.

« C'est toi, George ?

– T'as pas de couilles, Blaze.

– Non, je ne …

– Tout ce que tu fais, c'est tourner en rond dans cette baraque comme un clébard qu'a les couilles prises dans la porte du poulailler.

– Non ! C'est pas vrai ! J'ai fait des tas de trucs. J'ai une bonne échelle…

– Ouais, et des bonnes BD. T'as pris du bon temps à rester assis ici, à écouter cette musique de merde et à lire des histoires de pédés à super-pouvoirs, hein, Blaze ? »

Blaze marmonna quelque chose.

« Qu'est-ce que tu as dit ?

– Rien.

– Mais si. Mais tu n'as pas les couilles pour le dire à haute voix.

– Très bien. Personne t'a demandé de revenir.

– Fils de pute minable et ingrat.

– Écoute, George, je…

– Je me suis occupé de toi, Blaze. D'accord, c'était pas par charité, tu te débrouillais bien quand tu étais utilisé comme il fallait, mais c'était *moi* qui savais comment on devait s'y prendre. T'aurais pas oublié ? On n'avait pas tous les jours trois billets en poche, mais on en avait toujours au moins un. J'ai veillé à ce que tu te changes régulièrement et à ce que tu te tiennes propre. Qui t'a appris à brosser tes foutues dents, Blaze ?

— Toi, George.

— Ce que tu oublies maintenant de faire, au fait, et ta gueule pue une fois de plus la souris crevée. »

Blaze sourit. Il ne put s'en empêcher. George avait une manière marrante de dire les choses.

« Quand t'avais besoin d'une pute, c'est moi qui te la fournissais, pas vrai ?

— Ouais, et y'en a une qui m'a refilé la chtouille. »

Pendant six semaines, pisser l'avait tué.

« Je t'ai amené chez le toubib, non ?

— C'est vrai, reconnut Blaze.

— Tu me dois ça, Blaze.

— Tu ne voulais pas que je le fasse !

— Ouais, mais j'ai changé d'avis. C'était mon plan, et tu me dois bien ça. »

Blaze réfléchit à la question. Comme toujours, cela lui prit du temps et fut laborieux. Puis il lâcha : « Comment peut-on devoir quelque chose à un mort ? Si quelqu'un arrivait, il m'entendrait me parler et faire les réponses, et il penserait que je suis cinglé ! Je suis probablement cinglé ! (Une autre idée lui vint à l'esprit.) Qu'est-ce que tu pourrais faire de ta part ? T'es mort !

— Parce que toi, t'es vivant ? Assis là, à écouter la radio jouer ces chansons de cow-boys à la con ? À lire des BD et à t'astiquer le manche ? »

Blaze rougit et regarda le plancher.

« Tu veux oublier ça et aller dévaliser le même magasin trois ou quatre fois, jusqu'au jour où ils vont te piéger et te foutre au trou ? Tu veux rester assis ici comme un con à regarder ce crétin de berceau et cette crétine de chaise haute en attendant ?

— Je vais démolir le berceau pour en faire du petit bois.

— Regarde-toi, un peu », reprit George. Dans sa voix il y avait quelque chose qui allait au-delà de la tristesse. On aurait dit du chagrin. « Même pantalon tous les jours pendant deux semaines, ton slip plein de taches de pisse… T'as besoin de te raser et t'as foutrement besoin d'une putain de coupe de cheveux… dire que tu restes assis là, dans ce foutu chalet, au milieu de cette saloperie de bois. C'est pas comme ça qu'on fonctionne, tous les deux. Tu comprends pas ça ?

— T'es parti, dit Blaze.

— Parce que tu te comportais comme un crétin. Mais ça, c'est encore plus crétin. Tu dois courir ta chance ou bien c'est fini pour toi. Tu vas faire cinq ans un coup, six le suivant, et la troisième fois, t'auras ta place dans le Shank pour le reste de ta vie. Rien qu'un pauvre débile qui n'avait même pas idée de se laver les dents ou de changer de chaussettes. Rien qu'un débris de plus sur le sol.

— Alors dis-moi ce qu'il faut faire, George.

— Continuer ce qu'on avait dit, voilà ce qu'il faut faire.

— Mais si je suis pris, on va me refiler la perpète. »

Cette éventualité le rongeait davantage qu'il ne voulait le reconnaître.

« C'est de toute façon ce qui va t'arriver, à la manière dont tu t'y prends — pourquoi tu m'as pas écouté ? Et tiens-toi bien : tu vas lui faire une fleur. Même s'il ne s'en souviendra pas — aucune chance — il aura quelque chose de gratiné à raconter à ses copains du country club pour se faire mousser, et ça, pour le reste de sa vie. Et les gens que tu vas rançonner, ils ont eux-mêmes volé cet argent, sauf que c'est avec un stylo et pas avec un pétard qu'ils s'y sont pris, comme dit Woody Guthrie.

— Et si je suis pris ?

— Tu seras pas pris. Et si tu as des problèmes avec l'argent — s'il est marqué —, tu vas à Boston trouver Billy O'Shea. Le principal, c'est de te réveiller, maintenant.

— Quand je dois y aller, George, quand ?

— Quand tu te réveilleras. Quand tu te réveilleras. Réveille-toi. Réveille-toi ! »

Blaze se réveilla. Il était dans le fauteuil. Les BD étaient éparpillées sur le plancher et il avait ses chaussures aux pieds. *Oh, George…*

Il se leva et regarda l'horloge bas de gamme posée sur le frigo. Une heure et quart du matin. Il se pencha sur le miroir taché de savon accroché au mur. Il avait l'air d'avoir vu un fantôme.

Il enfila sa parka, mit sa casquette et ses moufles et se rendit dans la grange. L'échelle était toujours dans la voiture, mais cela faisait trois jours que le moteur n'avait pas tourné et il rechigna un bon moment avant de consentir à démarrer.

Il posa les mains sur le volant. « J'y vais, George. C'est parti ! »

Il n'y eut pas de réponse. Blaze décala la visière de sa casquette vers le côté chance et sortit en marche arrière. Puis il manœuvra et s'engagea sur la route. Il était parti, en effet.

11

IL N'EUT PAS DE PROBLÈME pour se garer dans Ocoma Heights, même si les patrouilles de flics y étaient fréquentes. George avait mis au point cette partie du plan des mois avant sa mort. Plan qui était d'ailleurs parti de là.

Une grande tour d'habitation s'élevait de l'autre côté de la propriété des Gerard, à environ quatre cents mètres de chez eux. L'immeuble Oakwood comportait neuf étages, et les appartements étaient occupés par des gens qui gagnaient bien leur vie – *très bien* leur vie –, dont les bureaux se trouvaient à Portland, Portsmouth ou Boston. Il y avait un parking gardé pour les visiteurs sur l'un des côtés. Lorsque Blaze se présenta à l'entrée, un homme sortit de la petite guérite en remontant la fermeture de sa parka.

« Chez qui vous rendez-vous, monsieur ?

– Chez Joseph Carlton, répondit Blaze.

– Bien monsieur », dit le gardien. Il ne paraissait pas s'étonner de voir arriver un visiteur à près de deux heures du matin. « Désirez-vous que nous les appelions ? »

Blaze secoua négativement la tête et montra une carte en plastique rouge au gardien. Elle avait appartenu à George. Si l'homme avait dit qu'il allait tout de même appeler – ou même s'il avait simplement eu l'air soupçonneux –, Blaze aurait compris que la carte n'était plus valable, qu'ils en avaient changé la couleur ou la présentation et il aurait illico mit les voiles.

Le gardien se contenta de hocher la tête et de retourner dans sa guérite. La barrière se leva l'instant suivant et Blaze s'avança dans le parking.

Il n'existait aucun Joseph Carlton, ou du moins, Blaze pensait qu'il n'y en avait pas. George lui avait dit que l'appartement du huitième était une planque de joueurs louée par des types de Boston, des types qu'il appelait des Malins d'Irlandais. Parfois, ces Malins d'Irlandais y tenaient des réunions. Parfois ils y rencontraient des filles « qui faisaient des variations », selon l'expression de George. Mais avant tout, ils se retrouvaient pour jouer au poker. George avait participé à une demi-douzaine de ces parties. On l'avait accepté parce qu'il était copain d'enfance avec l'un des Malins, un gangster aux cheveux devenus prématurément blancs du nom de Billy O'Shea, qui avait des yeux de grenouille et des lèvres bleuâtres. Billy O'Shea appelait George la Râpe, à cause de sa voix enrouée, ou des fois juste Râpe. Parfois, George et Billy parlaient entre eux des religieuses et des prêtres.

Blaze avait assisté avec George à deux de ces parties où l'on misait gros, stupéfait jusqu'à l'incrédulité devant les sommes d'argent empilées sur la table. Lors d'une partie, George avait gagné cinq mille dollars ; à la suivante, il en avait perdu deux mille. C'était la situation d'Oakwood, à proximité de la propriété des Gerard, qui avait conduit George à penser sérieusement au fric des Gerard et au jeune héritier.

Il faisait sombre dans le parking désert où, sous l'unique lampadaire à arc de sodium, scintillait la neige tassée ; elle avait été repoussée par le chasse-neige contre la barrière anticyclone qui séparait le périmètre d'un parc d'environ un hectare, de l'autre côté.

Blaze descendit de la Ford, ouvrit la portière arrière et retira son échelle. Il avait quelque chose à faire et il se sentait mieux. Bouger chassait ses doutes.

Il lança l'échelle par-dessus la barrière. Elle atterrit en silence dans un nuage poudreux qui retomba en scintillant. Il escalada la barrière, se prit le pantalon dans un fil de fer qui dépassait et dégringola de l'autre côté la tête la première dans la neige, épaisse de près d'un mètre à cet endroit. Il se débattit quelques instants et ce fut un involontaire ange de neige qui se redressa.

Il coinça l'échelle sous son bras et prit la direction de la route principale. Son objectif était d'arriver chez les Gerard par-derrière, et il se concentrait dessus. Il ne pensait pas à la piste qu'il laissait — les empreintes de gaufre caractéristiques de ses bottes militaires. George y aurait peut-être pensé, mais George n'était pas là.

Il s'arrêta en arrivant à la route et regarda des deux côtés. Aucun véhicule en vue. En face de lui, il n'était plus séparé de la maison plongée dans l'obscurité que par une haie encapuchonnée de neige.

Il traversa la route en courant, plié en deux comme si cela pouvait le cacher, souleva l'échelle et la fit passer par-dessus la haie. Il était sur le point de se forcer un passage au milieu des buissons, sans prendre plus de précautions, lorsqu'un éclat de lumière — reflet du lampadaire le plus proche ou la simple lueur des étoiles — fit apparaître un fil d'argent courant entre les branches dénudées. Il l'examina de plus près et sentit son cœur bondir.

Un fil accroché à des isolants placés aux trois quarts de la hauteur de fins piquets métalliques. Un fil électrifié, autrement dit, tout comme dans les pâturages des Bowie.

La décharge serait assez forte, sans aucun doute, pour donner un choc à quiconque le toucherait et pour le faire pisser dans son pantalon, sans parler de l'alarme qui se déclencherait. Le chauffeur, ou le maître d'hôtel ou n'importe qui, appellerait les flics et ça serait terminé. Finie, l'aventure.

« George ? » murmura-t-il.

Quelque part – venant de la route ? – une voix murmura : « Saute par-dessus. »

Il recula – la route était toujours aussi déserte – et courut vers la haie. Il plia la jambe et sauta, dans un style ventral maladroit. Il frotta le haut de la haie et s'étala dans la neige, de l'autre côté. Sa jambe, qu'avait égratignée le fil de fer de la barrière anticyclone, laissa quelques gouttes de sang type AB négatif sur la neige et quelques branches de la haie.

Il se releva et évalua la situation. La maison était à une centaine de mètres. Derrière, on apercevait un petit bâtiment qui pouvait être un garage ou une maison d'invités. Ou le logement des domestiques. Le vaste champ de neige qu'était la pelouse les séparait. Il serait parfaitement visible là, au milieu, si quelqu'un était réveillé. Blaze haussa les épaules. S'ils étaient réveillés, tant pis. Il n'y pouvait rien.

Il prit son échelle et trottina jusque dans l'ombre protectrice de la maison. Il s'accroupit près du mur pour reprendre haleine et voir s'il n'avait pas déclenché une alarme. Mais rien ne bougeait. La maison était plongée dans le sommeil.

Les fenêtres se comptaient par douzaines sur le bâtiment. Laquelle était la bonne ? Si George et lui avaient étudié la question, il avait oublié leurs conclusions. Il posa une main contre la brique comme s'il s'attendait à la sentir respirer. Il alla regarder au travers de la vitre du rez-de-chaussée la plus proche et vit une grande cuisine, étincelante de propreté. On aurait dit la salle de contrôle du vaisseau spatial *Enterprise*. Une veilleuse, au-dessus de la cuisinière, projetait une douce lueur sur les revêtements en Formica et sur le dallage. Blaze s'essuya les lèvres de la paume de la main. Son indécision grandissait et il retourna à l'échelle pour lutter contre elle. Faire n'importe quoi, même la chose la plus simple. Il tremblait.

C'est la perpète ! s'écria une voix en lui. *Pour ça ils te colleront la perpète ! Il est encore temps, tu peux…*

« Blaze. »

Il faillit crier.

« N'importe quelle fenêtre. Si tu ne t'en souviens pas, faudra explorer la taule.

– J'pourrai pas, George. Je vais renverser un truc… ils vont m'entendre et ils vont venir me tirer dessus… ou …

– Il le faut, Blaze. C'est la seule solution.

– J'ai la trouille, George. Je veux rentrer à la maison. »

Pas de réponse. Mais d'une certaine manière, c'était *la* réponse.

Poussant des halètements rauques, mais contenus, qui rejetaient de petits nuages de buée, il fit sauter les verrouillages de l'échelle et la déploya à sa hauteur maximale. Gêné par ses moufles, il dut s'y reprendre à deux fois avant de pouvoir la bloquer dans cette position. Il avait pas mal pataugé dans la neige, depuis un moment, et il était blanc de la tête aux pieds – un bonhomme de neige, un yéti. Il y en avait même sur la visière de sa casquette, toujours tournée côté chance. Cependant, en dehors des cliquetis du verrouillage et de sa respiration étouffée, tout était calme. La neige assourdissait les bruits.

L'échelle d'aluminium était légère et il n'avait pas eu de mal à la monter. Le dernier barreau arrivait juste sous la fenêtre située au-dessus de la cuisine. Il pourrait atteindre la fermeture depuis l'avant-dernier barreau ou même le précédent.

Il commença à grimper, se débarrassant de la neige au fur et à mesure. L'échelle bougea une fois – il s'immobilisa, pétrifié, et retint son souffle –, mais elle resta calée dans sa nouvelle position. Il reprit son ascension. Il voyait défiler les briques, puis il atteignit le rebord de la fenêtre. Il regarda. Il était à la hauteur d'une chambre à coucher.

Il aperçut un lit double. Deux personnes dormaient dedans. Visages réduits à deux cercles plus pâles, deux simples images brouillées.

Blaze les contempla, émerveillé. Il avait oublié sa peur. Pour une raison incompréhensible pour lui – il ne se sentait pas excité, ou du moins ne croyait pas l'être –, il se mit à bander. Aucun doute, il s'agissait de Gerard III et de sa femme. Il les regardait, et eux l'ignoraient. Il regardait dans leur intimité. Il voyait leurs commodes, leurs tables de nuit, leur vaste lit double. Il voyait aussi un grand miroir allant du sol au plafond dans lequel il devinait son reflet les regardant depuis là où il faisait froid. Il les regardait, et eux ne le savaient pas. Il en tremblait d'excitation.

Il s'arracha à ce spectacle et examina la fermeture intérieure de la fenêtre à guillotine. Il s'agissait d'une simple targette, des plus faciles à ouvrir avec le bon instrument, celui que George aurait appelé un rossignol. Bien entendu, Blaze n'avait pas le bon instrument, mais il n'en aurait pas besoin. Le pêne n'était pas engagé dans la gâche.

Ce sont que des gros lards, pensa Blaze, des gros imbéciles de républicains. Je suis peut-être un crétin, mais eux sont des imbéciles.

Blaze écarta les pieds autant que possible sur l'échelle, pour augmenter l'effet de levier, puis commença à peser de plus en plus fort sur la fenêtre, très progressivement. L'homme, dans le lit, changea de position dans son sommeil et Blaze resta immobile jusqu'à ce que le dormeur se soit replongé dans l'ornière de ses rêves. Puis il se remit à pousser.

Il commençait à se dire que la fenêtre disposait d'un autre système de verrouillage – raison pour laquelle le pêne n'était pas engagé – lorsqu'elle céda de quelques millimètres. Le bois émit un grincement feutré. Blaze s'arrêta sur-le-champ.

Il réfléchit.

Il devait faire vite : ouvrir la fenêtre, l'enjamber, la refermer. Sans quoi, l'irruption de l'air froid de janvier les réveillerait à coup sûr. Mais si la fenêtre coulissante se mettait à faire du bruit, il les réveillerait aussi.

« Vas-y, lui dit George depuis le pied de l'échelle. Pousse de toutes tes forces. »

Blaze força le passage avec ses doigts, sous le montant inférieur de la fenêtre à guillotine, puis souleva celle-ci. Elle remonta sans un bruit. Il passa une jambe à l'intérieur, fit suivre son corps, se tourna et referma la fenêtre. Elle grinça en redescendant et cogna avec un bruit sourd contre le montant. Il resta accroupi, pétrifié, redoutant de se tourner vers le lit, l'oreille dressée pour analyser le moindre bruit.

Rien.

Mais si. Plein de bruits même. De respiration, par exemple. Deux personnes respirant presque en même temps, comme s'ils roulaient en tandem. De minuscules bruits de matelas. Le tic-tac d'une horloge. Un souffle bas et feutré – la chaudière, probablement. Et la maison elle-même semblait respirer. Se désagrégeant lentement depuis soixante ou soixante-quinze ans qu'elle avait été bâtie – bon sang, un siècle, peut-être. Se tassant sur son ossature de brique et de bois.

Blaze se tourna enfin et les regarda. La femme était découverte jusqu'à la taille. L'une des bretelles de sa chemise de nuit, retombée, laissait voir l'un de ses seins. Blaze le regarda, fasciné de le voir se soulever et s'abaisser, fasciné par la manière dont le téton s'était durci dans le bref courant d'air…

« Bouge-toi le cul, Blaze, bordel ! »

Il traversa la chambre à grandes enjambées caricaturales d'amant filant en douce après s'être caché sous le lit, retenant sa respiration, la poitrine bombée comme celle d'un colonel de dessin animé.

De l'or brillait.

Il y avait un petit triptyque sur l'une des commodes, trois photos disposées en pyramide dans un cadre d'or. Sur celle du bas, on voyait Joe Gerard III à gauche et sa Narménienne de femme à la peau olivâtre à droite. Au-dessus, Joe IV et sa tête chauve de nouveau-né, une couverture de bébé tirée jusqu'au menton. Ses yeux sombres étaient ouverts sur le monde dans lequel il venait d'entrer si récemment.

Une fois à la porte, Blaze tourna le bouton et regarda par-dessus son épaule avant de sortir. La femme avait maintenant un bras posé en travers de sa poitrine et son sein était caché. Son mari dormait sur le dos, bouche ouverte ; pendant quelques instants, avant qu'il ne se mette à ronfler bruyamment, le nez plissé, on aurait pu croire qu'il était mort. Blaze pensa à Randy, à Randy quand il gisait sans vie dans la neige, les puces et les tiques quittant son corps.

De l'autre côté du lit, l'appui de la fenêtre et le sol juste en dessous étaient saupoudrés de neige piétinée qui commençait à fondre.

Blaze ouvrit délicatement la porte, prêt à s'interrompre au moindre grincement, mais il n'y en eut pas. Il se glissa de l'autre côté dès que le passage fut assez large. Il se retrouva dans une sorte de couloir-galerie, foulant une moquette douce et opulente. Il referma la porte derrière lui, s'approcha de la balustrade encore plus noire que l'obscurité qui fermait la galerie et regarda en bas.

Il vit un gracieux escalier à double révolution aboutissant dans un vaste hall d'entrée dont il ne devinait qu'une partie. Le sol ciré renvoyait de légers reflets. Deux statues, l'une d'une jeune femme, l'autre d'un jeune homme, se faisaient face sur la galerie.

« T'occupe pas des statues, Blaze, trouve le môme. Ton échelle est toujours contre le mur... »

L'un des escaliers aboutissait à sa droite ; il prit donc vers la gauche, le long du couloir-galerie. Là, il n'y avait pratiquement plus aucun bruit, sinon le faible son feutré de ses bottes sur la moquette. Il n'entendait même pas le souffle de la chaudière. L'effet était surnaturel.

Il poussa la porte suivante et se trouva dans une pièce avec un bureau au milieu et des livres partout sur les murs... des rayonnages et des rayonnages de livres. Une machine à écrire était posée sur le bureau, ainsi qu'une ramette de papier maintenue en place par un bloc de pierre noire à l'aspect vitrifié. Un portrait était accroché au mur. Blaze distingua un homme aux cheveux blancs dont l'expression sévère semblait lui dire, *Eh, toi, voleur !* Il referma la porte et continua son chemin.

La porte suivante ouvrait sur une chambre vide où trônait un lit à baldaquin. Le couvre-lit tendu semblait si rigide que des pièces auraient rebondi dessus.

Il poursuivit sa progression, sentant des filets de sueur lui couler le long du corps. Il avait à peine conscience du temps qui passait, mais tout d'un coup il se réveilla. Depuis combien de temps était-il entré dans la maison ? Un quart d'heure ? Vingt minutes ?

Il y avait encore un couple endormi dans la troisième pièce. La femme gémissait dans son sommeil et Blaze referma tout de suite la porte.

Il tourna à l'angle du couloir. Et s'il lui fallait monter à l'étage supérieur, au second ? Cette idée le remplit de la même terreur qu'il éprouvait dans ses rares cauchemars (ils tournaient en général autour de Hetton House ou des Bowie). Qu'est-ce qu'il raconterait si tout d'un coup les lumières s'allumaient et s'il se faisait prendre ? Que pourrait-il dire ? Qu'il était venu piquer l'argenterie ? Il n'y avait pas d'argenterie au dernier étage d'une maison, même un crétin savait cela.

Il n'y avait qu'une porte après le coude du couloir. Il l'ouvrit. C'était la chambre du bébé.

Il regarda fixement devant lui pendant longtemps, ayant peine à croire qu'il avait réussi à arriver jusque-là. Il ne rêvait pas. Il pouvait le faire. Cette idée lui donna envie de fuir.

Le berceau était presque identique à celui qu'il avait acheté. Des personnages de Walt Disney ornaient les murs. Il y avait une table à langer, une étagère encombrée de crèmes et de produits divers, et une petite armoire pour enfant peinte d'une couleur brillante, rouge ou bleu, il n'aurait su le dire dans la pénombre. Et un bébé dans le berceau.

C'était le moment ou jamais de laisser tomber, il le savait. Il pouvait encore disparaître aussi subrepticement qu'il était entré. Ils ne devineraient jamais ce qui avait failli arriver. Mais lui le saurait. Peut-être allait-il entrer et poser une de ses grosses mains sur le front minuscule du bébé et repartir. Il se vit soudain dans vingt ans, découvrant le nom de Joseph Gerard IV dans un article de la section *Économie* d'un journal, celle que George surnommait la page des salopes friquées et des pur-sang hennissants. L'article serait accompagné de la photo d'un jeune homme en smoking assis à côté d'une jeune femme en robe blanche. La jeune femme tiendrait un bouquet de fleurs. L'article raconterait qu'ils venaient de se marier et partaient en voyage de noces. Il regarderait cette photo et se dirait : *Oh, mon vieux, oh, mon vieux, tu ne te douterais jamais…*

Mais quand il entra, il sut que c'était pour de bon.

C'est comme ça qu'on fonctionne, George, pensa-t-il.

Le bébé dormait couché sur le ventre, la tête tournée de côté. Sa respiration soulevait la couverture en petits cycles courts. Un fin duvet, rien de plus, recouvrait son crâne. Une tétine rouge était posée à côté de lui sur l'oreiller.

Blaze tendit la main, puis la retira.

Et s'il se mettait à pleurer ?

Au même instant, il repéra quelque chose qui lui fit remonter le cœur jusque dans la gorge. Un petit interphone. Son pendant devait se trouver dans la chambre des parents, ou dans celle de la nounou. Si jamais le bébé se mettait à pleurer…

Doucement, doucement, Blaze tendit la main et coupa le bouton de l'interphone. Le voyant rouge s'éteignit. Il se demanda au même instant si cela n'allait pas déclencher quelque chose – une alarme pour signaler que l'appareil n'était plus en fonction.

Attention, maman. Attention, nounou. L'interphone est en rideau parce qu'un grand crétin de kidnappeur vient de le couper. Il y a un grand crétin de kidnappeur dans la maison. Venez voir ça. Et prenez une arme.

Vas-y, Blaze. C'est le moment ou jamais.

Il prit une profonde respiration et retint son souffle. Puis il déborda les couvertures et les enroula autour du bébé lorsqu'il le souleva. Il l'installa délicatement dans ses bras. Le nourrisson gémit et s'étira. Ses paupières palpitèrent. Il émit un miaulement plaintif de chaton. Puis ses yeux se refermèrent et il se détendit.

Blaze expira lentement.

Il fit demi-tour, gagna la porte et passa dans le couloir, se rendant compte qu'il faisait bien plus que quitter la chambre de l'enfant, la nursery. Il franchissait la ligne rouge. Il ne pouvait plus prétendre être un simple voleur. Il tenait dans ses mains la preuve de son crime.

Redescendre l'échelle avec le bébé dans les bras était impossible. Blaze ne l'avait même pas envisagé. Il s'approcha de l'escalier. De la moquette recouvrait le palier, mais pas les marches cirées. Quand son pied se posa sur la première, elle émit un craquement sonore. Il s'immobilisa, l'oreille tendue, raide d'angoisse, mais rien ne bougea dans la maison.

Ses nerfs commençaient à le lâcher, cependant. Le bébé se faisait plus lourd dans ses bras. La panique rongeait sa volonté à petits coups de dents. Il avait l'impression de voir des mouvements du coin de l'œil – tout d'abord à droite, puis à gauche. À chaque pas, il s'attendait que le bébé se mette à gigoter et à glapir. Et une fois qu'il aurait commencé, ses cris réveilleraient toute la maisonnée.

« George…, marmonna-t-il.

– Avance, dit George quelque part en bas. Comme dans la vieille blague, tu sais ? Marche, ne cours pas. Marche vers le son de ma voix, Blaze. »

Et Blaze entama la descente de l'escalier. Impossible de procéder en silence, mais aucune des autres marches ne fut aussi bruyante que l'horrible première. Le bébé s'agitait. Pas moyen de le faire tenir parfaitement tranquille, en dépit de ses efforts. Jusqu'ici, il ne s'était pas réveillé mais d'un instant à l'autre, il…

Blaze compta. Cinq marches. Six. Sept. Huit-t'es-cuitt. Neuf-t'as-pas-d'œuf. C'était un très grand escalier. Conçu, supposa-t-il, pour que des connes en robe de soirée le montent et le descendent lors de grands bals comme dans *Autant en emporte le vent*. Dix-sept. Dix-huit. Dix...

C'était la dernière marche et son pied mal assuré s'y posa de nouveau lourdement. *Clac !* La tête du bébé fit un brusque mouvement. Il émit un seul cri. Mais il retentit très fort dans le silence.

Une lumière s'alluma au premier.

Les yeux de Blaze s'écarquillèrent. Un flot d'adrénaline se mit à couler dans sa poitrine et son ventre ; il se raidit et serra le bébé contre lui. Il s'obligea à se détendre – un peu – et alla se mettre dans l'ombre de l'escalier. Là il resta immobile, le visage grimaçant de peur et d'horreur.

« Mike ? » fit une voix endormie.

Des pantoufles glissèrent jusqu'à la balustrade, juste au-dessus.

« Mikey-Mike, c'est toi ? C'est toi, petit diable ? » La voix venait directement d'au-dessus de sa tête, parlant d'un ton faussement murmuré, comme au théâtre, l'air de dire : il y en a d'autres qui dorment. Une voix âgée, querelleuse : « Va dans la cuisine et tu trouveras l'assiette de lait que maman a laissée... et si jamais tu casses un vase, maman va se fâcher. »

Si le bébé se met à pleurer maintenant...

La voix venant du premier, encombrée de mucosités, marmonna quelque chose que Blaze ne comprit pas, puis le frottement des pantoufles s'éloigna. Il y eut un silence – qui lui parut durer un siècle – puis une porte se referma avec un cliquetis léger, faisant disparaître la lumière.

Blaze continua de rester immobile, s'efforçant de contrôler son envie de trembler. Trembler risquait de réveiller le bébé. Réveillerait *probablement* le bébé. De quel côté était la cuisine ? Comment allait-il s'y prendre pour ramener l'échelle avec le bébé dans les bras ? Et le fil électrique ? *Quoi – comment – où …*

Il bougea pour faire taire les questions, s'avançant à pas prudents dans le hall, courbé sur le bébé comme un clochard sur son balluchon. Il aperçut une double porte vitrée entrouverte. Un carrelage brillait de l'autre côté. Blaze passa dans la pièce et se retrouva dans la salle à manger. Elle était luxueuse, avec sa table en acajou capable d'accueillir une vingtaine de convives autour de la dinde à Thanksgiving ou de rôtis fumants le dimanche. Des porcelaines luisaient derrière les vitres d'un haut vaisselier tarabiscoté. Blaze passa comme un fantôme, sans s'arrêter ; mais même ainsi, la vue de la grande table et des chaises à hauts dossiers droits au garde-à-vous réveilla le ressentiment qui mijotait tout au fond de lui. Jadis, il avait récuré des planchers de cuisine à genoux sur le sol, et George lui avait dit qu'il n'était pas le seul à qui c'était arrivé. Et pas seulement en Afrique. George disait aussi que les gens comme les Gerard font semblant de ne même pas voir les gens comme lui. Eh bien, ils n'ont qu'à mettre une poupée dans le berceau, là-haut, et faire semblant de croire que c'est un vrai bébé. Puisqu'ils sont si doués pour faire semblant.

Il y avait une porte battante à l'autre bout de la salle à manger. Il la franchit. Il était dans la cuisine. À travers la vitre en partie givrée, à côté de la cuisinière, il apercevait les montants de son échelle.

Il regarda autour de lui où poser le bébé pendant qu'il ouvrirait la fenêtre. Les plans de travail étaient larges, mais peut-être pas assez. Et il n'aimait pas l'idée de le mettre sur la cuisinière, même si celle-ci était éteinte.

Son regard tomba sur un panier à commissions d'un modèle ancien accroché à la porte de l'office. Il paraissait assez grand et il avait une poignée. Et ses côtés montaient haut, aussi. Il le prit et le posa sur le petit chariot de service à roulettes rangé contre un des murs. Il installa le bébé dans le panier. C'est à peine si l'enfant s'agita.

La fenêtre, à présent. Quand Blaze l'eut soulevée, il se trouva face à un double vitrage. Il n'y en avait pas au premier étage, et celui-ci était en outre vissé au cadre.

Il commença à fouiller dans les tiroirs. Sous l'évier, il trouva une pile bien rangée de torchons. Il en prit un. Il était décoré de l'aigle américain. Blaze l'enroula autour de sa moufle droite et donna un coup de poing dans le panneau inférieur du double vitrage. Il se brisa sans faire trop de bruit, laissant un grand trou hérissé de pointes de verre tendues comme des flèches vers le milieu. Il commença à les éliminer.

« Mike ? » La même voix. Appelant doucement. Blaze se raidit. Elle ne venait pas de l'étage cette fois. Mais...

« Qu'est-ce que tu as encore renversé, Mikey ? »

... du hall d'entrée et se rapprochait...

« Tu vas finir par réveiller tout le monde, petit polisson. »

... se rapprochait encore.

« Je vais t'enfermer dans la cave avant que tu fasses une bêtise. »

La porte de la cuisine s'ouvrit et une silhouette de femme apparut dans l'encadrement, une lampe à piles en forme de bougie à la main. Blaze eut vaguement l'impression de reconnaître une dame âgée, marchant lentement comme sur des œufs pour ne pas faire de bruit. Elle avait des bigoudis ; la manière dont sa tête se découpait dans l'obscurité la faisait ressembler à un personnage de science-fiction. Et elle le vit.

« Qui… » Juste ce mot. Puis la partie de son cerveau chargée des urgences – vieille, certes, mais pas morte – décida que parler n'était pas la réaction que commandait la situation. Elle inspira à fond pour crier.

Blaze la frappa. Aussi fort qu'il avait frappé Randy, aussi fort qu'il avait frappé Glen Hardy. Il ne prit pas le temps de réfléchir ; son geste avait relevé du réflexe. La vieille dame s'effondra sur le sol, sa lampe sous elle. Il y eut un tintement étouffé quand l'ampoule se cassa. Le corps désarticulé resta coincé sur le seuil de la porte à double battant.

Il y eut un *miaou* bas et plaintif. Blaze poussa un grognement et leva la tête. Deux yeux verts le regardaient depuis le haut du réfrigérateur.

Il retourna à la fenêtre et acheva d'enlever les pointes de verre. Quand il n'y en eut plus, il passa par l'ouverture qu'il venait de pratiquer et tendit l'oreille.

Rien.

Pour le moment.

Des débris de verre étaient éparpillés dans la neige comme un rêve d'évadé.

Il écarta l'échelle du bâtiment, dégagea le verrouillage et l'abaissa. Elle cliqueta bruyamment et il eut envie de hurler. Une fois l'échelle à nouveau bloquée, il la prit et commença à courir. Il était déjà sorti de l'ombre de la maison et au beau milieu de la pelouse enneigée lorsqu'il se rendit compte qu'il avait oublié le bébé. Celui-ci était toujours dans son panier, sur le chariot de service de la cuisine. Il se tourna.

Il y avait une lumière au premier.

Pendant quelques instants, Blaze fut deux personnes à la fois. L'une d'elles sprintait vers la route – *à fond les manet-*

tes, aurait dit George –, l'autre courait vers la maison. Il n'arrivait pas à se décider. Puis il fit demi-tour, le plus vite possible, ses bottes soulevant de petits nuages de neige.

Il entailla sa moufle et s'écorcha à l'une des échardes de verre qui dépassaient encore de la fenêtre. C'est à peine s'il le sentit. Puis il fut de nouveau à l'intérieur. Il s'empara du panier, le balançant dangereusement, et faillit en faire tomber le bébé.

Au premier étage, une chasse d'eau déclencha un boucan comme un bruit de tonnerre.

Il posa le panier dans la neige et repassa par la fenêtre sans un regard vers la forme inerte sur le sol, derrière lui. Il ramassa le panier et fila.

Il ne ralentit que le temps de reprendre son échelle sous l'autre bras et courut jusqu'à la haie. Là, il s'arrêta et regarda dans le panier. Le bébé dormait toujours paisiblement. Joe IV n'avait nullement conscience d'avoir été enlevé. Blaze se tourna vers la maison ; au premier, la lumière était éteinte.

Il posa le berceau dans la neige et lança l'échelle par-dessus la haie. À ce moment-là, des phares de voiture apparurent à un bout de la route.

Et si c'étaient les flics ? Bon Dieu, si c'étaient… ?

Il se camoufla dans l'ombre de la haie, soudain conscient de la manière dont ses empreintes de pas devaient ressortir sur la neige, entre lui et la maison. C'étaient les seules qu'on y voyait.

Les phares grossirent, restèrent un instant éclatants, puis leur lumière diminua très vite. Le véhicule n'avait pas ralenti.

Il se leva, prit son panier – car c'était *son* panier, à présent – et s'avança dans la haie. En écartant les branches du haut, il arrivait à faire passer son colis de l'autre côté. Sim-

127

plement, il ne pouvait l'abaisser jusqu'au sol. Il devait le laisser tomber sur une hauteur d'environ soixante centimètres. Il fit un bruit sourd en touchant la neige. Le bébé prit son pouce et se mit à le sucer. Blaze voyait sa bouche se contracter et se détendre dans la lumière diffusée par le lampadaire le plus proche. Se contracter, se détendre. Presque comme une bouche de poisson. Le froid nocturne ne l'avait pas encore atteint. Rien ne dépassait des couvertures, sinon sa tête et cette main minuscule.

Il prit son élan et sauta par-dessus la haie, ramassa son échelle, ramassa son panier. Franchit la route à toute vitesse, plié en deux. Puis il retraversa le champ selon la même diagonale qu'à l'aller. Une fois arrivé à la barrière anticyclone qui entourait le parking, il appuya l'échelle dessus (il était inutile de la déployer pour ça) et l'escalada avec son panier.

Il se tint à califourchon sur le haut de la barrière, le panier en équilibre sur ses cuisses tendues, conscient que, s'il relâchait sa prise, ses couilles allaient avoir la surprise de leur vie. Il souleva alors l'échelle d'un seul mouvement, haletant sous l'effort supplémentaire qu'il infligeait à ses cuisses. Elle oscilla un instant, dépassa son point d'équilibre et retomba du côté du parking. Il se demanda si quelqu'un le voyait, mais c'était une question stupide. S'il y avait quelqu'un, il ne pouvait rien y faire. Il sentait la coupure sur sa main, maintenant. Elle pulsait sourdement.

Il redressa l'échelle, cala d'une main le panier sur le premier barreau tout en passant une jambe pour atteindre la barreau suivant. L'échelle bougea un peu, et il attendit. Mais elle s'était calée.

Il descendit, le panier à la main, mit l'échelle sous son bras et se dirigea vers la Ford.

Il commença par installer le bébé dans le siège du passager, puis il alla ouvrir la portière arrière et y fit passer l'échelle. Il s'installa au volant.

Impossible de retrouver la clef de contact. Elle n'était ni dans l'une des poches de son pantalon, ni dans celle de sa parka. Il commençait à craindre de l'avoir fait tomber dans la neige en passant par-dessus la barrière lorsqu'il la vit sous le volant : il avait oublié de l'enlever. Il espéra que George ne s'en était pas rendu compte. Il se garderait bien, dans ce cas, de le lui raconter. Jamais de la vie.

Il lança le moteur et plaça le panier au pied du siège du passager. Puis il se mit à rouler en direction de la guérite. Le gardien en sortit. « On repart si vite, monsieur ?

– Un mauvais jeu, expliqua Blaze.

– C'est des choses qui arrivent aux meilleurs. Bonne nuit, monsieur. Plus de chance la prochaine fois, peut-être.

– Merci », répondit Blaze.

Il marqua l'arrêt à hauteur de la route, regarda des deux côtés et prit la direction de l'Apex. Il respecta scrupuleusement les limitations de vitesse, mais ne vit pas une seule voiture de patrouille.

Et, au moment où il s'engageait dans l'allée du chalet, Joe IV se réveilla et commença à pleurer.

12

UNE FOIS DE RETOUR À HETTON HOUSE, Blaze ne provoqua plus d'esclandre. Pour cela, il gardait profil bas et n'ouvrait jamais la bouche. Les gros durs de l'époque où lui et John étaient petits étaient soit sortis, soit embauchés à l'extérieur pour la journée, soit dans des centres d'apprentissage ; certains s'étaient engagés dans l'armée. Blaze prit encore huit centimètres. Des poils se mirent à pousser sur sa poitrine et à former une touffe luxuriante dans son entrejambe, ce qui eut le don de rendre les autres envieux. On l'avait inscrit au lycée de Freeport. Parfait pour lui, car on ne l'obligeait pas à suivre les cours d'arithmétique.

Le contrat de Martin Coslaw avait été renouvelé et le directeur observait les allées et venues de Blaze d'une mine sévère et avec attention. Il ne rappela plus jamais Blaze dans son bureau ; il l'aurait pu, pourtant. Et si la Loi lui avait ordonné de se pencher pour recevoir la Cravache, Blaze savait qu'il aurait obéi. Sinon, c'était la maison de redressement de North Windham. Il avait entendu dire que dans ce centre on fouettait vraiment les enfants – comme sur les bateaux – et qu'on les enfermait parfois dans une caisse en fer-blanc surnommée la *Boîte de conserve*. Blaze ignorait si ces détails étaient vrais, mais il n'avait aucun désir de l'apprendre par lui-même. Il ne savait qu'une chose, il redoutait la maison de redressement.

Cependant, jamais la Loi ne l'appela pour lui faire goûter à nouveau la Cravache, et Blaze ne lui donna jamais aucun motif de le faire. Il allait au lycée cinq jours par semaine et son principal contact avec Martin Coslaw devint la voix du directeur beuglant dans les haut-parleurs le matin pour le réveil et le soir pour l'extinction des feux. À Hetton House, les journées commençaient toujours par ce que la Loi appelait une homélie (*l'homélie-mélo*, disait parfois John quand il avait envie de faire de l'humour) et se terminaient par un verset de la Bible.

La vie continuait. Il aurait pu devenir le chef des garçons, s'il l'avait voulu, mais il ne le souhaitait pas. Il n'avait pas l'âme d'un chef. Il était tout sauf un chef. Il essayait cependant d'être gentil avec tout le monde. Il essayait d'être gentil même quand il avertissait ses condisciples qu'il leur fendrait le crâne s'ils ne fichaient pas la paix à son ami Johnny. Et très peu de temps après son retour, en effet, ils laissèrent son ami Johnny tranquille.

Puis, par une soirée d'été, alors que Blaze avait quatorze ans et en paraissait six de plus sous un certain éclairage, quelque chose se produisit.

On conduisait tous les garçons en ville dans un vieux bus jaune, le vendredi, partant du principe qu'en tant que groupe ils n'avaient pas accumulé trop de mauvais points. Certains se contentaient d'errer sans but sur Main Street, ou restaient assis dans le square du centre, ou se réfugiaient dans une allée pour fumer. Il y avait bien une salle de billard, mais elle leur était interdite. Il y avait également un cinéma qui passait de vieilles copies de films, le Nordica, et ceux des garçons qui avaient de quoi s'offrir un billet d'entrée allaient voir la tête qu'avaient Jack Nicholson,

Warren Beatty ou Clint Eastwood quand ces gentlemen étaient plus jeunes. Certains pensionnaires de Hetton House gagnaient leur argent de poche en livrant les journaux. D'autres tondaient les pelouses à la belle saison et pelletaient la neige pendant la mauvaise. Certains avaient un travail dans l'institution elle-même.

C'était le cas de Blaze. Il avait non seulement la taille d'un homme, mais d'un homme costaud, et le responsable des services d'entretien l'avait engagé pour faire toutes sortes de corvées pénibles. Martin Coslaw aurait pu s'y opposer, mais Frank Theriault n'avait que mépris pour cette chochotte de directeur. Il aimait bien les larges épaules de Blaze. Peu bavard lui-même, Theriault appréciait également la façon dont Blaze répondait oui et non et pas grand-chose d'autre. Et les travaux les plus durs ne faisaient pas peur au garçon. Il soulevait sans peine de lourds paquets de bardeaux et grimpait l'échelle avec son chargement ; il était capable de transporter des sacs de ciment de quarante kilos tout l'après-midi. Il transférait sans piper mot, par les escaliers, du mobilier de classe et des classeurs d'un étage à l'autre. Et jamais il ne déclarait forfait. Le comble ? Il paraissait satisfait de toucher un dollar soixante de l'heure, ce qui permettait à Theriault d'empocher un petit supplément de soixante dollars par semaine. Avec ces économies, il offrit un chandail en cachemire à sa femme. Un cachemire à col montant. Elle fut ravie.

Blaze était ravi, lui aussi. Il se faisait trente dollars par semaine, cool, ce qui était plus que suffisant pour se payer le cinéma, plus tout le pop-corn, les confiseries et les sodas qu'il était capable d'ingurgiter. Il payait aussi le billet de John avec joie, comme si cela allait de soi. Il lui aurait même offert tous les trucs à grignoter, mais en général voir les films suffisait à John. Il ouvrait de grands yeux avides, bouche bée.

À Hetton House, John se mit à écrire. Des histoires maladroites, empruntées aux films qu'il voyait avec Blaze, mais qui commencèrent à lui valoir une certaine estime de ses pairs. Certes, les garçons n'aimaient guère ceux qui se montraient trop intelligents, mais ils admiraient une certaine forme d'intelligence. Et ils aimaient les histoires ; ils étaient affamés d'histoires.

Ils virent, lors de l'une de leurs sorties, un film de vampires intitulé *The Second Coming*. La version que donna John Cheltzman de ce classique se terminait sur une scène dans laquelle le comte Igor Yorga arrachait la tête d'une ravissante jeune dame fort peu vêtue « dont les seins tremblants avaient la taille de pastèques » avant de sauter dans la rivière Yorba, la tête sous le bras. Le titre étrangement patriotique de ce classique clandestin était *Le regard de Yorga ne vous quitte pas*.

Mais ce soir-là, John ne voulut pas sortir, alors même qu'un autre film d'horreur était programmé. Il avait la courante. Il y avait été cinq fois depuis le matin, en dépit de la demi-bouteille de Pepto qu'on lui avait donnée à l'infirmerie (glorieuse dénomination pour un placard du premier étage). Il pensait qu'il n'en avait pas terminé.

« Viens quand même, insista Blaze. Ils ont des chiottes sensationnelles, au Nordica, en sous-sol. J'y ai coulé un bronze une fois. On va s'installer tout à côté. »

Finalement convaincu, et en dépit des inquiétants grondements qui montaient de ses intestins, John accompagna Blaze et monta dans le bus. Ils étaient assis juste derrière le chauffeur. Ils étaient presque les grands costauds, à présent.

John tint le coup pendant les actualités, mais au moment où apparut le logo des frères Warner, il se leva, passa devant Blaze et remonta l'allée plié en deux. Blaze était désolé pour lui, mais c'était la vie. Il revint vers l'écran, où une tempête de poussière balayait un endroit qui ressemblait au désert du Maine, mais avec des pyramides. Il fut bientôt captivé par l'histoire au point d'en froncer les sourcils.

Lorsque John se rassit à côté de lui, c'est à peine s'il eut conscience de la présence de son ami, qui dut tirer sur sa manche et murmurer : « Blaze ! Blaze ! Bon Dieu, Blaze ! » pour attirer son attention.

Blaze sortit du film comme un dormeur se réveille d'un bon somme. « Qu'est-ce qu'il y a ? T'es malade ? Tu t'es chié dessus ?

— Non ! Non, regarde ça. »

Blaze jeta un coup d'œil à l'objet que John tenait juste au-dessous du niveau des sièges. Un portefeuille.

« Hé, où t'as trouvé ce...

— Chut ! fit quelqu'un devant eux.

— Ce truc ? finit-il dans un murmure.

— Dans les toilettes ! » répondit John sur le même ton. Il tremblait d'excitation. « Il a dû tomber de la poche d'un type quand il a baissé son pantalon pour en couler un ! Y'a du fric dedans ! Un tas de fric ! »

Blaze prit le portefeuille, le maintenant hors de vue. Il l'ouvrit. Il sentit son estomac se creuser. Puis remonter et l'étouffer. Le compartiment des billets était plein. Un, deux, trois billets de cinquante dollars. Quatre de vingt. Quelques-uns de cinq et de un.

« J'peux pas tout compter, dit-il. Y'a combien ? »

La voix de John s'éleva, chargée d'une note où se mêlaient triomphe et émerveillement, mais sa réaction passa inaperçue. Le monstre poursuivait une fille en short et le public poussait des cris de joie. « Deux cent quarante-huit billets !

« — Bordel ! s'exclama Blaze. T'as toujours ta doublure de manteau déchirée ?

— Bien sûr.

— Mets le fric là-dedans. On va peut-être nous fouiller à la sortie. »

Mais personne ne les fouilla. Et la courante de John fut guérie. Comme si sa merde avait été magiquement changée en fric.

John acheta un exemplaire du *Press Herald* de Portland à Stevie Ross qui les livrait tous les lundis matin. Blaze et lui se rendirent ensuite discrètement derrière la remise à outils et consultèrent les petites annonces. D'après John, c'était là qu'il fallait regarder. La rubrique *Trouvé/perdu* était page 38. Et en effet, entre un caniche perdu et une paire de gants de femme trouvés, figurait l'annonce suivante :

Perdu portefeuille homme
avec initiales RKF gravées
à l'intérieur. Appelez 555-0928
ou écrivez BP 595 aux bons soins
journal. RÉCOMPENSE OFFERTE.

« Récompense ! s'exclama Blaze en donnant un coup de poing à John sur l'épaule.

— Ouais », dit John. Il se frotta l'endroit que Blaze avait frappé. « Et comme ça, on appelle le type, et le type nous donne dix billets et une petite tape sur la tête. PBA. »

PBA, c'était pour *putain de bonne affaire*.

« Oh… » Le mot « récompense » s'était affiché en lettre d'or de cinquante centimètres dans l'esprit de Blaze. Elles

se réduisirent sur-le-champ en un tas informe de plomb.
« Alors, qu'est-ce qu'on va en faire ? »

C'était la première fois qu'il demandait vraiment à Johnny
de prendre une décision. Les deux cent quarante-huit dollars
étaient un problème qui le dépassait. Vingt cents, et on
s'achetait un Coke. Deux billets, et on allait au cinéma.
Après quoi, Blaze commençait à avoir du mal. Avec quelques
dollars de plus, on pouvait peut-être aller jusqu'à Portland en
bus et voir un film là-bas. Mais pour une telle somme, son
imagination était à court. La seule idée qui lui venait était
l'achat de vêtements. Mais les vêtements, il s'en fichait.

« Barrons-nous d'ici », suggéra John, son visage étroit
débordant d'excitation.

Blaze réfléchit. « Tu veux dire… pour toujours ?

– Mais non, jusqu'à ce qu'on ait plus un rond. On ira à
Boston… on bouffera dans des grands restaurants au lieu
des Mickey D… on prendra une chambre d'hôtel… on ira
voir jouer les Red Sox… et… et… »

Mais il ne pouvait aller plus loin. Il en bégayait de joie.
Il bondit sur Blaze, riant et lui tapant dans le dos. Il avait
un corps mince qui flottait dans ses habits, un corps léger
et dur. Son visage brûlait contre la joue de Blaze, tel un
fourneau.

« D'accord, dit Blaze. Ce sera marrant. » Il réfléchit
encore quelques instants. « Bordel, Johnny, Boston ? Boston !

– C'est pas génial, c'te connerie ? »

Ils se mirent à rire. Blaze souleva John et le porta de
l'autre côté de la remise à outils. Tous deux riaient et se
donnaient de grandes claques dans le dos. C'est John qui le
fit finalement arrêter.

« Quelqu'un va nous entendre ou nous voir, Blaze. Pose-
moi par terre. »

Blaze alla récupérer le journal dont le vent avait éparpillé les pages dans la cour. Il le replia et le fourra dans sa poche revolver. « On y va tout de suite, John ?

— Non, pas tout de suite. Dans deux ou trois jours. Faut qu'on se prépare un plan et faudra faire gaffe. Sinon, ils vont nous rattraper avant qu'on ait fait trente kilomètres. Et ils nous ramèneront. Tu comprends ce que je te dis ?

— Ouais, mais je suis pas très bon pour faire des plans, Johnny.

— C'est pas un problème, j'ai déjà pas mal tout calculé. L'important, c'est qu'ils croient qu'on a juste tiré notre révérence, vu que c'est ce que font les mômes quand ils se barrent de ce truc merdique, pas vrai ?

— Exact.

— Sauf que nous, on a de l'argent, pas vrai ?

— Exact ! »

De nouveau envahi par une sensation délicieuse, Blaze recommença à donner des claques dans le dos de John, manquant de peu de le renverser.

Ils attendirent le mercredi soir suivant. John avait appelé auparavant la gare routière de Portland et appris qu'un bus Greyhound partait pour Boston tous les matins à sept heures. Ils quittèrent Hetton House peu après minuit, John ayant calculé qu'il serait plus sûr de parcourir à pied les vingt-deux ou vingt-trois kilomètres qui les séparaient de la ville plutôt que d'attirer l'attention en faisant du stop. Deux gamins sur la route en pleine nuit étaient des fugitifs, point final.

Ils empruntèrent l'escalier de secours, le cœur battant à chaque grincement des marches rouillées, et sautèrent au sol depuis la plateforme. Ils traversèrent en courant le terrain de jeu où Blaze avait reçu sa première correction de bizuth, bien des années auparavant. Blaze aida John à franchir le grillage, et ils se retrouvèrent sur la route éclairée par la lune, par une chaude nuit du mois d'août. Ils plongeaient dans le fossé chaque fois qu'apparaissaient des phares de voiture, devant ou derrière eux ; mais il y en eut peu.

Ils avaient atteint Congress Street à six heures ; Blaze était encore en pleine forme et excité, mais John avait les yeux cernés. Le paquet de billets était dans la poche de Blaze. Quant au portefeuille, il l'avait jeté dans les bois.

Une fois à la gare routière, John s'effondra sur un banc. Blaze s'assit à côté de lui. John avait de nouveau les joues rouges, mais pas d'excitation. Il paraissait avoir du mal à respirer.

« Va acheter deux allers-retours pour le sept heures, dit-il à Blaze. Donne-leur un billet de cinquante. Je pense que ça devrait suffire, mais prépare aussi un de vingt, au cas où. Tiens-les à la main. Ne leur laisse pas voir que tu as davantage. »

Un policier s'avança, la matraque à la main. Blaze sentit ses intestins se liquéfier. Ici se terminait l'aventure, avant même d'avoir commencé. On leur reprendrait l'argent. Le flic le rendrait, ou le garderait peut-être pour lui. Quant à eux, on les ramènerait à Hetton House, peut-être menottés. Une sinistre vision de la maison de redressement de North Windham se forma devant ses yeux. Et de la *Boîte de conserve.*

« Salut, les garçons. Vous êtes là de bien bonne heure, pas vrai ? »

L'horloge de la gare affichait 6 heures 22.

« Ouais, on est en avance », répondit John, avec un mouvement de tête vers la cabine de la caisse. « C'est là qu'on achète les billets, hein ?

– Tout juste », répondit le flic avec un début de sourire. « Où allez-vous ?

– À Boston, répondit John.

– Ah bon ? Et où habitent vos parents ?

– Oh, on n'est pas parents, tous les deux. Ce type est retardé mental. Il s'appelle Martin Griffin. Sourd-muet, aussi.

– Ah bon ? » redit le flic en s'asseyant à côté de Blaze pour l'étudier.

Il ne paraissait pas soupçonneux ; simplement l'air curieux de quelqu'un qui n'a encore jamais rencontré une personne ayant la totale : sourde, muette et retardée.

« Sa maman est morte la semaine dernière, reprit John. Mes parents l'ont pris à la maison mais ils travaillent, et comme c'est les vacances, ils m'ont demandé de l'accompagner. Et j'ai dit oui.

– Gros boulot pour un gamin, commenta le flic.

– Ouais, ça me fiche un peu la frousse », admit John.

Et Blaze aurait parié qu'il disait la vérité. Lui aussi avait la frousse. Une sacrée frousse, même.

Le flic fit un mouvement de tête en direction de Blaze. « Est-ce qu'il comprend… ?

– Ce qui est arrivé à sa mère ? Pas très bien. »

Le flic parut s'en attrister.

« Je dois le conduire chez sa tante. Il va rester chez elle quelques jours. (Son visage s'éclaira.) Moi, j'irai peut-être voir une partie des Red Sox. Une sorte de récompense pour… vous comprenez…

– J'espère que tu pourras, fiston. D'un mal il peut parfois sortir un bien. »

Ils gardèrent tous les deux le silence un moment. Blaze, muet depuis peu, en fit autant.

Puis le flic reprit la parole : « C'est un sacré costaud. Tu peux le contrôler ?

— Il est balèze, mais il écoute. Vous voulez voir ?

— Euh…

— Tenez, je vais le faire se lever. Regardez. »

John se mit à faire une série de gestes sans signification sous le nez de Blaze. Quand il s'arrêta, Blaze se leva.

« Dis-moi, tu t'en sors joliment bien ! s'exclama le flic. Il t'écoute toujours ? Parce qu'un garçon aussi costaud dans un bus plein de monde…

— Mais non. Il m'écoute toujours. Y a pas plus de malice en lui que dans un sac en papier.

— Très bien. Je te crois sur parole. »

Le flic se leva, remonta son ceinturon et appuya sur les épaules de Blaze. Blaze se rassit docilement. « Occupe-t'en bien, jeune homme. Tu as le numéro de téléphone de sa tante ?

— Oui, monsieur, bien sûr.

— OK, bon vent, chef ! »

Il adressa un petit salut militaire à John et partit d'un pas nonchalant vers la sortie de la gare routière.

Le flic parti, les deux garçons se regardèrent et faillirent éclater de rire. Mais la dame de la caisse les observait et ils se mirent à contempler le sol, Blaze étant obligé de se mordre les lèvres pour ne pas pouffer.

« Il y a des toilettes, par là ? lança John à la femme.

— Oui, de ce côté, répondit-elle avec un geste.

— Rapplique, Marty », dit John, ce qui faillit faire hurler Blaze de rire.

Une fois dans les toilettes, ils tombèrent finalement dans les bras l'un de l'autre.

« C'était vraiment génial, dit Blaze quand il put de nouveau parler sans se mettre à rire. D'où tu sors ce nom ?

– Quand je l'ai vu, j'étais obnubilé par l'idée que la Loi allait nous tomber dessus une fois de plus. Et Griffin, c'est le nom d'un animal mythique – tu sais, quand je t'ai aidé pour cette histoire de ton livre de lecture…

– Ouais », le coupa Blaze, ravi, même s'il ne se souvenait absolument pas du griffon. « Ouais, bien sûr.

– Mais ils vont savoir que c'est nous, quand ils vont découvrir qu'on s'est tirés de la Maison de l'Enfer », dit John. Il redevint sérieux. « Ce flic va se le rappeler. Il va être furax, aussi, bordel, sacrément furax !

– On va se faire prendre, tu crois ?

– Non. » John avait toujours l'air fatigué, mais l'échange avec le flic avait fait de nouveau briller la petite lueur dans son œil. « Une fois que nous serons à Boston, on disparaîtra. Ils ne vont pas trop se casser la tête pour deux gosses en vadrouille.

– Oh ? Bon.

– Vaudrait mieux que j'achète nos billets. Toi, tu continues à jouer les sourds-muets jusqu'à Boston. C'est plus sûr.

– D'accord. »

Si bien que c'est John qui alla acheter les billets et ils montèrent dans l'autocar, qui paraissait rempli de types en uniforme et de jeunes mamans avec de petits enfants. Le conducteur avait une bedaine imposante et un derrière qui ne l'était pas moins, mais le pli du pantalon de son uniforme gris était impeccable et Blaze le trouva cool. Il se dit que ça ne lui déplairait pas de devenir conducteur d'un bus Greyhound, quand il serait adulte.

Les portières se refermèrent dans un sifflement. Le puissant moteur changea son ronronnement en rugissement. L'autocar sortit à reculons de son emplacement et s'engagea dans Congress Street. C'était parti. Ils allaient quelque part. Blaze n'avait pas assez de ses deux yeux pour tout voir.

Ils franchirent un pont et prirent la route 1. Puis le car se mit à rouler plus vite. Ils traversèrent un secteur de citernes de produits pétroliers et de panneaux publicitaires vantant des motels et PROUTY'S, LE MEILLEUR RESTAURANT DE HOMARDS DU MAINE. Ils passèrent devant des maisons. Blaze vit un homme arroser sa pelouse. Un homme en bermuda qui n'allait nulle part, et Blaze se sentit désolé pour lui. Ils passèrent le long d'étendues plates, découvertes par la marée descendante, au-dessus desquelles tourbillonnaient des mouettes. Ce que John appelait la Maison de l'Enfer était derrière eux. C'était l'été et la journée s'annonçait éclatante.

Finalement, il se tourna vers John. Il fallait qu'il le dise à quelqu'un, sans quoi il allait exploser. Mais John s'était endormi, la tête inclinée sur une épaule. Il paraissait vieux et fatigué dans son sommeil.

Ce qui laissa Blaze songeur et mal à l'aise pendant un moment, avant qu'il se tourne à nouveau vers la vitre panoramique du véhicule. Elle l'attirait comme un aimant. Il se plongea dans le paysage et oublia Johnny tandis que défilaient les constructions clinquantes du Seacoast Strip, entre Portland et Kittery. Dans le New Hampshire, ils s'engagèrent sur l'autoroute pour passer dans le Massachusetts. Peu de temps après, alors qu'ils franchissaient un grand pont, Blaze devina qu'ils venaient d'arriver à Boston.

Il y avait des kilomètres d'éclairages au néon, des milliers de bus et de voitures et, où qu'il tournât son regard, il ne voyait que des bâtiments. Et pourtant, le car continuait sa route. Ils passèrent devant un dinosaure orange qui montait la garde devant un parking. Ils passèrent devant un énorme bateau à voile. Ils passèrent devant un troupeau de vaches en plastique, censées paître sur la pelouse d'un restaurant. Il voyait des gens partout. Il en avait peur, mais il les aimait aussi, parce qu'ils lui étaient étrangers. John continuait de dormir, ronflant doucement du fond de la gorge.

Puis ils franchirent une colline et il vit devant eux un pont encore plus grand et, au-delà, des immeubles encore plus hauts, des gratte-ciel qui s'élançaient vers le ciel bleu comme des flèches d'argent ou d'or. Blaze dut détourner les yeux, comme s'il venait de voir exploser une bombe atomique.

« Johnny », dit-il d'un ton presque gémissant, « réveille-toi, Johnny ! Faut que tu voies ça !

– Hein ? Quoi ? » marmonna John, qui se réveilla lentement en se frottant les yeux. Puis il vit ce que Blaze venait de voir, à travers la grande vitre panoramique, et ses yeux s'écarquillèrent. « Sainte mère de Dieu !

– Tu sais où on va ? murmura Blaze.

– Je crois que oui. Seigneur, on va passer sur ce pont ? Faut bien, pas vrai ? »

C'était la Mystic et, effectivement, ils la franchirent. En montant tout d'abord vers le ciel pour redescendre ensuite vers le sol, comme dans une version géante de la Wild Mouse, l'attraction foraine de la foire de Topsham. Et quand ils retrouvèrent finalement le soleil, celui-ci brillait entre des bâtiments tellement hauts qu'on n'en voyait pas le sommet à travers les vitres du Greyhound.

Lorsque les deux garçons descendirent au terminal de Tremont Street, ils commencèrent par regarder autour d'eux – au cas où il y aurait des flics. Mais ils n'avaient aucune raison de s'inquiéter. La gare routière était immense. Les annonces se succédaient, telle la voix de Dieu, au-dessus de leurs têtes. Les voyageurs circulaient en masse, tels des bancs de poissons. Blaze et Johnny se tenaient l'un près de l'autre, épaule contre épaule, comme s'ils craignaient que le courant des voyageurs venant en sens inverse les entraîne chacun d'un côté sans qu'ils puissent jamais se revoir.

« Par là, dit John. Viens. »

Ils se dirigèrent vers un mur de téléphones. Tous étaient pris. Ils attendirent à côté du dernier de la rangée, jusqu'à ce que le Noir qui l'utilisait ait fini sa conversation et raccroché.

« Qu'est-ce que c'était, ce truc autour de sa tête ? demanda Blaze qui suivait du regard, fasciné, l'homme qui s'éloignait.

– Ah, un système pour leur faire les cheveux raides. Comme un turban. Je crois qu'ils appellent ça un *doo-rag*. Regarde pas comme ça, t'as l'air d'un abruti. Reste à côté de moi. »

Blaze serra John de près.

« Et maintenant, file-moi dix c… sainte merde, ces saloperies prennent vingt-cinq cents. Donne-moi un quarter, Blaze. »

Blaze s'exécuta.

Il y avait, dans sa reliure rigide, un annuaire sur l'étagère de la cabine. John le consulta, glissa sa pièce dans la fente et composa un numéro. Il s'efforça de prendre une voix plus grave pour parler et, lorsqu'il raccrocha, il souriait.

« Deux nuits réservées au YMCA* , sur Hunington Avenue. Vingt billets pour deux nuits ! Plus chrétien que moi, tu meurs ! » s'écria-t-il, levant la main, paume ouverte.

---

* *Young Men's Christian Association* : union chrétienne de jeunes gens.

Blaze lui donna la claque qu'il attendait et dit : « Mais nous ne pourrons jamais dépenser presque deux cents dollars en deux jours, tout de même ?

— Dans une ville où un coup de téléphone coûte vingt-cinq cents ? Tu te fous de moi ? »

John regarda autour de lui, les yeux brillants. On aurait dit qu'il possédait la gare routière et tout ce qu'elle contenait. Blaze attendrait longtemps avant de voir ce même regard dans les yeux de quelqu'un d'autre... avant de rencontrer George.

« Eh, Blaze, si on allait au stade tout de suite ? Qu'est-ce que t'en dis ? »

Blaze se gratta la tête. Tout ça défilait trop vite pour lui. « Comment ? On ne sait même pas où c'est.

— Tous les taxis de Boston savent parfaitement où est Fenway, crois-moi.

— Mais c'est cher, le taxi. Nous n'av... »

Il vit John sourire et il sourit aussi. L'agréable vérité se fit brusquement jour dans son esprit. Mais si, ils avaient de l'argent ! Et c'est à ça que servait l'argent : à vous épargner les emmerdes de ce genre.

— Mais... et s'il n'y pas de base-ball aujourd'hui ?

— D'après toi, Blaze, pourquoi j'ai choisi mercredi ? »

Blaze commença à rire. Puis ils furent une fois de plus dans les bras l'un de l'autre, comme à Portland. Ils se donnaient de grandes claques dans le dos et s'esclaffaient face à face. Blaze n'oublia jamais cette scène. Il attrapa John par la taille et le fit tourner deux fois en l'air. Des gens se tournèrent pour les regarder, souriant pour la plupart au spectacle du grand costaud et de son gringalet de copain.

Ils quittèrent la gare et prirent un taxi. Et quand celui-ci les déposa sur Lansdowne Street, John lui donna un dollar de pourboire. Il était une heure moins le quart de l'après-midi et la foule clairsemée du milieu de la journée commençait seulement à arriver. La partie fut palpitante. Boston battit les Birds 3-2. L'équipe alignée par Boston n'était pas sensationnelle, cette année-là, mais lors de cet après-midi d'août, ils jouèrent comme des champions.

Après la partie, les deux garçons allèrent arpenter le centre-ville, se tordant le cou pour tout voir – et aussi pour éviter les flics. Les ombres commençaient à s'allonger et l'estomac de Blaze criait famine. John avait avalé deux hot-dogs pendant le match, mais Blaze avait été tellement captivé par le spectacle que donnaient les joueurs, sur le terrain – des vraies personnes, de la sueur leur dégoulinant dans le cou –, qu'il en avait oublié de manger. Il avait été également très impressionné par la foule, des milliers de personnes réunies en un même endroit. Mais à présent, il avait faim.

Ils entrèrent dans un établissement tout en longueur, aux lumières tamisées, qui sentait la bière et le steak grillé. Un certain nombre de couples étaient installés sur des sièges en cuir rouge, dans des box dont les cloisons montaient haut. À gauche, le long du mur, courait un bar qui, en dépit de ses nombreuses éraflures et de ses trous, luisait encore comme une lumière au fond des bois. Des bols de cacahuètes salées et de bretzels étaient posés dessus à intervalles réguliers. Derrière étaient affichées des photos de joueurs de base-ball, certaines signées, et une peinture représentant une femme entièrement nue. Le personnage qui présidait au bar était d'une stature impressionnante. Il se pencha vers eux.

« Et pour vous, jeunes gens, ce sera ?

– Euh…, dit John qui, pour la première fois de la journée, parut intimidé.

– Un steak ! lança Blaze. Deux grands steaks et un verre de lait. »

Le géant sourit, exhibant des dents formidables. On aurait dit qu'elles pouvaient mettre tout un annuaire en pièces. « Vous avez de l'argent ? »

Blaze abattit un billet de vingt sur le comptoir.

L'homme le prit et examina le portrait d'Andrew Jackson à la lumière. Fit claquer le papier entre ses doigts. Et disparaître le billet. « Très bien, dit-il.

— Et la monnaie ? demanda John.

— Y'en a pas, mais vous n'allez pas le regretter », répondit le géant.

Il se tourna, ouvrit un réfrigérateur et en sortit deux des steaks les plus gros et les plus rouges que Blaze ait jamais vus de toute sa vie. Un grand gril était disposé à l'extrémité du bar et quand le barman y posa les steaks, l'air presque méprisant, les flammes bondirent pour les lécher.

— Deux spécial pedzouilles, à suivre », dit le géant.

Il tira quelques bières, disposa de nouveaux bols de cacahuètes puis prépara de la salade dans des assiettes et alla ensuite retourner les steaks. Puis il revint vers Blaze et John. Il posa sur le bar ses grandes paluches rougies par l'eau de vaisselle. « Dites, les gars, vous voyez ce bonhomme à l'autre bout du bar, assis tout seul ? »

Les deux garçons tournèrent la tête. Le bonhomme au bout du bar portait un costume bleu pimpant et sirotait une bière, l'air morose.

« Il s'appelle Daniel Monahan. *Inspecteur* Daniel J. Monahan, de la meilleure brigade de police de Boston. Quelque chose me dit que vous n'auriez aucune envie de lui expliquer comment deux pedzouilles comme les deux que j'ai en face de moi ont un billet de vingt à balancer pour du steak premier choix, n'est-ce pas ? »

John Cheltzman parut tout d'un coup ne pas se sentir très bien. Il oscilla un peu sur son tabouret. Blaze tendit la main pour le retenir. Mentalement, il cala ses pieds. « Cet argent est à nous, dit-il. Purement et simplement.

— Ah bon ? Et à qui vous l'avez purement et simplement piqué ? Ou bien avez-vous purement et simplement assommé le type ?

— Cet argent, on l'a eu sans ça. On l'a trouvé. Et si vous nous gâchez la fête, je vous en balance une. »

L'homme, derrière le bar, regarda Blaze avec un mélange de surprise, d'admiration et de mépris. « T'es costaud, mais pas très malin, mon garçon. Ferme un poing et je t'expédie dans la lune.

— Si vous nous gâchez notre virée, je vous en balance une, monsieur, répéta Blaze.

— Et vous sortez d'où ? De la maison de correction du New Hampshire ? De North Windham ? Vous n'êtes pas de Boston, c'est sûr. Vous avez encore de la paille dans les cheveux, tous les deux.

— Non, de Hetton House, dit Blaze. On n'est pas des voyous. »

L'inspecteur de police avait fini sa bière. Depuis le bout du bar, il fit signe au barman qu'il en voulait une autre. Le grand costaud le vit et esquissa un sourire. « Bougez pas d'ici, tous les deux. N'essayez pas de vous tirer. »

Sur quoi il tira une bière, l'apporta à Monahan et lui dit quelque chose qui fit rire ce dernier. Un rire sec, sans humour.

Le barman-cuistot revint. « Et ça se trouve où, votre Hetton House ? »

Cette fois, ce fut John qui répondit :

« À Cumberland, dans le Maine. On nous permet d'aller au cinéma de Freeport, le vendredi soir. La dernière fois, on a trouvé un portefeuille dans les toilettes. Il y avait de l'argent dedans. Alors on a fichu le camp pour se payer des vacances, comme a dit Blaze.

— Et vous avez trouvé ce portefeuille comme ça, hein ?

— Oui monsieur.

— Et combien y avait-il dans ce fabuleux portefeuille ?

— Environ deux cent cinquante dollars.

— Bon Dieu de bois, et je parie que vous avez tout ce fric dans vos poches.

— Où voudriez-vous qu'on le mette ? demanda un Johnny perplexe.

— Bon Dieu de bois », répéta le grand gaillard. Il se tourna vers le plafond en écailles métallisées et roula des yeux. « Et vous racontez ça à n'importe qui. Comme vous boiriez un verre d'eau. »

Le costaud se pencha en avant, mains écartées sur le bar. Son visage avait subi les cruels outrages des ans, mais son expression n'était pas cruelle.

« Je vous crois, dit-il. Vous avez vraiment trop de paille dans les cheveux pour être des menteurs. Mais le flic, là-bas... bon Dieu, je pourrais le lâcher sur vous comme un chien ratier sur un rat. Et vous vous retrouveriez au trou pendant que lui et moi on se partagerait ce fric.

— Je vous en collerais une, intervint Blaze. C'est notre fric. On l'a trouvé, Johnny et moi. Écoutez. On est rentrés ici et c'est pas un bon endroit. Vous vous imaginez peut-être que vous savez plein de trucs mais... ah, laissez tomber. Nous l'avons gagné !

— Tu seras un sacré cogneur quand t'auras fini de grandir », dit le barman, presque comme s'il parlait pour lui-même. Puis il se tourna vers John. « Ton copain, là, il a quelques outils qui manquent dans sa boîte. T'es au courant ? »

John avait repris ses esprits. Il ne répondit pas, se contentant de rendre son regard au barman sans baisser les yeux.

« Tu t'occupes de lui, hein ? reprit l'homme, souriant soudain. Ramène-le-moi quand il aura fini de grandir. J'ai envie de voir à quoi il ressemblera. »

John ne lui rendit pas son sourire – prit même un air plus sérieux que jamais – mais Blaze, si. Il comprenait que tout allait bien.

Le barman exhiba soudain le billet de vingt – qui parut sortir de nulle part – et le tendit à John. « Les steaks, c'est la maison qui vous les offre, les gars. Prenez ça et allez voir le base-ball demain. Si on ne vous a pas fait les poches d'ici là.

— On y est allés aujourd'hui, dit John.

— C'était bien ? »

À ce moment-là, Johnny sourit. « Le truc le plus génial que j'aie jamais vu.

— Ouais, dit le barman. Sûrement. Surveille bien ton copain.

— Je le ferai.

— Parce que les copains, ça se tient les coudes.

— Je sais. »

Le grand costaud leur apporta les steaks et la salade César, plus des petits pois nouveaux, deux formidables piles de pommes allumettes et deux grands verres de lait. Pour dessert, ils eurent droit à deux parts de tarte aux cerises sur lesquelles fondaient des boules de glace à la vanille. Au début, ils mangèrent lentement. Puis l'inspecteur Monahan-de-la-meilleure-brigade-de-Boston partit (apparemment sans payer, pour autant que Blaze pût en juger) et ils se goinfrèrent. Blaze reprit de la tarte et éclata de rire lorsque le grand costaud remplit une troisième fois son verre de lait.

Quand ils s'apprêtèrent à partir, les enseignes au néon commençaient à s'allumer dans la rue.

« Vous devriez aller au YMCA, leur lança le barman. Tout de suite. La ville, c'est pas un endroit où deux jeunes de votre âge doivent traîner la nuit.

– Oui, monsieur, répondit John. J'ai déjà appelé et arrangé ça. »

Le costaud sourit. « T'es dégourdi, mon garçon. Très dégourdi. Ne quitte pas ton grizzly d'une semelle et mets-toi derrière lui si quelqu'un essaie de te faire les poches. En particulier les jeunes qui portent des couleurs – tu sais, les blousons de gang.

– Oui, monsieur.

– Prenez soin l'un de l'autre. »

Ce furent ses dernières paroles sur la question.

Le lendemain, ils passèrent d'un métro à l'autre jusqu'à ce que la nouveauté n'en soit plus une, allèrent ensuite au cinéma et finalement retournèrent au stade. Il était tard quand ils en sortirent, presque onze heures, et une main s'introduisit dans la poche de Blaze, mais il avait mis sa part de leur argent dans son sous-vêtement, comme John lui avait dit de faire, et le pickpocket en fut pour ses frais. Blaze ne vit pas à quoi il ressemblait, n'ayant aperçu qu'un dos étroit se faufilant au milieu de la foule en direction du portail A.

Ils restèrent encore deux jours, virent d'autres films et une pièce à laquelle Blaze ne comprit rien mais qui plut à John. Ils avaient des places au balcon, un balcon où le plafond était cinq fois plus haut qu'au Nordica. Ils s'installèrent dans la cabine d'un Photomaton, dans un grand magasin, et prirent plusieurs photos : Blaze et John seuls, puis ensemble. Dans celles où ils sont ensemble, on les voit rire. Ils firent encore un tour dans le métro mais, au bout d'un moment, Johnny se sentit malade et dégobilla sur ses tennis. Puis un Noir s'approcha d'eux et se mit à hurler des choses sur la fin du monde. Il semblait dire que c'était de leur faute, mais Blaze n'en était pas certain. Johnny lui dit que le type était cinglé. Et qu'il y avait beaucoup de cinglés dans les villes. « Ils s'y reproduisent comme des poux », ajouta-t-il.

Il leur restait un peu d'argent, et c'est John qui suggéra la touche finale. Ils reprirent un Greyhound jusqu'à Portland puis dépensèrent ce qui leur restait pour un taxi. John étala les billets restants devant un chauffeur ébahi – il y avait pour presque cinquante dollars de billets de cinq et de un froissés –, certains dégageant une odeur musquée puissante, sans conteste celle des sous-vêtements de Clayton Blaisdell – et lui dit qu'ils voulaient se rendre à Hetton House, à Cumberland.

Le chauffeur abaissa son drapeau. Et à quatorze heures cinq, par une journée ensoleillée de la fin de l'été, il s'arrêta devant les grilles de Hetton House. John Cheltzman ne fit pas plus d'une demi-douzaine de pas en direction du sinistre tas de briques et s'évanouit. On diagnostiqua une fièvre rhumatismale. Deux ans plus tard, il était mort.

13

Le temps que Blaze retourne dans le chalet avec le bébé, celui-ci hurlait à pleins poumons. Blaze le regarda avec stupéfaction. Il était furieux ! Ses joues, son front et jusqu'à l'arête de son nez minuscule étaient empourprés. Il fermait les yeux de toutes ses forces et ses poings décrivaient de petits cercles rageurs en l'air.

Blaze sentit brusquement la panique le gagner. Et si le nourrisson était malade ? S'il avait la grippe, ou quelque chose comme ça ? Les tout-petits, ça attrape facilement la grippe. Parfois, ils en meurent. Il ne voyait pas très bien comment l'amener chez un médecin. Qu'est-ce qu'il y connaissait en bébés, lui ? Il n'était qu'un crétin. Il avait déjà du mal à s'occuper de lui-même. Il se sentit soudain pris d'un violent besoin de remettre le bébé dans la voiture et d'aller le déposer sur le seuil d'une maison, n'importe où dans Portland.

« George ! s'écria-t-il, qu'est-ce que je dois faire, George ? »

Il redoutait que George ne soit encore parti, mais il lui répondit depuis la salle de bains. « Fais-le bouffer. Donne-lui un des petits pots. »

Blaze courut dans la chambre. Il s'empara d'un des cartons glissés sous le lit, l'ouvrit et sortit le premier petit pot

155

qui lui tomba sous la main. Le ramena dans la cuisine, prit une cuillère, posa le pot sur la table, à côté du panier d'osier, puis dévissa le couvercle. Le magma qu'il contenait avait un aspect affreux ; on aurait dit du dégueulis. Le produit était peut-être abîmé. Il le renifla avec angoisse. Il sentait normalement – une odeur de petits pois. Il était certainement bon.

Il n'en hésita pas moins. L'idée d'enfourner de la nourriture dans cette bouche ouverte et hurlante lui paraissait… avoir quelque chose d'irréversible. Et si ce petit con s'étouffait ? Et s'il n'en voulait pas ? Et si ce n'était pas le truc qu'il lui fallait et… et…

Son esprit voulut afficher le mot *poison* mais Blaze refusa de l'envisager. Il fourra une pleine cuillerée de petits pois froids dans la bouche du bébé.

Les cris s'arrêtèrent sur-le-champ. Ses yeux s'ouvrirent et Blaze vit qu'ils étaient bleus. Joe recracha un peu de la purée et Blaze lui réenfourna avec la cuillère, sans réfléchir, naturellement. Le bébé déglutit avec satisfaction.

Blaze lui donna une deuxième cuillerée. Elle fut acceptée. Puis une autre. En sept minutes, la pot de petits pois Gerber était vide. Blaze avait mal au dos à force de rester penché sur le panier. Joe rota et un peu de mousse verdâtre déborda de ses lèvres. Blaze essuya la petite bouche avec un pan de sa propre chemise.

« Renvoie ça sur le tapis et tu vas voir tes fesses », dit Blaze. De l'humour selon George.

Joe cligna des yeux en entendant cette voix. Blaze le regarda, fasciné. Le bébé avait une peau claire, sans un défaut. Et par rapport à la photo dans la chambre de ses parents, il avait un début de tignasse blonde sur la tête. Mais c'était ses yeux qui troublaient Blaze. Il leur trouvait quelque chose de vieux, de sage. Ils étaient de ce bleu délavé du ciel au-dessus du désert, dans les westerns. Les coins se redressaient un peu, comme chez les Chinois. Cela lui donnait un air farouche. Presque un regard de guerrier.

« T'es un bagarreur ? demanda Blaze. T'es un petit bagarreur, toi ? »

L'un des pouces de Joe remonta jusque dans sa bouche et il se mit à le sucer. Blaze pensa tout d'abord qu'il voulait un biberon (mais il n'avait pas encore étudié le montage du kit Playtex Nurser), même si, pour l'instant, le bébé paraissait satisfait de téter son pouce. Il avait encore les joues rouges, non pas d'avoir pleuré, mais à cause du froid mordant de la nuit.

Ses paupières s'alourdirent et le coin de ses yeux perdit son féroce côté chinois. Il regardait toujours l'homme penché sur lui, cependant, ce géant de près de deux mètres à la barbe de trois jours et à la tignasse brune et hirsute d'épouvantail. Puis ses yeux se fermèrent. Son pouce se détacha de sa bouche. Il dormait.

Blaze se redressa et son dos craqua. Il se détourna du panier et prit la direction de la chambre.

« Hé, débile, lança George depuis la salle de bains. Qu'est-ce que tu penses faire, maintenant ?

– Aller me coucher.

– Sûrement pas. Tu vas commencer par étudier cette histoire de biberon et en préparer quatre ou cinq pour le gosse, pour quand il se réveillera.

– Le lait va tourner.

– Pas si tu le mets dans le frigo. Tu le feras réchauffer quand tu en auras besoin.

– Oh. »

Blaze déballa le kit Playtex Nurser et lut les instructions. Deux fois. Ce qui lui prit une demi-heure. Il ne comprit pas grand-chose la première fois, encore moins la seconde.

« J'peux pas, George, dit-il enfin.

— Bien sûr que si. Balance-moi ces instructions et *fonctionne*, vieux. »

Blaze jeta donc le manuel d'instructions dans la cuisinière et se mit à tripoter le bidule, comme on fait avec un carburateur qui a des problèmes. Finalement, il comprit qu'il fallait placer la tétine sur l'ouverture du biberon et la faire descendre. Bingo. Astucieux, le truc. Il en prépara quatre, les remplit de lait en boîte et les rangea dans le frigo.

« Je peux aller me coucher, maintenant, George ? » demanda-t-il.

Pas de réponse.

Blaze alla se mettre au lit.

Joe se réveilla aux premières lueurs d'une aube grise. Blaze dégringola du lit et alla dans la cuisine. Il avait laissé le panier sur la table, et il oscillait, animé par la violente colère du bébé.

Blaze le prit et le plaça contre son épaule. Il comprit tout de suite d'où venait une partie du problème. Le bébé était trempé.

Blaze l'emmena dans la chambre et le posa sur son lit. Il paraissait extraordinairement petit, dans le creux laissé par le corps du géant. Il portait un pyjama bleu et donnait des coups de pied indignés.

Blaze enleva le pyjama, puis la protection en caoutchouc, dessous, et posa une main sur le ventre du bébé pour le faire tenir tranquille. Il se pencha alors sur lui pour étudier la manière dont les couches étaient maintenues en place. Il les lui enleva et les jeta dans un coin.

La vue du pénis du bébé le fit tout de suite jubiler ; il n'était guère plus long que l'ongle de son pouce mais se tenait bien raide. Très mignon.

« Hé, c'est une chouette matraque que t'as, morpion. »

Joe sourit.

« Bah-bah », dit Blaze, sentant un incontrôlable sourire d'idiot lui relever le coin des lèvres.

Joe gargouilla.

« Bah-bah-bébééé », fit Joe, ravi.

Joe lui pissa à la figure.

Les Pampers, ce fut encore un autre problème. Au moins les couches n'avaient-elles pas d'épingles ; il suffisait d'utiliser les adhésifs, et elles avaient apparemment leur propre protection en caoutchouc – en plastique, en fait – mais il en gâcha deux avant d'arriver à disposer la troisième comme sur le dessin de l'emballage. Quand il eut terminé, Joe était bien réveillé et mâchonnait le bout de ses doigts. Blaze supposa qu'il voulait manger et pensa que le mieux était de lui donner un biberon.

Il était en train de le réchauffer en le faisant tourner sous le robinet d'eau chaude, dans la cuisine, lorsque George éleva la voix : « Est-ce que tu l'as dilué comme t'a dit de le faire la nana du magasin ? »

Blaze regarda le biberon. « Hein ? »

– C'est du lait en boîte pur, pas vrai ?

– Ouais, c'est du lait en boîte. Il a tourné, George ?

– Non, il a pas tourné. Mais si tu n'y ajoutes pas un peu d'eau, il va dégueuler. »

Avec ses ongles, Blaze fit sauter la tétine du Playtex Nurser et jeta environ un quart du lait dans l'évier, le remplaçant par de l'eau ; puis il remua avec une cuillère et remit la tétine.

« Blaze ? » George ne paraissait pas en colère ; plutôt affreusement fatigué.

« Quoi ?

— Faut que t'achètes un livre. Un manuel qui t'explique comment on s'occupe des bébés. Comme pour une voiture. Vu que t'arrêtes pas d'oublier des choses.

— D'accord, George.

— Et achète aussi le journal. Mais pas trop près d'ici. Dans un endroit plus fréquenté.

— George ?

— Quoi ?

— Qui va s'occuper du gosse pendant que je serai parti ? »

Il y eut un long silence, si long que Blaze pensa que George était à nouveau parti. « Moi », répondit-il enfin.

Blaze fronça les sourcils. « Tu ne peux pas, George, tu es…

— J'ai dit que je le ferais. Et maintenant bouge-toi le cul et donne-lui son biberon !

— Mais… si le gosse ne va pas bien… s'il s'étouffe, ou un truc comme ça et que je suis pas là…

— *Donne-lui son biberon, bon Dieu !*

— OK, George, OK. »

Il passa dans l'autre pièce. Joe s'agitait et donnait des coups de pied sur le lit, se mâchouillant toujours les doigts. George fit sortir l'air comme lui avait montré la dame du magasin, jusqu'à ce qu'une goutte de lait apparaisse à la tétine. Il s'assit près du bébé et, délicatement, lui sortit les doigts de la bouche. Joe commença à pleurer, mais lorsque Blaze mit la tétine à la place des doigts, les lèvres du bébé se refermèrent dessus et il se mit à téter. Les petites joues pompaient régulièrement, se gonflant, se creusant.

« C'est bien, ça, dit Blaze. C'est bien, petit voyou. »

Joe vida le biberon. Lorsque Blaze le prit dans ses bras pour lui faire faire son rot, il en régurgita un peu, sur lui et sur le sous-vêtement chaud de Blaze. Mais Blaze s'en fichait. Il avait envie de changer le bébé et de l'habiller avec ses nouveaux vêtements, de toute façon. Il se racontait qu'il voulait simplement voir s'ils lui allaient bien.

C'était le cas. Cette tâche terminée, il enleva son gilet de peau et renifla le renvoi du bébé. Il détecta une vague odeur de fromage. Le lait était peut-être encore trop épais, pensa-t-il. Ou peut-être aurait-il dû interrompre la tétée à mi-biberon pour lui faire faire un premier rot. George avait raison. Il lui fallait un manuel.

Il regarda Joe, qui étreignait un petit pan de la couverture dans ses mains et l'examinait. Il était trop mignon. Ils allaient fichtrement se faire du mouron, Gerard III et sa femme. S'imaginer qu'on avait fourré leur rejeton dans un tiroir de bureau, hurlant et affamé, dans ses couches souillées. Ou pire encore, dans un trou peu profond creusé dans la terre glacée, minuscule bout d'homme expirant laborieusement la vapeur gelée de ses dernières bouffées d'air. Ou dans un grand sac-poubelle vert...

D'où lui venait cette idée ?

George. George avait raconté ça. Quand il avait parlé de l'enlèvement du bébé de Lindbergh. Le kidnappeur s'appelait Hopeman ou Hoppman, un truc comme ça.

« George ? Ne va pas lui faire de mal pendant que je ne suis pas là, t'entends ? »

Pas de réponse.

C'est en prenant le petit déjeuner qu'il en entendit parler pour la première fois à la radio, aux informations. Joe était sur le sol, posé sur une couverture que Blaze avait disposée pour lui, et il jouait avec un des journaux de George. Il l'avait tiré en tente au-dessus de sa tête et y donnait des coups de pied d'excitation.

Le journaliste venait juste de parler d'un sénateur républicain accusé d'avoir touché un pot-de-vin. Blaze espéra que George avait écouté ; George adorait ce genre de nouvelles.

« L'information régionale la plus importante concerne un enlèvement qui a eu lieu à Ocoma Heights. » Blaze s'arrêta de promener les morceaux de pomme de terre dans la poêle à frire et tendit l'oreille. « Joseph Gerard IV, futur héritier de la fortune des riches affréteurs, a été kidnappé dans la maison familiale des Gerard, à Ocoma Heights, dans la nuit ou tôt ce matin. Une sœur de Joseph Gerard, lui-même arrière-grand-père du bébé – jadis célèbre sous le nom d'*enfant prodige des transports* –, a été retrouvée inconsciente sur le sol de la cuisine par la cuisinière de la famille, tôt ce matin. Norma Gerard, âgée de soixante-quinze ans, a été conduite au Maine Medical Center où son état a été jugé critique. Interrogé pour savoir s'il avait demandé l'aide du FBI, le shérif de Castle County, John Kellahar, a répondu qu'il ne pouvait faire pour le moment aucun commentaire. Aucun commentaire non plus sur une éventuelle demande de rançon... »

C'est vrai, se dit Blaze. Faut que j'envoie une demande de rançon.

« ... mais il a déclaré que la police disposait d'un certain nombre de pistes qui étaient activement exploitées. »

Lesquelles ? se demanda Blaze, souriant légèrement. Ils disent toujours ça. Quelles pistes pouvaient-ils bien avoir, si la vieille dame était toujours dans le cirage ? Il avait même pensé à ramener l'échelle. Ils disaient toujours ça, c'est tout.

Il s'assit sur le sol pour prendre son petit déjeuner en jouant avec le bébé.

Le bébé avait mangé, venait d'être changé et dormait dans son berceau lorsque Blaze fut prêt à partir, l'après-midi. Il avait changé les proportions du biberon et avait fait faire un premier renvoi au bébé à mi-biberon. Tout avait très bien marché. Comme sur des roulettes. Quand il lui avait enlevé ses couches sales, il avait tout d'abord eu peur en voyant la merde verte, puis la mémoire lui était revenue : les petits pois.

« George ? j'y vais, à présent.

— D'accord, répondit George depuis la chambre.

— Tu ferais mieux de sortir de là pour venir le surveiller. Au cas où il se réveillerait.

— Je vais le faire, t'en fais pas.

— Ouais », dit Blaze, mais sans conviction. George était mort. Il parlait à un mort. Il demandait à un mort de faire du baby-sitting. « Hé, George, je devrais peut-être…

— J'devrais ci, j'devrais ça… Fiche-moi le camp d'ici !

— George…

— Roule, mon vieux, *j'ai dit roule !* »

Blaze partit.

Il faisait un temps splendide ; l'air était limpide, le froid un peu moins vif. Après une semaine de températures largement au-dessous de zéro, deux ou trois degrés au-dessus faisaient presque l'effet d'une vague de chaleur. Mais il n'avait aucun plaisir à voir le soleil, aucun plaisir à rouler sur les petites routes dans l'arrière-pays de Portland. Il ne faisait pas confiance à George pour le bébé. Il ignorait pourquoi, mais le fait était là. Parce que, bon, George faisait maintenant partie de lui, et où qu'il aille, il y allait en un seul morceau, la partie George comprise. Logique, non ?

Oui, logique, se dit Blaze.

Puis il commença à s'inquiéter pour la cuisinière à bois. Et si le chalet brûlait ?

Cette image morbide lui entra dans la tête et ne voulut plus en sortir. Un feu de cheminée, provoqué par tout le bois dont il avait chargé la cuisinière pour que Joe n'ait pas froid, si jamais il repoussait ses couvertures ? Des étincelles retombant sur le toit ? S'éteignant pour la plupart, mais l'une d'elles communiquant le feu à un bardeau bien sec, puis aux planches à clins archisèches, en dessous. Se propageant aux poutres. Le bébé qui commence à pleurer au fur et à mesure que les volutes de fumée deviennent de plus en plus épaisses…

Il se rendit compte tout d'un coup qu'il roulait à plus de cent dix dans la Ford volée. Il leva le pied. Ce fut encore pire.

Il se gara dans le parking de Casco Street, donna deux billets au gardien et entra dans le Walgreens. Il prit un exemplaire de l'*Evening Express* puis alla explorer le présentoir des livres de poche. Beaucoup de westerns. De récits gothiques. De polars. De science-fiction. Et sur l'étagère du bas, un bouquin épais avec en couverture un bébé chauve souriant. Il n'eut pas de mal à déchiffrer le titre : il ne comportait aucun mot compliqué. *L'Art d'être parents*. Au dos du livre, il y avait une photo d'un vieux bonhomme entouré d'enfants. Sans doute l'auteur.

Il paya et ouvrit le journal en franchissant la porte. Il s'arrêta brusquement sur le trottoir, bouche bée.

Il y avait son portrait en première page.

Pas une photo, vit-il avec soulagement, mais un portrait-robot de la police, de ceux fabriqués à l'aide d'un kit d'identité. Il n'était pas très bon. Le trou dans son front n'apparaissait pas. Ses yeux n'avaient pas la bonne forme. Ses lèvres étaient loin d'être aussi épaisses. Cependant, c'était plus ou moins lui.

Sans doute la vieille dame s'était-elle réveillée. Sauf que le sous-titre de l'article réduisit tout de suite à néant cette hypothèse.

LE FBI APPELÉ POUR CHERCHER LES KIDNAPPEURS DU BÉBÉ
NORMA GERARD SUCCOMBE À SA BLESSURE À LA TÊTE

EN EXCLUSIVITÉ POUR L'*EVENING PRESS*
PAR JAMES MEARS

L'homme qui conduisait la voiture dans l'affaire de l'enlèvement du petit Gerard – et qui opérait peut-être seul – est représenté ci-dessus, une exclusivité de l'*Evening Express*. Le dessin a été exécuté par le dessinateur de la police de Portland, John Black, d'après la description donnée par Morton Walsh, gardien de nuit à Oakwood, une tour d'appartements qui se trouve à quatre cents mètres de la propriété des Gerard.

Ce matin, Walsh a déclaré à la police de Portland et aux adjoints du shérif de Castle County que le suspect avait dit rendre visite à un certain Joseph Carlton, nom apparemment inventé. D'après le gardien, le suspect roulait dans une berline Ford bleue et il y avait une échelle à l'arrière. Walsh est retenu en tant que témoin matériel, car il est étonnant qu'il n'ait pas davantage interrogé le suspect sur ses intentions, étant donné l'heure tardive (autour de deux heures du matin).

Une source proche de l'enquête a laissé entendre que le mystérieux appartement « Joseph Carlton » a peut-être des liens avec le crime organisé, ce qui soulève la possibilité que le kidnapping du bébé soit le résultat d'un plan solidement élaboré. Ni les agents du FBI (sur place maintenant) ni la police locale n'ont voulu commenter cette possibilité.

Les enquêteurs disposent d'autres pistes, à l'heure actuelle, bien qu'il n'y ait encore eu aucune demande de rançon, par lettre ou par téléphone. L'un des kidnappeurs a peut-être laissé des traces de sang sur les lieux du crime, probablement après s'être écorché en franchissant la barrière grillagée du parking d'Oakwood. Le shérif John Kallahan en a parlé comme « d'un fil de plus dans la corde qui finira par pendre cet homme ou cette bande de criminels ».

Par ailleurs, l'arrière-grand-tante du bébé enlevé, Norma Gerard, a succombé pendant son opération au cerveau au Maine Medical Center (voir page 2, colonne 5).

Blaze passa à la page 2, mais n'y trouva pas grand-chose de plus. Si les flics disposaient d'autres informations, ils les gardaient pour eux. Il y avait une photo de « la maison du kidnapping » et une autre de « l'endroit par où le kidnappeur est entré ». Dans un encadré, on pouvait aussi lire : *Appel du père aux kidnappeurs, page 6.* Blaze n'alla pas voir page 6. Il perdait toute notion du temps quand il lisait, et il ne pouvait pas se le permettre, en ce moment. Il était déjà resté parti trop longtemps, il allait lui falloir trois quarts d'heure pour rentrer, et aussi...

Et aussi, la voiture était devenue une vraie patate chaude.

Walsh – ah, le salopard ! Blaze espérait presque que l'Organisation allait flanquer une correction à ce salopard pour avoir révélé l'existence de l'appartement. En attendant, cependant...

En attendant, il allait devoir courir le risque. Peut-être pourrait-il rentrer sans encombres. Les choses seraient encore pires s'il se contentait d'abandonner la voiture. Ses empreintes s'y trouvaient partout (ses *coups de tampon*, comme aurait dit George). Ils possédaient peut-être même son immatriculation ; qui sait si Walsh ne l'avait pas relevée ? Il réfléchit à ça, longuement, attentivement, et décida que Walsh ne l'avait pas notée. Probablement pas. Il savait toutefois que c'était une Ford et qu'elle était bleue. Mais évidemment, sa couleur d'origine était le vert. Avant qu'il ne la repeigne. Ça ferait peut-être la différence. Ça suffirait peut-être. Ou peut-être pas. Difficile à dire.

Il revint au parking en restant sur ses gardes, faisant un détour, mais il ne vit aucun flic et le gardien était plongé dans une revue. Parfait. Il monta dans la Ford, lança le moteur et attendit de voir les flics converger sur lui de toutes les directions. Pas un seul ne se montra. À la sortie, le gardien prit le ticket jaune coincé sous l'essuie-glace en lui jetant à peine un coup d'œil.

Sortir de Portland, puis de Westbrook, parut lui prendre un temps fou. Un peu comme s'il avait conduit avec un jerrican de vin ouvert entre les jambes, mais en pire. Il était certain que toutes les voitures qui se rapprochaient trop de lui étaient des véhicules banalisés de la police. Il vit effectivement une voiture de patrouille, à l'intersection des routes 1 et 25 ; sirène hurlante et gyrophare tournoyant, elle ouvrait la route à une ambulance. En fait, cela le rassura. Une voiture de police comme celle-là, on savait pourquoi elle était là.

Une fois Westbrook dans son dos, il tourna sur une route secondaire, puis sur une autre à deux voies en dur qui se transformait un peu plus loin en chemin de terre et aboutissait à côté de l'Apex en serpentant dans les bois.

Même ici il ne se sentait pas entièrement en sécurité et, quand il s'engagea dans la longue allée conduisant au chalet, il eut l'impression qu'un grand poids se détachait de ses épaules.

Il conduisit la Ford dans la grange et se dit qu'elle n'aurait qu'à y rester jusqu'à ce que l'enfer se transforme en patinoire. Il savait qu'un kidnapping était un gros coup, que l'affaire serait chaude, mais en réalité elle était brûlante. Sa tête dans le journal, le sang qu'il avait laissé, la manière décontractée dont cet imbécile de gardien d'immeuble avait donné sans hésiter la salle de jeu privée de l'Organisation...

Mais ces pensées se dissipèrent dès qu'il descendit de voiture. Joe hurlait. Il l'entendait, même de l'extérieur. Il traversa la cour en courant et bondit dans le chalet. George avait fait quelque chose. George...

Mais George n'avait rien fait. George n'était nulle part. George était mort et lui, Blaze, avait laissé le bébé tout seul.

Le berceau oscillait sous l'effet de la colère de Joe et quand Blaze le vit, il comprit pourquoi. Le nourrisson avait vomi les trois quarts de son biberon de dix heures et un magma à demi desséché de lait rance et puant lui barbouillait le visage et le haut de son pyjama. Son visage avait une affreuse couleur violacée. Des gouttes de sueur en perlaient.

Dans un bref instantané, Blaze revit son propre père, un géant voûté aux yeux rouges et aux grandes mains brutales. L'image le laissa fou de culpabilité et d'horreur ; cela faisait des années qu'il n'avait pas pensé à son père.

Il arracha si vivement le bébé au berceau que sa tête roula sur son cou. Il s'arrêta de crier, suffoqué de surprise plus que d'autre chose.

« Voilà, voilà, roucoula Blaze en marchant avec le bébé contre son épaule. Voilà, voilà, je suis de retour. Je suis de retour ! Voilà, voilà, ne pleure plus. Je suis bien là. Je suis là. »

Le bébé s'endormit avant que Blaze eût tourné trois fois autour de la table. Il le changea, faisant beaucoup plus vite pour lui mettre des langes propres, cette fois, boutonna le pyjama et remit le petit Joe dans le berceau.

Puis il s'assit pour réfléchir. Pour vraiment réfléchir, cette fois. Qu'est-ce qu'il devait faire, à présent ? Une demande de rançon, non ?

« Exact », dit-il.

La fabriquer à partir de lettres prises dans des revues ; c'est comme ça qu'ils faisaient dans les films. Des revues, il en avait des piles, magazines cochons et BD. Il se mit à découper des lettres.

J'AI LE BÉBÉ

Voilà. Bon début. Il alla jeter un coup d'œil par la fenêtre, puis brancha la radio ; Ferlin Husky chantait « Wings of a Dove ». Une bonne, celle-là. Ancienne, mais bonne. Il fouilla dans ses affaires jusqu'à ce qu'il ait trouvé la ramette de papier Hytone que George avait achetée dans le temps. Puis il prépara une pâte à base de farine et d'eau. Il se mit à fredonner en même temps que la musique – un son aigre, râpeux, celui d'un vieux portail grinçant sur ses gonds rouillés.

Il revint à la table et colla les lettres découpées sur la feuille de papier. Puis quelque chose lui vint à l'esprit : et si les empreintes digitales restaient sur le papier ? Il l'ignorait, mais cela lui paraissait très possible. Mieux valait ne pas courir le risque. Il roula en boule la feuille où il venait de coller les lettres et alla prendre les gants de George. Ils étaient en cuir et trop petits pour lui, mais il les étira sur ses doigts. Puis il repartit à la chasse des mêmes lettres, les découpa, les colla :

J'AI LE BÉBÉ

Ce fut l'heure du bulletin d'informations à la radio. Il écouta attentivement et apprit que quelqu'un avait téléphoné chez les Gerard et réclamé deux mille dollars de rançon. Blaze fronça les sourcils. Puis le journaliste précisa que la demande venait d'un adolescent qui avait appelé depuis une cabine téléphonique de Wyndham. La police était remontée jusqu'à lui. Il disait qu'il avait voulu faire une blague.

Raconte-leur tant que tu veux que t'as voulu faire une blague, morveux, ils vont tout de même te mettre au trou, pensa Blaze. Le kidnapping, c'est du sérieux.

Il fronça les sourcils, réfléchit et découpa d'autres lettres. Les prévisions météo suivirent. Beau temps, un peu plus froid. Chutes de neige pour bientôt.

J'AI LE BÉBÉ SI VOULEZ LE REVOIR VIVANT

Si vous voulez le revoir vivant – et puis quoi, ensuite ? Quoi ? L'esprit de Blaze s'emplit de confusion. Appelez en PCV, l'opérateur est prêt à décrocher ? Tenez-vous sur la tête et sifflez « Dixie » ? Envoyez dix dollars en pièces de dix cents ? Comment récupérait-on son oseille sans se faire choper ?

« George ? Je n'arrive pas à me rappeler, pour cette partie. »

Pas de réponse.

Le menton dans la main, il endossa sa casquette de penseur. Il fallait qu'il se montre super-cool. Cool comme l'était George. Cool comme John Cheltzman dans la gare routière, le jour où ils avaient fait leur virée à Boston. Fallait faire travailler sa cafetière. Faire travailler son bon vieux ciboulot.

Il devait faire croire qu'ils étaient toute une bande, pour commencer. Comme ça, ils ne pourraient pas l'arrêter quand il prendrait le fric. Ou s'ils l'arrêtaient, il leur dirait que ses associés tueraient l'enfant si on ne le relâchait pas. Il fallait monter un coup de bluff. Bon Dieu, monter une vraie embrouille.

« C'est comme ça qu'on fonctionne, murmura-t-il. Pas vrai, George ? »

Il roula en boule sa seconde tentative et chercha de nouvelles lettres, les découpant aux ciseaux en petits carrés bien nets.

NOTRE GANG A LE BÉBÉ SI VOUS VOULEZ LE REVOIR VIVANT

C'était bon. Exactement ça. Blaze admira son travail un instant, puis alla voir comment allait Joe. Il dormait, la tête tournée, l'un de ses petits poings sous la joue. Il avait des cils très longs et d'une nuance plus sombre que ses cheveux. Blaze l'aimait bien. Jamais il n'aurait pensé qu'un rase-moquette pouvait être mignon, mais celui-ci l'était.

« T'es un vrai p'tit mec, Joey », dit-il en lui ébouriffant les cheveux. Sa main était plus grande que la tête du bébé.

Il retourna aux revues et journaux dont des fragments étaient éparpillés sur la table. Il délibéra un moment, en suçotant l'index qu'il plongeait dans son mélange eau-farine. Puis il se remit au travail.

NOTRE GANG A LE BÉBÉ SI VOUS VOULEZ LE REVOIR VIVANT IL NOUS FAU 1 MILLION $$ EN BILLETS NON MARQUÉ METTES-LES DANS UN PORTE-DOCUMENT SOYEZ PRÊT À PARTIR À TOUT MOMENT BIEN À VOUS

LES KIDNAPPEURS DE JOEY GERARD 4

Voilà. Il leur disait un certain nombre de choses, mais pas trop. Et cela lui donnerait le temps d'élaborer un plan.

Il trouva une vieille enveloppe sale, y glissa sa missive, puis découpa d'autres lettres qu'il colla dessus :

LES GÉRARD
OCOMA
IMPORTANT !

Il ne savait pas très bien comment il devait poster la lettre. Il n'avait pas envie de laisser une deuxième fois le bébé avec George et il n'osait pas sortir la Ford ; il ne voulait pas non plus poster la lettre à l'Apex. Tout aurait été tellement plus facile avec George. Il aurait pu rester à la maison et prendre soin du petit pendant que George s'occupait des trucs pour lesquels il fallait penser. Ça ne l'aurait pas embêté du tout de faire manger Joe, de le changer et tout le bazar. Pas du tout. Il aimait bien le faire, au fond.

Ce n'était pas grave. Le courrier ne partirait pas avant demain matin, de toute façon, et il avait donc le temps d'élaborer un plan. À moins que celui de George ne lui revienne.

Il se leva et alla voir une fois de plus comment allait le bébé, regrettant que la télé soit en rideau. On peut trouver de bonnes idées à la télé, de temps en temps. Joe dormait toujours. Blaze aurait aimé qu'il se réveille pour qu'il puisse jouer avec lui. Le faire sourire. Il avait l'air d'un vrai petit garçon, quand il souriait. Et il était habillé, si bien que Blaze pouvait faire l'idiot avec lui sans risquer de se faire pisser dessus.

Il dormait, cependant, et il ne pouvait rien y faire. Blaze coupa la radio et alla dans la chambre pour réfléchir à un plan, mais s'endormit à son tour.

Avant de sombrer, il lui vint à l'esprit qu'il se sentait bien, d'une certaine manière. Pour la première fois depuis la mort de George, il se sentait bien.

14

Il était à une fête foraine – celle de Topsham, peut-être, à laquelle les garçons de Hetton House avaient le droit d'aller une fois par an, dans le vieil autocar bleu bringuebalant – et tenait Joe contre son épaule. Il se sentait envahi d'une terreur insidieuse comme un brouillard, tandis qu'il remontait l'allée centrale entre les attractions, car *ils* n'allaient pas tarder à le repérer et tout serait fini. Joe était réveillé. Quand ils passèrent devant l'un de ces miroirs déformants qui vous transforment en fil de fer, Blaze vit le bébé écarquiller de grands yeux étonnés. Il continua de marcher, changeant Joe d'épaule quand il fut trop lourd, mais sans cesser de vérifier s'il n'y avait pas des flics.

Tout autour de lui, la fête battait son plein au milieu d'une débauche de néons malsains. De sa droite, lui parvint la voix amplifiée d'un aboyeur : « *Venez par ici, venez voir ça ! Six filles splendides, une demi-douzaine de chéries, elles viennent toutes du club Diablo de Boston, ces filles vont vous exciter, vous faire plaisir et vous allez croire que vous êtes dans le Gai Paris !* »

C'est pas un endroit pour un môme, pensa Blaze. C'est le dernier endroit au monde pour un petit enfant.

Sur sa gauche, devant la Baraque du Rire, le clown mécanique se balançait d'avant en arrière dans des rafales

173

d'hilarité sur ressorts. Il avait les coins de la bouche tellement relevés que ce qui aurait dû être l'expression de la bonne humeur devenait une grimace de douleur. Cachée dans ses entrailles, une bande diffusait en boucle ses esclaffements déments, qui paraissaient ne vouloir jamais finir. Un homme énorme, une ancre bleue tatouée sur un biceps, lançait de dures balles en caoutchouc plein contre des pyramides de bouteilles de lait ; ses cheveux gominés et ramenés en arrière brillaient comme le pelage d'une loutre sous les lumières colorées. La Souris Sauvage s'éleva puis plongea brutalement dans le claquement de ses galets, laissant un sillage de hurlements – ceux poussés par les filles du coin en débardeur et jupe courte. La Fusée Lunaire montait, descendait et tournait, la figure de ses passagers transformée en masque de lutin par la vitesse de l'engin. Une Babel d'odeurs s'élevait : pommes de terre frites, vinaigre, tacos, pop-corn, chocolat, clams grillés, pizza, poivrons, bière. L'allée centrale était une longue langue marron, plate, jonchée de milliers de papiers gras, d'un million de mégots de cigarette écrasés. Dans l'éclat violent des lumières, tous les visages étaient lunaires et grotesques. Un vieil homme, une chandelle de morve verdâtre au nez, passa à côté de Blaze en mangeant une pomme d'api. Puis ce fut un garçon affligé d'une marque de naissance violacée qui lui dévorait une joue ; une vieille femme noire avec une énorme choucroute sur la tête ; un gros homme en bermuda, aux jambes variqueuses, portant un T-shirt proclamant : PROPRIÉTÉ DES DRAGONS DE BRUNSWICK.

« Joe, lança une voix. Joe… *Joe !* »

Blaze se tourna et essaya de repérer d'où venait la voix dans la foule. Et il la vit, portant la même chemise de nuit, avec son haut de dentelle, pratiquement dépoitraillée. La jeune et jolie maman de Joe.

174

La terreur s'empara de lui. Elle allait le voir. Elle ne pouvait faire autrement que le voir. Et alors, elle lui reprendrait le bébé. Il serra l'enfant plus fort contre lui, comme si cette étreinte pouvait lui en assurer la possession. Le petit corps était chaud et rassurant. Il sentait le léger papillotement de la vie de l'enfant contre sa poitrine.

« Là ! hurla Mrs Gerard. C'est lui ! C'est l'homme qui m'a volé mon enfant ! Attrapez-le ! Attrapez-le ! Rendez-moi mon enfant ! »

Les gens se tournaient pour regarder. Blaze approchait du manège, à cet instant, et la musique monstrueuse de l'orgue mécanique bondissait à tous les échos.

« Arrêtez-le ! Arrêtez cet homme ! Arrêtez ce voleur de bébé ! »

L'homme au tatouage et celui aux cheveux gominés commençaient à se diriger vers lui lorsque soudain, enfin, Blaze put courir. La grande allée, toutefois, s'était encore allongée. Elle s'étirait sur des kilomètres, interminable Allée de Fête. Et ils étaient tous à ses trousses : le garçon à la marque de naissance, la Noire à la perruque blonde, le gros homme en bermuda. Et le clown mécanique riait, riait.

Blaze passa devant un autre aboyeur qui se tenait à côté d'un géant affublé de ce qui paraissait être une peau de bête. « L'Homme-Léopard », proclamait l'enseigne au-dessus de sa tête. L'aboyeur brandit son micro et se mit à parler. Sa voix amplifiée roula comme le tonnerre sur l'allée centrale.

« *Dépêchez-vous, dépêchez-vous ! C'est le moment ou jamais de venir voir Clayton Blaisdell Junior, le célèbre kidnappeur ! Pose cet enfant tout de suite, mon bonhomme ! Il est juste là, les gars, il arrive direct d'Apex, il habite là, sur Parker Road, et sa voiture volée est cachée dans la grange, derrière ! Dépê-*

175

chez-vous, dépêchez-vous, dépêchez-vous, venez voir le kidnappeur en chair et en os, juste ici... »

Il courut plus vite, avec des halètements comme des sanglots, mais ils gagnaient du terrain sur lui. Il jeta un coup d'œil par-dessus son épaule et vit que la mère de Joe était à la tête de la meute. Son visage avait changé. Il était plus pâle, les lèvres exceptées : elles étaient devenues plus rouges. Et ses dents s'allongeaient. Ses doigts se transformaient en serres à pointes rouges. Elle se métamorphosait en Fiancée de Yorga.

« Attrapez-le, attrapez-le ! Tuez-le ! *Tuez le kidnappeur de bébé !* »

Puis George siffla quelque chose depuis les ombres. « Par ici, Blaze ! Grouille ! Bouge-toi, nom d'un chien ! »

Il obliqua dans la direction de la voix et se retrouva dans le labyrinthe aux miroirs. L'allée s'émietta soudain en milliers de morceaux déformés. Il se cognait partout en fonçant dans l'étroit couloir, haletant comme un chien. Puis George fut devant lui (mais aussi derrière lui et à droite et à gauche) et il disait : « Il faut que tu les fasses tomber d'un avion, Blaze. D'un avion. Fais-les tomber d'un avion.

– J'peux pas sortir ! gémit Blaze. George, aide-moi à sortir !

– C'est ce que j'essaie de faire, trou-du-cul ! *Fais-les tomber d'un avion !* »

Ils étaient tous dehors, à présent, et scrutaient l'intérieur ; mais à cause des miroirs, il avait l'impression d'être cerné de partout. « *Attrapez le kidnappeur !* » hurlait la maman de Joe. Ses dents étaient maintenant gigantesques.

« Aide-moi, George ! »

Alors George sourit, et Blaze vit que lui aussi avait des dents démesurées. « Je vais t'aider, répondit-il. Donne-moi le bébé. »

176

Mais Blaze ne le lui donna pas. Blaze battit en retraite. Un million de George s'avancèrent sur lui, tendant les mains pour prendre l'enfant. Blaze fit demi-tour et plongea dans une autre allée scintillante de lumières, rebondissant d'un côté à l'autre comme la bille d'un billard électrique, s'efforçant de protéger Joe. Ce n'était pas un endroit pour un enfant.

15

Réveillé aux toutes premières lueurs de l'aube, Blaze ne se rappela plus, sur le coup, où il était. Puis tout se remit en place et il se laissa tomber sur le flanc, respirant fort. Il était trempé de sueur. Bordel, quel cauchemar affreux !

Il se leva et, pieds nus, alla voir le bébé dans la cuisine. Joe dormait profondément, les lèvres plissées comme s'il se livrait à de profondes réflexions. Blaze le regarda jusqu'à ce que ses yeux aient repéré le mouvement lent et régulier de sa poitrine ; ses lèvres bougèrent. Blaze se demanda s'il rêvait de son biberon ou des nénés de sa maman.

Après quoi il se prépara du café et s'assit à la table, habillé de son seul caleçon long. Le journal qu'il avait acheté la veille était toujours là, sur les débris des découpages qu'il avait faits pour la lettre. Il entama la relecture de l'article sur l'enlèvement et ses yeux tombèrent une fois de plus sur l'entrefilet de la page 2 : *Appel du père aux kidnappeurs, page 6.* Il se rendit à la page 6 où il trouva un encadré bordé de noir, s'étalant sur une demi-page :

AUX PERSONNES QUI DÉTIENNENT NOTRE ENFANT !

NOUS ACCEPTONS TOUTES VOS EXIGENCES À CONDITION QUE VOUS NOUS APPORTIEZ LA PREUVE QUE JOE EST TOU-

JOURS VIVANT. NOUS AVONS LA GARANTIE DU BUREAU FÉDÉ-
RAL D'INVESTIGATION (FBI) QU'ILS N'INTERVIENDRONT PAS
PENDANT LA RÉCUPÉRATION DE LA RANÇON, *MAIS NOUS
DEVONS AVOIR LA PREUVE QUE JOE EST VIVANT !*

IL MANGE TROIS FOIS PAR JOUR, DES ALIMENTS POUR BÉBÉ
EN POTS ET DES LÉGUMES SUIVIS D'UN DEMI-BIBERON. IL EST
HABITUÉ À BOIRE DU LAIT EN BOÎTE MÉLANGÉ À DE L'EAU
BOUILLIE ET STÉRILISÉE DANS UN RATIO DE 1 POUR 1.

*JE VOUS EN PRIE, NE LUI FAITES PAS DE MAL NOUS L'AIMONS
PLUS QUE TOUT.*

JOSEPH GERARD III

Blaze referma le journal. La lecture de l'appel l'avait rendu malheureux, comme lorsqu'il entendait Loretta Lynn chanter « Your Good Girl's Gonna Go Bad ».

« Oh, bordel, voyez-vous ça, fit soudain la voix de George depuis la chambre.

– Chuuut ! tu vas le réveiller.

– Tu parles, il ne peut pas m'entendre.

– Oh, fit Blaze, se disant que cela devait être vrai. C'est quoi un rati-o, George ? Ils disent de préparer un biberon avec un rati-o de un quelque chose.

– T'occupes, répondit George. Ils se font vraiment du mouron pour lui, hein ? *Il prend trois repas par jour, suivis d'un biberon... ne lui faites pas de mal nous l'aimons plus que tou-ou-out...* Bon Dieu, dans le genre guimauve à la con, on n'a jamais fait mieux.

– Écoute...

– Non, j'écouterai pas ! le coupa George. Viens pas me dire d'écouter ! Il est tout ce qu'ils ont de plus cher, pas vrai ? Ça et environ quarante millions de jolis petits billets verts ! Si tu veux toucher un jour ton fric tu devrais leur renvoyer le bébé en pièces détachées. Tout d'abord un doigt, puis un orteil, puis son petit...

– *Tu la fermes,* George ! »

Il porta vivement une main à sa bouche, stupéfait. Il venait de dire à George de la fermer. À quoi pensait-il ? Il ne tournait pas rond, ou quoi ?

« George ? »

Pas de réponse.

« George ? je suis désolé. C'est juste que tu devrais pas dire des choses... des choses comme ça (il essaya de sourire). Nous devons rendre le gosse vivant, pas vrai ? C'est le plan. Pas vrai ? »

Pas de réponse, alors Blaze commença à se sentir vraiment malheureux.

« George ? Qu'est-ce qui ne va pas, George ? »

Le silence se prolongea longtemps. Puis, si doucement qu'il put à peine l'entendre, si doucement que cela aurait pu n'être qu'une pensée dans son esprit :

« Il faudra bien que tu le laisses avec moi, Blaze. Tôt ou tard. »

Blaze s'essuya les lèvres du revers de la main. « T'as intérêt à rien lui faire, George. T'as vraiment intérêt. Je t'aurai averti. »

Pas de réponse.

À neuf heures, réveillé, changé, nourri, Joe jouait sur le sol de la cuisine. Assis à la table, Blaze écoutait la radio. Il avait jeté les débris de journaux découpés ainsi que le mélange eau-farine desséché et il n'avait plus que la lettre aux Gerard devant lui. Il se demandait comment la leur faire parvenir.

Trois fois qu'il écoutait le bulletin d'informations. La police avait ramassé un certain Charles Victor Pritchett, un vagabond d'Aroostook County qui avait perdu son boulot dans une usine du coin un mois auparavant. Puis on l'avait relâché. Sans doute ce petit tordu de Walsh, le portier à la con, ne l'avait pas reconnu, se dit Blaze. Bien dommage. Un bon suspect aurait fait retomber la pression pendant quelque temps.

Il s'agitait nerveusement sur sa chaise. Il fallait faire avancer cette affaire. Il fallait trouver la façon d'envoyer la lettre. Ils avaient son portrait-robot, ils avaient la marque de sa voiture. Ils en connaissaient même la couleur – encore cet enfoiré de Walsh.

Ses pensées étaient lentes et laborieuses. Il se leva, refit du café, puis déplia de nouveau le journal. Fronça les yeux en voyant sa tête dessinée. Une grosse tête à la mâchoire carrée, au gros nez aplati. Une tignasse épaisse, qui n'avait pas vu de ciseaux depuis un bon moment (c'était George qui les avait coupés, la dernière fois, attaquant les mèches au petit bonheur la chance avec ceux de la cuisine). Des yeux profondément enfoncés. Seulement une esquisse de son énorme cou et sans doute n'avaient-ils aucune idée de ce qu'était sa taille réelle. Les gens ne s'en doutaient pas, quand il était assis, parce que c'était surtout ses jambes qui étaient longues.

Joe se mit à pleurer et Blaze réchauffa un biberon. Le bébé le repoussa, si bien que Blaze se contenta de le faire sauter sur ses genoux, l'esprit ailleurs. Joe se tut aussitôt et entreprit d'examiner les choses autour de lui, de son nouveau point d'observation en hauteur : les trois pin-up sur le mur en face, la protection d'amiante graisseuse vissée derrière la cuisinière, les fenêtres, sales à l'intérieur, givrées à l'extérieur.

« Ça ressemble pas trop à là d'où tu viens, hein ? » demanda Blaze.

Joe sourit, puis tenta d'émettre le bizarre embryon de rire qui avait le don de faire jubiler Blaze. Il avait deux dents, le petit bonhomme, deux incisives dont le haut venait d'émerger des gencives. Blaze se demanda si la poussée des autres ne lui faisait pas mal ; le bébé se mâchonnait beaucoup les doigts et gémissait parfois dans son sommeil. Il se mit à baver et Blaze lui essuya la bouche avec un vieux Kleenex qu'il tira de sa poche.

Il ne pouvait laisser à nouveau le bébé avec George. À croire que George était jaloux, ou un truc comme ça. Presque comme s'il voulait...

Il aurait pu se raidir quand Joe se tourna vers lui avec une expression interrogative marrante, comme s'il voulait dire, *Eh mon pote, qu'est-ce qui te prend ?* que Blaze remarqua à peine. Mais il venait de comprendre que maintenant... il *était* George. Ce qui signifiait qu'une partie de lui-même voulait...

Une fois de plus, il fuit cette pensée et son esprit troublé se raccrocha à autre chose.

S'il allait quelque part, George l'accompagnait. S'il était maintenant George, cela tenait debout. A mène à B, simple comme bonjour, aurait dit John Cheltzman.

Où qu'il aille, George était avec lui.

Ce qui signifiait que George était incapable de faire du mal à Joe, aussi fort qu'il l'ait voulu.

Quelque chose en lui se relâcha. L'idée de laisser le bébé seul ne lui plaisait toujours pas, mais il préférait le laisser seul qu'en compagnie de quelqu'un qui aurait pu lui faire du mal... sans compter qu'il devait le faire. Il n'y avait personne d'autre.

Il avait cependant intérêt à se déguiser, avec ce portrait-robot qu'ils avaient de lui et tout le bazar. Le truc du bas en nylon, mais en plus naturel. Quoi ?

Une idée lui vint à l'esprit. Pas en un éclair, non, mais lentement. S'élevant en lui comme une bulle d'eau tellement bourbeuse qu'elle a du mal à crever.

Il reposa Joe sur le sol, et alla prendre des ciseaux et une serviette de toilette dans la salle de bains. Puis il sortit le rasoir électrique de George, entouré de son fil électrique, de l'armoire à pharmacie où il était resté rangé ces derniers mois.

Il se coupa les cheveux en paquets hirsutes, un vrai massacre, et continua jusqu'à ce qu'il ne reste plus qu'une brosse hérissée et inégale. Puis il brancha le Norelco et rasa aussi ça. Il promena le rasoir sur son crâne jusqu'à ce que l'appareil devienne chaud dans sa main et que sa peau soit toute rose d'irritation.

Il examina son reflet dans le miroir avec curiosité. La cavité de son front ressortait encore plus que d'habitude, entièrement découverte pour la première fois depuis des années, et elle était assez horrible à voir ; elle paraissait assez profonde pour y faire tenir une tasse à café s'il s'allongeait sur le dos. Mais sinon, Blaze n'avait pas l'impression de ressembler beaucoup au kidnappeur fou dessiné par l'artiste de la police. Il avait l'air d'un étranger, d'un type venu d'Allemagne, ou de Berlin, ou d'il ne savait où. Mais ses yeux, ses yeux étaient toujours les mêmes. Et si ses yeux le trahissaient ?

« George a des lunettes noires, dit-il. C'est l'astuce... pas vrai ? »

Il se rendit vaguement compte que, du coup, il devenait plutôt plus voyant que moins, mais ce n'était peut-être pas plus mal. De toute façon, avait-il une autre solution ? Il ne pouvait rien changer au fait qu'il mesurait près de deux mètres. Seulement s'efforcer de se donner un aspect jouant en sa faveur plutôt que le contraire.

En revanche, il ne se rendit absolument pas compte qu'il avait trouvé un déguisement bien meilleur que tout ce que George aurait pu inventer, pas plus qu'il ne se rendait compte que George était une création de son esprit travaillant à un rythme frénétique dément sous la couche court-circuitée de sa stupidité. Pendant des années, il s'était considéré comme un crétin ; il en était venu à l'accepter en tant qu'élément de sa vie, comme le trou qu'il avait au front. Il y avait cependant quelque chose qui continuait à fonctionner sous la couche court-circuitée. À fonctionner avec l'instinct impitoyable des choses vivantes – taupes, vers, microbes – sous la surface d'une prairie calcinée. La partie de lui qui n'oubliait rien. Chaque blessure, chaque cruauté, chaque mauvais coup que le monde lui avait réservé.

Il marchait d'un bon pas le long d'une route secondaire, derrière l'Apex, lorsqu'un vieux camion de grumes surchargé passa laborieusement à côté de lui et ralentit. Au volant, il y avait un type grisonnant et habillé d'un sous-vêtement molletonné sous sa veste à carreaux. Il lui cria de monter.

Blaze sauta sur le marchepied et grimpa dans la cabine. Remercia. Le chauffeur hocha la tête et dit : « J'vais à Westbrook. » Blaze lui répondit d'un signe de tête identique et leva le pouce. L'homme passa une vitesse et le camion se remit à rouler. Mais pas comme s'il en avait spécialement envie.

« J't'ai déjà vu, pas vrai ? » lui cria le chauffeur pour couvrir les grondements de son moteur. Sa vitre était cassée et les tourbillons d'air glacé qui entraient luttaient avec le souffle brûlant du système de chauffage. « T'habites sur Palmer Road ?

– Ouais ! répondit Blaze sur le même ton.

– Jimmy Cullum y habitait autrefois », dit le camionneur en tendant à Blaze un paquet de Lucky Strike dans un état pitoyable.

Blaze prit une cigarette.

« C'était quelqu'un », commenta Blaze. Son crâne rasé n'était pas visible sous son bonnet en laine rouge.

« Parti dans le Sud, le Jimmy, ouais, dans le Sud. Dis-moi, et ton pote, toujours dans le secteur ? »

Blaze comprit que l'homme faisait allusion à George. « Non, répondit-il, il a trouvé un boulot dans le New Hampshire.

– Ah bon ? Je voudrais bien qu'il m'en trouve aussi un là-bas. »

Ils avaient atteint le sommet de la colline et le camion entama la descente, de l'autre côté, prenant de la vitesse au milieu des ornières, bringuebalant de partout. Blaze avait presque l'impression de sentir la poussée de la surcharge dans son dos. Il avait lui-même conduit des camions de grumes en surpoids ; il se souvenait d'un chargement de sapins de Noël pour le Massachusetts d'une demi-tonne supérieur à la limite. À l'époque ça ne l'inquiétait pas, mais aujourd'hui, si. Car il lui vint à l'esprit qu'entre Joe et la mort, il n'y avait que lui.

Une fois arrivé sur la route principale, le chauffeur mentionna l'enlèvement. Blaze se tendit un peu, mais il n'était pas particulièrement surpris.

« Si jamais ils trouvent le type qui a fait ce coup, ils devraient le pendre par les couilles, commenta-t-il, passant en troisième avec d'infernaux grincements de pignons.

– Ouais, peut-être, dit Blaze.

– Ça devient aussi terrible que les détournements d'avion. Tu te rappelles ? »

Blaze répondit que oui, mais il avait oublié.

L'homme jeta son mégot par la fenêtre et alluma aussitôt une autre cigarette. « Faut que ça s'arrête. La peine de mort devrait être automatique pour des types qui font des trucs pareils. Le peloton d'exécution, tiens !

– Tu penses qu'ils vont l'attraper ? demanda Blaze, qui commençait à se sentir comme un espion de cinéma.

– Est-ce qu'un évêque porte une mitre ? demanda le chauffeur en s'engageant sur la route 1.

– Euh, oui, je crois.

– Parce que ça va sans dire. Bien sûr, qu'ils vont l'attraper. On les attrape toujours. Mais le gosse sera mort, je te le garantis.

– Oh, c'est pas sûr, objecta Blaze.

– Ah bon ? Eh bien moi, je te dis que si. Rien que l'idée est délirante. Enlever un enfant, à notre époque ! Le FBI marquera les billets, ou copiera les numéro de série, ou mettra une marque invisible dessus, du genre qu'on ne peut voir qu'avec des ultraviolets.

– Ouais, possible », répondit Blaze, troublé.

Il n'avait pas pensé à ce genre de choses. De toute façon, s'il revendait l'argent à ce type de Boston que connaissait George, qu'est-ce que ça faisait ? Il se sentit un peu rasséréné. « Tu crois que les Gerard vont vraiment leur remettre un million de dollars ? »

Le chauffeur poussa un sifflement. « C'est la somme qu'ils demandent ? »

À cet instant-là, Blaze se dit qu'il aurait mieux fait de se mordre la langue et de l'avaler. « Ouais », répondit-il. Et il pensa, *Oh, George.*

« C'est nouveau, ça. C'était pas dans le journal, ce matin. Tu l'as entendu à la radio ? »

La voix de George dit, tout à fait clairement : « Tue-le, Blaze. »

Le chauffeur porta une main en coupe à son oreille. « Quoi ? J'ai pas bien compris.

— J'ai dit : oui, à la radio. »

Il regarda ses mains, jointes sur ses genoux. De grandes mains, des mains puissantes. L'une d'elles avait rompu le cou d'un colley d'un seul coup, alors que Joe n'avait même pas encore atteint sa taille d'adulte.

« Ils toucheront peut-être la rançon, reprit le conducteur en jetant par la fenêtre le mégot de sa deuxième cigarette pour en allumer une troisième, mais ils n'auront jamais l'occasion de la dépenser. Non, m'sieur. Jamais de la vie. »

Ils passaient à présent devant des marais gelés et des baraques à clams fermées pour l'hiver. L'homme évitait les autoroutes, avec leurs stations de pesage. Blaze le comprenait.

S'il le frappait à la gorge, juste sur la pomme d'Adam, il se réveillerait au paradis avant même de savoir qu'il était mort, songea Blaze. Il prendrait le volant et le mettrait sur le siège de passager. Ceux qui les croiseraient penseraient que l'autre faisait un petit somme pour récupérer. Pauvre type, se diraient-ils, il a sans doute conduit toute la nuit...

« ...vas ?

— Hein ? dit Blaze.

— Je disais, où tu vas ? J'ai oublié.

— Oh, Westbrook.

— Parce que je vais faire un petit détour par Marah Road, à deux kilomètres d'ici. Pour voir un pote, tu comprends.

— Oh, dit Blaze, oui. »

George prit alors la parole : « Faut que tu le fasses maintenant, Blaze. C'est le moment ou jamais. C'est comme ça qu'on fonctionne. »

Blaze se tourna donc vers le chauffeur.

« Une autre cigarette ? demanda l'homme. Ça te botte ? » Il inclina légèrement la tête en parlant. Il offrait une cible parfaite.

Blaze se raidit un peu. Ses mains tressaillirent sur ses genoux. « Non, répondit-il. J'essaie d'arrêter.

— Ah bon ? T'as sans doute raison. Fait aussi froid que dans un cul de sorcière, ici, pas vrai ? »

Il rétrograda en prévision du prochain virage et, de ce qui restait du pot d'échappement troué, via le plancher, monta une pétarade d'explosions sèches. « Le chauffage tombe en rideau au bout d'un moment. Et la radio ne marche plus.

— C'est dommage, dit Blaze, qui avait l'impression qu'on lui avait donné une pleine cuillerée de poussière à avaler.

— Ouais, ouais, la vie est à chier et à la fin on crève. » Les freins, quand il appuya sur la pédale, gémirent comme des âmes en peine. « Faudra sauter comme t'es monté, en marche. Désolé, mais le bahut cale si je passe la première.

— Pas de problème », répondit Blaze.

Maintenant que l'instant critique était passé, il avait mal au ventre. Et peur. Il aurait préféré ne jamais rencontrer le routier.

« Dis bonjour à ton copain quand tu le verras. » Le chauffeur rétrograda encore une fois et le camion surchargé s'engagea dans une voie qui, supposa Blaze, devait être Marah Road.

Blaze ouvrit la portière et sauta sur l'accotement durci par le gel, sans oublier de refermer dans son dos. Le chauffeur donna un coup d'avertisseur et le camion accéléra vers le sommet de la colline dans un nuage puant de gaz d'échappement. Bientôt, il ne fut plus qu'un grondement qui s'éloignait.

Blaze reprit la route 1, mains dans les poches. Il se trouvait dans la grande banlieue de Portland-Sud. Au bout de deux ou trois kilomètres, il arriva dans un grand centre commercial comprenant de nombreuses boutiques et un cinéma multiplex. La laverie automatique portait un nom à rallonge : The Giant Kleen Kloze U-Wash-It. Il y avait une boîte aux lettres devant la laverie et c'est là que Blaze déposa la demande de rançon.

Un distributeur automatique de journaux était à l'intérieur. Il entra pour en prendre un.

« Regarde, m'man, dit un petit garçon à sa mère, qui déchargeait du linge propre d'un séchoir. Le monsieur, il a un trou dans la tête.

– Chut, tais-toi », lui dit sa mère.

Blaze sourit au garçon, qui alla aussitôt se cacher derrière les jambes de sa mère. De ce havre de sécurité, il leva la tête vers le géant.

Blaze prit son journal et sortit de la laverie. L'incendie d'un hôtel avait relégué le kidnapping en bas de première page, mais sa photo-robot figurait toujours en bonne place. LA RECHERCHE DES KIDNAPPEURS SE POURSUIT, disait le titre. Il fourra le journal dans sa poche revolver. Ça le faisait chier. Pendant qu'il traversait le parking pour rejoindre la route par le plus court chemin, il repéra une vieille Mustang avec la clef sur le contact. Sans réfléchir, il monta dedans et s'éloigna.

16

C'EST À **16** HEURES **30,** SOIT UNE HEURE ET DEMIE après qu'il avait jeté sa demande de rançon dans la boîte aux lettres du Giant Kleen Kloze U-Wash-It, par ce même après-midi de grisaille hivernale, que Clayton Blaisdell Junior devint le principal suspect dans l'affaire de l'enlèvement. Il venait de se produire « une avancée décisive dans l'enquête », comme se plaisent à le dire les porte-parole de la police. Mais même avant qu'arrive le coup de téléphone au numéro que le FBI avait donné aux médias, l'identification du suspect n'avait été qu'une question de temps.

La police disposait d'une masse d'informations. Tout d'abord, la description donnée par Morton Walsh (qui allait sérieusement se faire taper sur les doigts par ses employeurs de Boston dès que l'agitation serait retombée) ; un certain nombre de fibres bleues recueillies au sommet de la barrière grillagée qui entourait le parking des visiteurs, à Oakwood, identifiées comme provenant d'un D-Boy jean, une marque bon marché ; les photos et les moulages d'empreintes de bottes présentant des marques distinctes d'usure ; un échantillon de sang, type A B, Rh négatif ; les photos et les moulages des empreintes laissées par une échelle extensible, à présent identifiée comme étant une

191

Craftwork Lightweight Supreme ; des photos d'empreintes de bottes prises dans la maison, présentant les mêmes marques distinctives ; et enfin la déclaration de Norma Gerard, avant sa mort, voyant dans le portrait-robot une assez bonne ressemblance avec l'homme qui l'avait agressée.

Avant de sombrer dans le coma, elle avait ajouté un détail que Walsh avait mis de côté : l'homme avait un trou impressionnant au front, comme s'il avait été frappé autrefois par une brique ou un bout de tuyau.

Pour la plupart, ces informations n'avaient pas été communiquées à la presse.

En dehors du trou dans le front, deux autres détails intéressaient beaucoup les enquêteurs. En premier lieu, les jeans D-Boy n'étaient vendus que dans quelques douzaines de magasins de la Nouvelle-Angleterre du Nord. En second lieu – et c'était encore mieux –, *Craftwork Ladders* était une petite société du Vermont uniquement distribuée par des quincailleries indépendantes. Pas de grandes enseignes – Ames, Mammoth Mark, Kmart. Une petite armée d'enquêteurs commença la tournée des quincailleries indépendantes. Ils n'avaient pas encore rendu visite à celle d'Apex (« Chez nous, vous trouverez tout ! ») le jour où Blaze posta sa lettre, mais ce n'était plus qu'une question d'heures.

Le FBI avait installé au domicile des Gerard du matériel de repérage. Il avait fait soigneusement répéter au père de Joseph Gerard IV ce qu'il devait répondre lorsque arriverait l'inévitable coup de téléphone. La mère de Joe était à l'étage, bourrée de tranquillisants.

Aucune consigne n'avait été donnée au personnel des forces de police pour prendre vivants le ou les kidnappeurs. Les experts de la criminelle estimaient que l'un des hommes qu'ils recherchaient (et peut-être le seul) mesurait au moins un mètre quatre-vingt-douze et devait peser plus de cent kilos. Le crâne fracturé de Norma Gerard témoignait, s'il était besoin, de sa force et de sa brutalité.

Puis à 16 heures 30, par cette journée grise, le lieutenant Albert Sterling avait reçu un appel téléphonique d'une certaine Nancy Moldow.

À peine Sterling et son coéquipier, Bruce Granger, étaient-ils entrés dans le Baby Shoppe que Nancy Moldow leur disait : « Un détail manque à votre portrait. L'homme que vous cherchez a un grand trou dans le milieu du front.

— En effet, madame. Nous n'avons pas diffusé cette information. »

Les yeux de la jeune femme s'arrondirent. « Comme ça, il ne sait pas que vous savez ?

— Exactement. »

Elle montra le jeune homme qui se tenait près d'elle. Il portait une blouse en nylon bleue, un nœud papillon rouge et affichait un air excité. « Je vous présente Brant. Il a aidé ce… ce… il *l'a* aidé à transporter ses achats jusqu'à sa voiture.

— Votre nom ? » demanda l'agent Granger au jeune homme en ouvrant son carnet de notes.

La pomme d'Adam du magasinier montait et descendait dans sa gorge comme un singe sur une branche. « Brant Romano. Monsieur. Ce type avait une Ford. » Il donna l'année avec ce que Sterling estima être un fort degré de confiance. « Sauf qu'elle n'était pas bleue, comme ils disent dans le journal. Mais verte. »

Sterling se tourna vers la vendeuse. « Qu'est-ce que cet homme a acheté, madame ? »

Elle ne put s'empêcher de rire un peu. « Mon Dieu, pratiquement tout — tout ce qui concerne les bébés, bien sûr, ce que nous vendons ici. Un berceau, une table à langer, des vêtements... tout le bazar. Il a même pris une petite assiette et des couverts.

— Disposez-vous d'une liste complète de ses achats ?

— Bien entendu. Jamais je n'aurais soupçonné ce qu'il préparait. Il avait l'air de quelqu'un de très gentil, en fait, bien qu'avec cette cicatrice dans le front... ce trou... »

Granger acquiesça, l'air de dire qu'il comprenait.

« Mais il ne paraissait pas très intelligent. Il l'était tout de même assez pour m'avoir. Il prétendait que c'était pour son petit-neveu et moi, comme une gourde, je l'ai cru.

— Et il était grand ?

— Mon Dieu, un géant, oui ! Il avait tout du... de... (elle partit d'un rire nerveux)... de l'éléphant dans un magasin de porcelaine.

— Quelle taille, diriez-vous ? »

La jeune femme haussa les épaules. « Je mesure un mètre soixante, et je n'arrivais qu'à la hauteur de sa cage thoracique. Il devait donc faire...

— Vous n'allez pas me croire, intervint Brant, le magasinier, mais il devait mesurer au moins un mètre quatre-vingt-dix-huit et peut-être même deux mètres. »

Sterling se prépara à poser une dernière question. Il l'avait gardée pour la fin, car il était à peu près sûr qu'il ne tirerait rien de la réponse.

« Mrs Moldow, comment l'homme a-t-il réglé ses achats ?

— En liquide, répondit-elle aussitôt.

— Je vois. »

Il regarda Granger. Ils s'y étaient attendus.

194

« Vous auriez dû voir le paquet de billets qu'il avait dans son portefeuille !

— Il a presque tout dépensé, ajouta Brant. Il m'a donné cinq dollars de pourboire, mais il ne lui restait plus grand-chose, à ce moment-là. »

Sterling ignora la remarque. « Et étant donné qu'il a payé en liquide, le nom de cet homme ne figure nulle part.

— En effet. Aucune trace. Les patrons finiront par faire poser des caméras de surveillance un de ces jours.

— Dans des siècles, oui, la coupa Brant. Dans cette boîte, on fait un max d'économies.

— Bon, dit Sterling en refermant son carnet, on va y aller. Je vais tout de même vous donner ma carte au cas où…

— Il se trouve que je connais son nom, dit Nancy Moldow. »

Le deux policiers se tournèrent vers elle.

« Quand il a ouvert son portefeuille pour prendre le gros paquet de billets, j'ai vu son permis de conduire. Si je me souviens de son nom, c'est en partie parce que c'est le genre de vente qu'on fait une fois dans sa vie mais aussi, surtout, parce que c'est un nom qui avait quelque chose d'aristocratique. Il ne lui allait pas. Je me rappelle m'être dit qu'un homme comme lui aurait dû s'appeler Barney, ou Fred. Vous savez, comme les *Flintstones*.

— Et quel était ce nom ? demanda Sterling.

— Clayon Blaisdell. Je me demande même si ce n'était pas Clayton Blaisdell, Jr. »

Une heure plus tard, à 17 heures 30, leur suspect était cadré. Clayton Blaisdell Jr., alias Blaze, avait été condamné deux fois, la première pour agression et brutalités sur la personne du directeur du centre où résidait le jeune homme – un pensionnat du nom de Hetton House – et la seconde, plusieurs années plus tard, pour escroquerie et tromperie. Celui qu'on soupçonnait d'être son complice, George Thomas Rackley, alias la Râpe, s'en était tiré parce que Blaze n'avait pas voulu témoigner contre lui. D'après les dossiers de la police, Blaisdell et Rackley avaient fait équipe pendant au moins huit ans avant de tomber pour escroquerie : une mystification religieuse juste un peu trop compliquée à mener pour les capacités mentales réduites de ce grand garçon. En prison – South Portland Correctional –, on lui avait fait passer un test d'intelligence et ses résultats très médiocres l'avaient fait classer dans la catégorie « limite retardé ». Dans la marge, une main anonyme avait écrit en grandes lettres rouges : DÉBILE MENTAL.

Sterling trouva fort amusants les détails de l'embrouille. Elle mettait tout d'abord en scène un grand gaillard (Blaisdell) dans un fauteuil roulant poussé par un gringalet qui se présentait aux victimes comme étant le révérend Gary Crowell (très certainement Rackley). Le soi-disant révérend Gary prétendait recueillir des fonds pour une tournée de prédication au Japon. Si les victimes – essentiellement des vieilles dames avec un petit magot à la banque – se révélaient dures à la détente, le révérend Gary opérait un miracle. Il faisait à nouveau marcher le paralytique dans le fauteuil, avec l'aide de Jésus.

Les circonstances de l'arrestation étaient encore plus drôles. Une octogénaire du nom d'Arlene Merrill, devenue soupçonneuse, avait appelé la police pendant que le révérend Gary et son « assistant » étaient dans son séjour. Puis elle était revenue leur parler jusqu'à l'arrivée des forces de l'ordre.

Mais le révérend Gary avait subodoré le piège et pris la poudre d'escampette tandis que Blaisdell était resté. Dans son rapport, le policier qui avait effectué l'arrestation avait noté : *Le suspect déclare qu'il ne s'est pas enfui parce qu'il n'était pas encore guéri.*

Au vu de ce dossier, Sterling réfléchit et conclut qu'en fin de compte il devait y avoir deux kidnappeurs dans l'affaire. Au moins deux. Rackley devait en être : jamais un type aussi stupide que Blaisdell n'aurait pu monter un coup pareil tout seul.

Il décrocha son téléphone et composa un numéro. Au bout de quelques minutes, on le rappela pour lui donner une information qui le surprit. George Thomas Rackley, dit la Râpe, était mort l'année précédente. On l'avait trouvé poignardé non loin d'un tripot clandestin bien connu, sur les quais de Portland.

Merde. Quelqu'un d'autre, alors ?

Quelqu'un qui aurait manipulé le gros empoté comme l'avait sans aucun doute fait Rackley avant ?

Il n'y avait pas d'autre explication, pas vrai ?

Dès 19 heures, le soir même, un avis de recherche (ce qu'on allait appeler quelques années plus tard un BOLO*) était lancé sur la personne de Clayton Blaisdell Jr.

Au même moment, Jerry Green, citoyen de Gorham, découvrait qu'on venait de lui voler sa Mustang. Quarante minutes plus tard, toutes les voitures de patrouille avaient le signalement de la voiture.

Toujours vers la même heure, la police de Westbrook donna à Sterling le numéro d'une femme du nom de Georgia Kingsbury. Mrs Kingsbury était en train de lire l'édition du soir de son journal lorsque son fils, qui regardait par-dessus son épaule, avait montré du doigt le portrait-robot de la police, et lui avait demandé : « Pourquoi le monsieur il est dans le journal ? Pourquoi on voit pas le trou dans sa tête ? »

---

* *Be On the Look-Out* : « ouvrez l'œil ».

197

Et Mrs Kingsbury avait ajouté à l'intention de Sterling :
« J'ai regardé et je me suis dit, oh, mon Dieu... »

Sterling et Granger arrivèrent à 19 heures 40 au domicile
des Kingsbury. Ils montrèrent à la maman, ainsi qu'à son
fils, la photo de l'identité judiciaire de Clayton Blaisdell Jr. Il
s'agissait d'une photocopie médiocre mais les Kingsbury ne
l'en identifièrent pas moins sur-le-champ. Sterling se dit que
même si on ne l'avait vu qu'une fois, on se souvenait de
Blaisdell. Que cette armoire à glace soit la dernière personne
que Norma Gerard ait vue dans ce qui avait toujours été sa
demeure rendit Sterling malade de colère.

« Il m'a fait un sourire, déclara le jeune Kingsbury.

– C'était gentil, fiston », dit Sterling en lui ébouriffant
les cheveux.

Le garçon eut un mouvement de recul. « Votre main est
froide. »

Dans la voiture, Granger s'adressa à son collègue. « Tu
ne trouves pas bizarre que le patron envoie un type comme
lui faire les courses pour le gosse ? Un type dont on se souvient aussi facilement ? »

À la réflexion, Sterling trouva aussi que c'était un peu
bizarre, mais la débauche d'achats de Blaisdell suggérait
aussi autre chose. Il y fallait de l'optimisme, mais il préféra
se concentrer là-dessus : toutes ces affaires achetées pour le
bébé suggéraient que les kidnappeurs avaient l'intention de
le garder en vie, du moins pour le moment.

Granger le regardait toujours, attendant une réponse. Et
Sterling finit par observer : « Qui sait pourquoi les débiles
font ci ou ça ? Allez, roule. »

L'identification incontestable de Blaisdell en tant que
l'un des kidnappeurs arriva dans toutes les agences des

représentants de la loi, aux niveaux local et étatique, à 20 heures 05. Un quart d'heure plus tard, Sterling recevait un coup de téléphone de Paul Hanscom, de la police de la route, caserne de Portland. Il lui signalait qu'on avait volé une Mustang de 1970 dans le même centre d'achat où Georgia Kingsbury avait vu Blaisdell, et à peu près à la même heure. Il voulait savoir si le FBI souhaitait qu'on ajoute ce détail à l'avis de recherche. Sterling répondit que le FBI en serait ravi.

Sterling décida qu'il connaissait la réponse à la question que lui avait posée l'inspecteur Granger. Elle était simple, en fait. Le cerveau de l'opération était quelqu'un de plus brillant que Blaisdell – assez brillant, en tout cas, pour rester dans l'ombre, en particulier avec l'excuse de devoir s'occuper du bébé – mais tout de même pas si brillant que ça.

Restait maintenant à attendre que l'étau se referme. Et à espérer…

Mais Sterling estima qu'il ne pouvait plus se contenter d'espérer. À 22 heures 15, il descendit dans le hall et entra dans les toilettes messieurs. Il vérifia dans les cabines, mais il n'y avait personne. Rien d'étonnant : c'était une petite antenne du FBI, rien qu'une bosse provinciale sur les fesses de l'agence. Sans compter qu'il était tard.

Il entra dans une des cabines, se mit à genoux et joignit les mains, exactement comme quand il était enfant. « Seigneur, c'est Albert. Si le bébé est encore vivant, je t'en prie, veille sur lui, tu veux bien ? Et si jamais j'approche de l'homme qui a massacré Norma Gerard, laisse-le faire quelque chose qui m'oblige à tuer ce fils de pute. Merci. Je t'en prie au nom de ton fils, Jésus-Christ. »

Et comme il n'y avait personne dans les toilettes, il ajouta un *Je vous salue Marie* pour faire bonne mesure.

17

Le bébé le réveilla à quatre heures moins le quart du matin, mais le biberon ne suffit pas à le calmer. Il continua de pleurer et Blaze commença à avoir un peu peur. Il posa une main sur le front de Joe. La peau lui parut fraîche, mais l'intensité des hurlements qu'il poussait était effrayante. Blaze se demandait s'il n'allait pas se rompre un vaisseau, ou quelque chose comme ça.

Il posa le bébé sur la table à langer et le déshabilla. Apparemment, le problème ne venait pas de là non plus. Les couches étaient humides mais il n'y avait pas de selles. Blaze lui poudra le derrière et lui mit des couches propres. Les cris continuèrent. Non content d'être effrayé, le géant se sentait à présent gagné par le désespoir.

Il souleva l'enfant, le plaça contre son épaule et commença à tourner autour de la table de la cuisine. « Doucement mon bébé… Tout va bien… tu vas très bien… tu vois, je te berce… Rendors-toi… bouzou-bouzou-bouzou… chuuuut, bébé, chuuuut. Tu vas finir par réveiller un ours qui dort dans la neige et il va vouloir nous manger. Chuuuut. »

Ce fut peut-être les allées et venues. Ou peut-être la voix de Blaze. Toujours est-il que les cris s'espacèrent, puis s'arrêtèrent. Encore quelques tours dans la cuisine du chalet et la tête du bébé retomba contre le cou de Blaze. Sa respiration ralentit et prit le rythme lent du sommeil.

Blaze le remit délicatement dans le berceau et le berça. Joe s'agita un peu mais ne se réveilla pas. Sa petite main trouva le chemin de sa bouche et il se mit à la sucer furieusement. Blaze commença à se sentir mieux. Tout allait bien, peut-être. D'après le livre, ils mâchonnaient ainsi leur main quand ils faisaient leurs dents ou qu'ils avaient faim, et il était sûr que Joe n'avait pas faim.

Il regarda le bébé et songea d'une manière plus consciente, cette fois, que Joe était d'une certaine façon adorable. Et mignon. Comment ne pas s'en rendre compte ? Il serait intéressant de le voir grandir, de le voir passer par tous les stades dont parlait le Dr Spock dans son livre. Joe allait bientôt être capable de marcher à quatre pattes. Plusieurs fois, depuis que Blaze l'avait ramené au chalet, il avait vu ce petit morpion se mettre sur les mains et les genoux. Puis il allait marcher debout... et des mots allaient se former au milieu de tout ce charabia... et ensuite... et ensuite...

Ensuite, il deviendrait *quelqu'un*.

L'idée était dérangeante. Blaze n'avait plus sommeil. Il se leva et mit la radio, le son très bas. Il chercha, parmi les bavardages nocturnes d'un millier de stations en compétition, jusqu'à ce qu'il ait trouvé le fort signal de WLOB.

Le bulletin de quatre heures ne disait rien de nouveau sur l'enlèvement. Ce qui paraissait logique ; les Gerard n'auraient pas sa lettre avant le milieu de la journée. Peutêtre même ne l'auraient-ils que demain ; tout dépendait de l'heure à laquelle la boîte était relevée, dans le centre commercial. En dehors de ça, il ne voyait pas quelle piste ils auraient pu avoir. Il avait fait attention et, à part ce gardien

202

de parking (dont il avait déjà oublié le nom), il estimait qu'il avait fait ce que George appelait « un coup vraiment propre ».

Parfois, après avoir réussi une bonne embrouille, lui et George achetaient une bouteille de bourbon Four Roses. Puis ils allaient voir un film et faisaient passer le Four Roses avec un Coke acheté au bar du cinéma. Si le film était long, George en sortait parfois tellement ivre qu'il pouvait à peine marcher pendant que défilait le générique de fin. Il était plus petit, et la gnôle lui faisait plus vite effet. Ç'avait été de bons moments. Ils lui faisaient penser à l'époque où il était copain avec ce bon vieux John Cheltzman et où ils allaient voir les vieux films qui passaient au Nordica.

La musique revint à la radio. Joe dormait paisiblement. Blaze pensa qu'il devrait lui aussi se recoucher. Il avait beaucoup à faire demain. Ou peut-être même aujourd'hui. Envoyer une deuxième demande de rançon aux Gerard. Il avait une bonne idée pour récupérer le paquet. Elle lui était venue en rêve – un rêve dément qu'il avait fait la veille. Il n'avait ni queue ni tête, mais le doux et profond sommeil sans rêves dont l'avaient tiré les cris du bébé semblait l'avoir clarifiée. Il leur dirait de jeter la rançon depuis un avion. Un petit avion qui ne volerait pas haut. Dans la lettre, il expliquerait que l'avion devrait voler le long de la route 1, en direction du sud, en partant de Portland vers la frontière du Massachusetts, et chercher un signal (une lumière rouge).

Blaze savait comment s'y prendre : des feux de détresse de marine. Il en achèterait une demi-douzaine dans la quincaillerie de la ville et les installerait en paquet dans l'endroit qu'il choisirait. Ils émettraient une lumière suffisamment vive. Et l'endroit, il le connaissait déjà : une route d'exploitation forestière au sud d'Ogunquit. Elle traversait une clairière où les chauffeurs de camion s'arrêtaient parfois pour déjeuner ou piquer un roupillon dans la petite couchette, derrière leur siège. La clairière était proche de la route 1 et un pilote qui la longerait ne pourrait pas manquer les feux, dont les flammes groupées s'élèveraient comme le faisceau d'une énorme torche rouge. Blaze comprenait qu'il ne disposerait pas de beaucoup de temps, mais pensait qu'il en aurait assez. Cette route de terre donnait sur un réseau de voies du même genre, sans signalisation, portant des noms comme chemin de la Fondrière ou de Cogne-Tête. Blaze les connaissait toutes. L'une d'elles débouchait sur la route 41, et de là, il pouvait repartir vers le nord. Trouver un endroit où se planquer en attendant que l'émoi retombe. Il avait même pensé à Hetton House. Le pensionnat était vide, à l'heure actuelle, ses ouvertures obturées par des planches, avec un panneau À VENDRE cloué sur la façade. Blaze était passé plusieurs fois devant au cours des dernières années, attiré comme un petit garçon qui a eu jadis la peur de sa vie dans une maison du voisinage réputée hantée.

Sauf que pour lui, Hetton House était *vraiment* hantée. Il aurait dû le savoir : il comptait au nombre des fantômes.

De toute façon, ça allait marcher, c'était le principal. Il avait eu la frousse, pendant un moment, et il était désolé pour la vieille dame (dont il avait déjà oublié le prénom), mais c'était devenu maintenant un coup bien pr...

« Blaze. »

Il regarda en direction de la salle de bains. C'était George, bien sûr. La porte était entrouverte, comme George la laissait toujours s'il avait envie de parler en coulant un bronze. « La merde qui sort d'un côté et les conneries de l'autre », avait-il dit une fois dans ce genre de circonstances, et ils avaient ri tous les deux. George pouvait être marrant quand il était dans de bonnes dispositions ; mais ce matin, il n'avait pas l'air d'avoir envie de rigoler. Blaze pensait aussi qu'il avait refermé la porte, la dernière fois qu'il était sorti de la salle de bains. Il se dit qu'un courant d'air avait pu la rouvrir, mais il ne sentait aucun cou...

« Ils ont bien failli t'avoir, Blaze », reprit George. Avant d'ajouter dans une sorte de marmonnement désespérant : « Pauv'cloche.

— Qui ça ? demanda Blaze.

— Les flics. De qui croyais-tu que je voulais parler ? Du Comité national des républicains ? Le FBI, pardi. La police d'État. Même les comiques en bleu du coin.

— Sûrement pas, George. J'ai fait du bon travail. Vraiment. C'est un coup bien propre. Je vais t'expliquer ce que j'ai fait, combien j'ai été prudent...

— Si tu ne te casses pas de ce chalet, tu es refait demain à midi.

— Comment... qu'est-ce que...

— T'es tellement stupide que tu n'es même pas capable de voir plus loin que le bout de ton nez. Je me demande pourquoi je me décarcasse pour toi. T'as commis une bonne douzaine de gaffes. Avec un peu de chance, les flics n'en auront repéré que six ou huit jusqu'ici. »

Blaze inclina la tête. Il sentait son visage s'empourprer. « Qu'est-ce qu'il faut que je fasse ?

— Sors cette vieille caisse. Tout de suite.

— Où...

— Et débarrasse-toi du gosse, le coupa George, comme s'il venait juste d'y penser.

— *Quoi ?*

— J'ai bafouillé ? Débarrasse-toi de lui. C'est un putain de poids mort. Tu peux récupérer la rançon sans lui.

— Mais si je le rends, comment je vais...

205

« — Je t'ai pas parlé de le rendre ! tempêta George. Qu'est-ce que t'imagines ? Que c'est juste une putain de bouteille consignée ? Je te parle de le tuer ! Tout de suite ! »

Blaze bougea les pieds. Son cœur battait fort et il espérait que George allait bientôt sortir de la salle de bains parce qu'il avait envie de pisser et qu'il ne pourrait pas pisser devant un putain de fantôme. « Attends… faut que je réfléchisse. Tu devrais peut-être aller faire un petit tour, George, et quand tu reviendras, on pourra mettre ça au point.

— T'es *incapable* de réfléchir ! » George avait tellement élevé la voix qu'on aurait dit un hululement. À croire qu'il souffrait. « Est-ce qu'il faut que les flics arrivent et collent une bastos dans le caillou que tu portes au sommet de ton cou pour que tu comprennes ça ? T'es *pas capable* de penser, Blaze ! Mais moi, si ! »

Sa voix retomba. Redevint raisonnable. Presque douce :

« Il dort, en ce moment. Il ne sentira rien. Prends ton oreiller – il aura ton odeur, il va aimer ça – et mets-lui sur la figure. Appuie dessus, très fort. Je parie que les parents croient que c'est déjà arrivé. Ils ont déjà probablement prévu de se mettre à fabriquer un petit con de républicain en remplacement, la nuit prochaine. Après quoi, tu pourras essayer de récupérer le paquet. Et va dans un endroit où il fait chaud. Comme on a toujours voulu. D'accord ? D'accord ? »

Ouais, bien sûr. Un endroit comme Acapulco ou les Bahamas.

« Alors, mon Blazino, qu'est-ce que t'en dis ? J'ai raison ou j'ai pas raison ?

— T'as raison, George. Je crois.

— Tu sais que j'ai raison. C'est comme ça qu'on fonctionne. »

Soudain, plus rien n'était simple. Si George disait que la police se rapprochait, c'était un point sur lequel il avait probablement raison. George avait toujours eu le nez creux, question de flairer les flics. Et le gosse le ralentirait s'il partait d'ici en vitesse ; là-dessus aussi, George avait raison. Son boulot était maintenant de récupérer la foutue rançon et d'aller se planquer quelque part. Mais tuer le gosse ? Tuer *Joe* ?

Il vint soudain à l'esprit de Blaze que si jamais il faisait ça – en s'y prenant très, très doucement – Joe irait tout droit au paradis et resterait un petit ange pour toujours. Si bien que George avait peut-être raison sur ce point aussi. Blaze ne se faisait pas d'illusions, il irait en enfer, comme la plupart des gens. C'était un monde pourri et plus on y restait, plus on devenait soi-même pourri.

Il prit l'oreiller et le rapporta dans la pièce principale, où Joe dormait à côté de la cuisinière. Sa main était retombée, mais ses doigts portaient encore les marques de son mâchonnage frénétique. Un monde de souffrances, aussi. Pas seulement pourri, mais de souffrances. Faire ses dents n'était que la première et la moindre d'entre elles.

Blaze se tint au-dessus du berceau, tenant l'oreiller, la taie rendue noirâtre par la lotion dont il enduisait ses cheveux. Quand il avait encore des cheveux.

George avait toujours raison… sauf quand il se trompait. Blaze sentait toujours que quelque chose clochait.

« Bordel, dit-il, et le monde avait un écho aqueux.

– Fais ça vite, dit George depuis la salle de bains. Ne le fais pas souffrir. »

Blaze s'agenouilla et posa l'oreiller sur le visage du bébé. Il avait les coudes dans le berceau, de part et d'autre de la frêle cage thoracique, et il sentit Joe inspirer une fois… s'arrêter… une seconde fois… s'arrêter à nouveau. Puis le bébé s'agita et arqua le dos. Il tourna la tête en même temps et recommença à respirer. Blaze appuya plus fort.

Il ne pleurait pas. Blaze aurait préféré que le bébé pleure. Que le bébé meure en silence, comme un insecte, paraissait pire que pitoyable : horrible. Blaze enleva l'oreiller.

Joe tourna la tête, ouvrit les yeux, les referma, sourit et mit son pouce dans sa bouche. Et se rendormit.

Blaze haletait, le souffle court. Des gouttes de sueur perlaient à son front défoncé. Il regarda l'oreiller, qu'il tenait toujours dans ses mains crispées, et le laissa tomber comme s'il brûlait. Il commença à trembler et s'étreignit le ventre pour se contrôler. Bientôt, il trembla de tout son corps. Ses muscles vibraient comme les fils du télégraphe.

« Finis le boulot, Blaze.

— Non.

— Sinon, je mets les voiles.

— Eh bien, va-t'en.

— Tu t'imagines que tu vas le garder, hein ? » dit George en se mettant à rire, dans la salle de bains. Un rire comme le gargouillis d'un tuyau de vidange. « Pauv'cloche. Si tu le laisses vivre, il va te haïr plus que tout au monde en grandissant. Fais-leur confiance, ils y veilleront, tous ces braves gens. Tous ces richards de trous-du-cul de millionnaires républicains. Est-ce que je ne t'aurai rien appris, Blaze ? Laisse-moi te le dire avec des mots que même un demeuré peut comprendre : si tu étais en feu, ils ne te pisseraient pas dessus pour t'éteindre. »

Blaze regarda le plancher sur lequel était posé l'affreux oreiller. Il tremblait toujours ; en plus, il avait maintenant le visage brûlant. Il savait que George avait raison. Il répondit néanmoins : « J'ai pas prévu de prendre feu, George.

— Tu prévois jamais rien ! Quand ce petit con de morveux sera devenu un homme, il sera capable de faire un détour de dix kilomètres juste pour venir cracher sur ta putain de tombe. Et maintenant, pour la dernière fois, *tue ce gosse* !

– Non. »

Et soudain George fut parti. Et peut-être avait-il toujours été vraiment là, parce que Blaze eut la certitude de sentir quelque chose – une présence – disparaître du chalet. Aucune fenêtre ne s'ouvrit, aucune porte ne claqua, et pourtant, si : la baraque était plus vide qu'avant.

Blaze se rendit dans la salle de bains et ouvrit la porte d'un coup de pied. Il n'y vit rien d'autre qu'un lavabo, une douche rouillée et les gogues.

Il essaya de se rendormir mais en fut incapable. Ce qu'il avait failli faire pendait dans sa tête comme un rideau. Ce que George avait dit, aussi. *Ils ont bien failli t'avoir*, et : *Si tu ne te casses pas de ce chalet, demain à midi, tu es refait.*

Mais le pire était : *Quand ce petit con de morveux sera devenu un homme, il sera capable de faire un détour de dix kilomètres juste pour venir cracher sur ta putain de tombe.*

Pour la première fois, Blaze se sentit vraiment pourchassé. Et même déjà pris, d'une certaine manière… comme un insecte emmêlé dans une toile d'araignée dont il ne pourra pas se dégager. Des répliques de vieux films lui revenaient à l'esprit. *Je le veux mort ou vif… Si tu ne sors pas maintenant, nous allons entrer, et entrer en tirant… Les mains en l'air, pourriture, c'est terminé maintenant.*

Il s'assit dans le lit, en sueur. Bientôt cinq heures. Presque une heure depuis que les cris du bébé l'avaient réveillé. L'aube n'était pas loin, réduite pour l'instant à une pâle ligne orangée sur l'horizon. Au-dessus, les étoiles poursuivaient leur éternelle rotation, indifférentes à tout.

Si tu ne te casses pas de ce chalet, demain à midi, tu es refais.

Mais où aller ?

En fait, il connaissait la réponse à cette question. Il la connaissait même depuis des jours.

Il se leva et s'habilla avec des gestes rapides et fébriles : sous-vêtements molletonnés, chemise de laine, deux paires de chaussettes, des jeans, des bottes. Le bébé dormait toujours et Blaze prit à peine le temps de lui jeter un coup d'œil. Il récupéra des sacs en papier, sous l'évier, et commença à les remplir de couches propres, de biberons, de boîtes de lait.

Les sacs une fois pleins, il les transporta dans la Mustang, qu'il avait rangée à côté de la Ford. Au moins avait-il la clef du coffre, pour la Mustang, et il y mit les sacs. Il courait. Maintenant qu'il avait décidé de filer, la panique le mordillait aux talons.

Il remplit un autre sac des vêtements de Joe. Il replia la table à langer, se disant stupidement que cela plairait à Joe de retrouver quelque chose qu'il connaissait dans un nouvel environnement. Le coffre de la Mustang n'était pas immense, et il transféra une partie des sacs à l'arrière pour pouvoir y ranger, de justesse, la table à langer. Le berceau pouvait aussi tenir à l'arrière. Les repas du bébé tiendraient sous des couvertures, à l'avant, au pied du siège du passager. Joe était un fana des petits pots et il les descendait allègrement.

Il fit un dernier voyage puis lança le moteur, mettant le chauffage à fond pour que l'habitacle soit agréable et bien chaud. Cinq heures trente. Il faisait de plus en plus clair ; les étoiles avaient pâli et seule Vénus brillait encore avec éclat.

De retour dans la maison, Blaze sortit Joe du berceau et le posa sur le lit. Le bébé marmonna mais ne se réveilla pas. Blaze emporta le berceau jusqu'à la voiture.

Il revint et jeta autour de lui des coup d'œil affolés. Il prit la radio, posée sur le rebord de la fenêtre, la débrancha, l'entoura de son cordon électrique et la posa sur la table. Dans la chambre il retira sa vieille valise marron — mal en point, les angles blanchis par des éraflures — de sous le lit. Il y empila pêle-mêle le reste de ses vêtements, posant dessus deux revues de cul et quelques BD avant de la refermer. Il alla mettre la valise et la radio dans la voiture, qui commençait à déborder. Puis il retourna au chalet pour la dernière fois.

Il étendit une couverture, posa Joe dessus, l'enroula dedans et plaça tout le paquet à l'intérieur de sa parka, dont il remonta la fermeture Éclair. Le bébé s'était réveillé et pointait son museau depuis son cocon, comme une gerboise.

Blaze le transporta ainsi, s'installa derrière le volant et déposa Joe sur le siège du passager.

« Et surtout, ne va pas rouler dans tous les sens, moucheron », dit-il.

Joe sourit et tira vivement la couverture au-dessus de sa tête. Blaze eu un petit reniflement amusé — et se revit en même temps poser l'oreiller sur le visage du bébé. Il frissonna.

Il sortit de la grange à reculons, manœuvra et s'engagea au pas dans l'allée... et même s'il ne le sut jamais, il précéda de moins de deux heures l'installation d'une ceinture hermétique de barrages routiers.

Il emprunta des voies secondaires et des chemins creux pour contourner Portland et sa banlieue. Le ronflement régulier du moteur et le souffle tiède du chauffage renvoyèrent presque tout de suite Joe au pays des rêves. Blaze brancha sa station de radio favorite, dont les émissions commençaient avec le lever du jour. Il eut droit à un passage des Évangiles, à des informations destinées aux agriculteurs et à un éditorial de droite signé Freedom Line, de Houston, qui aurait lancé George dans un égrenage paroxystique de jurons. Puis il y eut les informations.

« La recherche des auteurs du kidnapping du petit Joseph Gerard IV se poursuit, annonça gravement le journaliste, et il pourrait bien y avoir du nouveau. »

Blaze tendit l'oreille.

« D'après une source proche de l'enquête, les services postaux de Portland auraient reçu un pli, dans la nuit, concernant une possible demande de rançon ; ils ont fait parvenir directement la lettre par voiture à la famille Gerard. Ni la police locale, ni le responsable de l'équipe du FBI, l'inspecteur Albert Sterling, n'ont voulu faire de commentaire. »

Blaze n'écoutait déjà plus. Les Gerard avaient reçu sa lettre, c'était ça l'important. La prochaine fois, il allait devoir les appeler. Il n'avait pas pensé à prendre de journaux avec lui, ni d'enveloppes, ni de quoi faire de la colle, de toute façon. Et le téléphone, c'était toujours mieux. Plus rapide.

« ... et à présent, la météo. On s'attend à ce que les basses pressions centrées sur l'État de New York se déplacent vers l'est et provoquent la plus importante tempête de neige de la saison sur la Nouvelle-Angleterre. Les services de la Météorologie nationale ont déclenché une alerte-blizzard de niveau trois, et la neige pourrait commencer à tomber dès midi aujourd'hui. »

Blaze s'engagea sur la route 136 puis, au bout de trois kilomètres, tourna dans Stinkpine Road. Quand il passa devant l'étang – entièrement gelé – où lui et Johnny avaient un jour observé des castors en train d'élever un barrage, il fut pris d'un puissant et onirique sentiment de *déjà-vu*. Il y avait aussi la ferme abandonnée dont ils avaient forcé la porte, lui, Johnny et un garçon qui avait l'air d'un Italien. Ils avaient trouvé une pile de boîtes à chaussures dans un placard. L'une d'elles contenait des photos cochonnes – des hommes et des femmes faisant tout, des femmes avec des femmes et même une femme avec un cheval ou un âne – qu'ils avaient regardées tout l'après-midi, leurs émotions passant du registre de la stupéfaction à la concupiscence et au dégoût. Blaze n'arrivait pas à se rappeler le nom du gamin à l'air italien, seulement qu'on le surnommait Toe-Jam.

Il tourna à droite à l'embranchement, à un peu plus d'un kilomètre de là, pour s'engager dans un chemin creusé d'ornières dans lequel la déneigeuse était passée une fois, pour la forme, et qui était de nouveau envahi par les congères. À quatre cents mètres, après un virage que les garçons désignaient sous le nom de Sweet Baby Turn (il avait su pourquoi, jadis, mais l'avait oublié depuis), une chaîne barrait le chemin. Blaze descendit de voiture et dégagea le crochet du cadenas en tirant simplement dessus. Il était déjà venu là et une demi-douzaine de coups secs avaient suffi à rompre le vieux mécanisme.

Il laissa tomber la chaîne au sol et étudia la route, au-delà. Elle n'avait pas été déneigée depuis la dernière tempête, mais Blaze pensa que la Mustang pourrait passer, pourvu qu'il prenne un peu d'élan avant. Il reviendrait plus tard remettre la chaîne en travers de la route ; ce ne serait pas la première fois. L'endroit l'attirait.

Le mieux, dans tout ça, était la tempête qui se préparait, si bien que la neige allait effacer ses traces.

Il glissa sa grande carcasse dans le siège-baquet, passa la marche arrière et recula d'une cinquantaine de mètres. Puis il passa sur le rapport le plus court de la boîte automatique et écrasa l'accélérateur. La Mustang fonça comme le cheval auquel elle emprunte son nom. Le moteur rugissait et l'aiguille du compte-tours installé par le propriétaire flirtait avec le rouge, si bien que Blaze, de la paume de la main, passa sur le rapport supérieur, se disant qu'il pourrait toujours rétrograder si son petit poney volé se mettait à ramer.

Il atteignit la neige. La Mustang commença à déraper, mais Blaze laissa filer et le joli petit museau pointa de nouveau droit devant. Il conduisait comme dans un souvenir, comme dans un songe, comptant sur ce songe pour l'empêcher d'aller s'embourber dans les fossés invisibles, à droite et à gauche. Des gerbes de neige se déployaient en éventail de chaque côté de la Mustang. Des corbeaux prirent leur envol des pins maigrelets et s'élevèrent pesamment dans le ciel d'un blanc d'écume.

Il franchit la première hauteur ; derrière, le chemin tournait à gauche. La voiture commença de nouveau à déraper, mais Blaze arriva encore à la contrôler, le volant tournant tout seul entre ses mains pendant un instant puis se stabilisant sous sa prise lorsque les pneus retrouvèrent un embryon de traction. De la neige vola et recouvrit le pare-brise. Blaze brancha les essuie-glaces mais, pendant quelques secondes, il conduisit à l'aveuglette, ce qui le fit rire de terreur et de jubilation. Une fois le pare-brise dégagé, il vit le portail principal se profiler droit devant lui. Il était trop près pour pouvoir faire autre chose que poser une main sur la poitrine du bébé endormi afin de le retenir et prier. La Mustang roulait à soixante à l'heure, enfoncée dans la neige jusqu'aux pare-chocs. Il y eut un craquement aigre qui fit trembler tout le châssis de la voiture – faussant pour toujours, sans aucun doute, le parallélisme. Les planches se rompirent et volèrent. La Mustang exécuta un tête-à-queue… tournoya… cala.

Blaze tendit la main pour relancer le moteur, mais elle hésita et retomba.

Devant lui, sinistre, s'élevait Hetton House : deux étages de briques noircies. Il regarda les fenêtres obstruées par des planches, fasciné. Rien n'avait changé depuis les autres fois où il était venu. D'anciens souvenirs s'ébrouèrent, prirent de la couleur et commencèrent à marcher. John Cheltzman faisant ses devoirs à sa place. La Loi découvrant le pot aux roses. Le portefeuille trouvé. Les longues nuits passées à imaginer comment ils dépenseraient l'argent, murmurant d'un lit à l'autre après l'extinction des feux. L'odeur du vernis à bois et de la craie. Les portraits angoissants aux murs, avec leurs yeux qui semblaient vous suivre partout.

Deux affiches avaient été apposées sur la porte. ENTRÉE INTERDITE PAR ORDRE DU SHÉRIF, COMTÉ DE CUMBERLAND, lisait-on sur le premier. Et sur l'autre : À VENDRE OU À LOUER, CLUTTERBUCK REALTY, CASTLE ROCK, MAINE, PASSEZ OU TÉLÉPHONEZ AU... Suivait un numéro.

Blaze lança le moteur, passa la première et avança lentement. Les roues avaient du mal à adhérer et il devait constamment contre-braquer, la voiture ayant tendance à dériver vers la droite ; mais elle n'en avançait pas moins vaillamment et, à petite vitesse, il réussit à gagner, le long du mur est du bâtiment, un petit renfoncement entre ce mur et une remise basse et tout en longueur. Il avait dû constamment enfoncer l'accélérateur jusqu'au plancher pour continuer d'avancer, si bien que lorsqu'il coupa le contact, le silence fut assourdissant. Personne n'avait besoin de lui dire que les bons et loyaux service de la Mustang étaient terminés, en tout cas pour lui ; elle allait rester là au moins jusqu'au printemps.

Il frissonna, même s'il faisait bon dans la voiture. Il avait l'impression d'être retourné chez lui.

Pour y rester.

Il força la porte arrière et amena Joe à l'intérieur, confortablement installé au milieu de trois couvertures. On ressentait une plus grande impression de froid dedans que dehors. Comme si le froid avait gagné jusqu'à l'ossature même du bâtiment.

Il monta avec le bébé dans le bureau de Martin Coslaw. On avait gratté le nom, sur le panneau de verre translucide de la porte, et la pièce, de l'autre côté, n'était qu'un cube vide. Ici rien n'évoquait plus la Loi. Blaze essaya de se rappeler qui avait dirigé l'établissement après lui, mais en vain. Il était déjà parti, de toute façon. Pour North Windham, là où on envoyait les fortes têtes.

Il posa Joe sur le sol et commença à explorer le bâtiment. Il restait quelques pupitres, quelques pièce de bois éparses, des papiers froissés. Il en rassembla une brassée qu'il ramena dans le bureau, et il prépara un feu dans la minuscule cheminée. Quand le feu eut pris à son gré et qu'il fut sûr que la cheminée tirait bien, il retourna à la Mustang et entreprit de la décharger.

À midi, il était installé. Le bébé était dans son berceau, dormant toujours (mais donnant des signes qu'il allait se réveiller). Ses couches et ses petits pots étaient soigneusement rangés sur les étagères. Blaze s'était trouvé un fauteuil et avait posé deux couvertures dans un coin en guise de lit. La pièce était un peu moins glaciale, mais fondamentalement, c'était comme si le froid continuait de suinter des murs et de se glisser sous la porte. Il allait devoir garder le bébé complètement empaqueté.

Blaze enfila de nouveau sa parka, sortit et, pour commencer, alla remettre la chaîne en place. Il constata avec plaisir que même avec son mécanisme cassé, le cadenas donnait l'illusion d'être fermé. Il fallait pratiquement l'examiner à la loupe pour se rendre compte que quelque chose clochait. Puis il battit en retraite jusqu'au portail défoncé. Il redressa les grands étais du mieux qu'il put. Le résultat avait un aspect plutôt merdique, mais au moins, s'il enfonçait les planches le plus qu'il pouvait dans la neige, elles restaient en place. Et bon Dieu, si quelqu'un s'approchait trop, il risquait des ennuis, de toute façon. Il était idiot, mais pas à ce point-là.

Quand il revint, Joe était réveillé et braillait de toutes ses forces. Voilà qui ne terrifiait plus Blaze comme au début. Il lui fit enfiler sa petite veste (verte, très mignonne) et le posa sur le sol pour qu'il puisse bouger un peu. Pendant que Joe s'essayait à la marche à quatre pattes, Blaze ouvrit un petit pot au bœuf. Mais impossible de trouver la foutue cuillère – elle finirait par réapparaître, comme font les choses la plupart du temps – et il fit donc manger le bébé avec le bout du doigt. Il fut ravi de découvrir que Joe avait fait une dent pendant la nuit. Il en avait trois, à présent.

« Désolé si c'est froid, dit Blaze. On va essayer de goupiller quelque chose, d'accord ? »

Mais Joe se moquait que son repas soit froid. Il mangeait avec gloutonnerie. Puis, quand il eut fini, il se mit à pleurer parce qu'il avait mal au ventre. Blaze savait de quoi il retournait car il avait appris à distinguer entre les pleurs du mal au ventre, ceux du mal aux gencives, et ceux de *je suis fatigué*. Il plaça le bébé sur son épaule et fit le tour de la pièce avec lui, lui caressant le dos et roucoulant. Mais comme Joe continuait à pleurer, Blaze se mit à arpenter le corridor, toujours roucoulant. Joe commença alors à trembler en plus de pleurer et Blaze l'enroula dans une couverture supplémentaire, rabattant un pan sur sa tête pour lui faire un capuchon.

C'est ainsi qu'il monta au second et entra dans la salle 7, là où avait eu lieu sa première rencontre avec Martin Coslaw, en cours d'arithmétique. Il y restait trois pupitres empilés dans un coin. Sur le couvercle de l'un d'eux, presque dissimulées par des graffitis plus tardifs (des cœurs, des organes sexuels masculins et féminins, des exhortations à sucer et à écarter les cuisses), il découvrit les initiales CB, soigneusement gravées par lui, jadis, en caractères d'imprimerie.

Curieux, il enleva un gant et fit passer son doigt sur les anciennes entailles. Un garçon dont il se souvenait à peine avait été ici avant lui. C'était incroyable. Et, d'une manière étrange qui lui fit penser aux oiseaux solitaires sur les fils du téléphone, c'était triste, aussi. Ces entailles étaient vieilles et le temps les avait polies et lissées. Le bois les avait acceptées, elles faisaient partie intégrante de lui, à présent.

Il eut l'impression d'entendre un petit rire et se retourna vivement.

« George ? »

Pas de réponse. Le prénom lui revint en écho. Comme s'il se moquait de lui. Il semblait lui dire qu'il n'y avait pas de million, simplement cette pièce. Cette pièce où il avait connu la honte et la peur. Cette pièce où il n'avait pas été capable d'apprendre.

Joe s'agita sur son épaule et éternua. Il avait le nez rouge. Il se mit à pleurer. Ses sanglots se perdaient, minuscules, dans le bâtiment glacial et vide. Les briques humides semblaient les absorber.

« Là, là, roucoula Blaze, tout va bien, ne pleure pas. Je suis là. Tout va bien. Tu es très bien. Je vais très bien. »

Comme le bébé se mettait à nouveau à trembler, Blaze décida de le ramener dans le bureau de la Loi. Il le remettrait dans son berceau, devant le feu. Avec une couverture supplémentaire.

« Tout va très bien, mon poussin. Tout va bien, c'est parfait. »

Mais Joe pleura jusqu'à épuisement et, peu de temps après, la neige commença à tomber.

18

Au cours de l'été qui suivit leur virée à Boston, Blaze et John Cheltzman allèrent faire la cueillette des myrtilles avec d'autres garçons de Hetton House. Le cultivateur qui les avait engagés, Harry Bluenote, était un type réglo. Pas un *réglo coincé*, comme il entendrait George le dire avec mépris, plus tard, mais un homme loyal et droit dans la meilleure tradition scoute. Il possédait une douzaine d'hectares de terre à myrtilles de premier choix, à West Harlow, qu'il cultivait sur brûlis. Chaque mois de juillet, il engageait une équipe d'environ deux douzaines de jeunes délinquants pour y passer le râteau. Son seul intérêt, ici, était le maigre revenu que tout fermier peut obtenir d'une récolte à vente immédiate. Il aurait facilement pu ne payer que trois cents le litre aux garçons de Hetton House et aux filles venues du Foyer pour jeunes filles en difficulté de Wiscassett, à Pittsfield ; les adolescents les auraient acceptés et se seraient estimés heureux d'avoir passé l'été au grand air. Mais il leur donnait les sept cents que réclamaient et obtenaient les enfants de la région. Quant à l'argent des dépenses de transport, il provenait de sa propre poche.

Bluenote était un grand Yankee décharné et âgé, au visage creusé de profondes rides et aux yeux pâles. Si on

221

le regardait trop longtemps dans ces yeux, on finissait par se persuader que le type était cinglé. Il n'était membre ni de la Grange, ni d'aucune autre association de fermiers. Ils ne l'auraient pas accepté parmi eux, de toute façon. Pas un homme qui engageait des criminels pour ramasser ses myrtilles. Et c'étaient des criminels, bon sang de bonsoir, qu'ils aient seize ans ou soixante-seize. Ils débarquaient dans une petite ville honnête et les gens honnêtes se sentaient obligés de fermer leur porte à clef. Ils devaient se méfier de ces adolescents inconnus qui se baladaient dans les chemins. Des garçons et des filles ! Mettez-les ensemble – des criminels des deux sexes – et le résultat n'était pas mieux que Sodome et Gomorrhe. C'était ce que tout le monde disait. C'était mal. En particulier quand on essayait soi-même de bien élever ses enfants.

La saison allait de la deuxième semaine de juillet à la troisième ou quatrième d'août. Bluenote avait construit dix cabanes le long de la rivière Royal, laquelle traversait sa propriété par le milieu. Six cabanes pour les garçons, quatre pour les filles, regroupées un peu plus loin. Du fait de leur position relative par rapport à la rivière, on appelait *Riffle* Cabins* le coin des garçons et *Bend** Cabins* celui des filles. Douglas, l'un des fils de Bluenote, logeait avec les garçons. Bluenote recrutait par annonce, tous les printemps, une femme qui logeait pour sa part à Bend Cabins, quelqu'un qui pouvait également faire office de chef de camp et qui aidait à la cuisine. Il la payait bien, et l'argent sortait aussi de sa poche.

---

* *Riffle* : zone de rochers affleurants.
** *Bend* : coude.

Une année, cette affaire scandaleuse atteignit son apogée lors d'une réunion du conseil municipal, lorsqu'une coalition de Southwest Bend essaya de faire passer en force une réévaluation des taxes foncières de Bluenote. L'idée semblait être de tellement écorner sa marge bénéficiaire que son programme socialo-communiste deviendrait impossible à mettre en œuvre.

Bluenote attendit la fin de la discussion pour prendre la parole. Son fils Douglas et deux ou trois amis de son secteur s'étaient chargés de le défendre avec fougue. Puis, juste avant que le président de séance ne donne le coup de marteau final, il s'était levé et avait demandé la parole. On la lui accorda, mais à contrecœur.

« Pas un seul d'entre vous ne s'est fait piquer quoi que ce soit pendant la saison de la récolte. Il n'y a pas eu une seule voiture volée, pas une seule maison cambriolée, pas une seule grange incendiée. Même pas une petite cuillère subtilisée. Tout ce que je cherche à faire, c'est montrer à ces gosses ce que procure une vie honnête. Ce qu'ils en font ensuite les regarde. Tous, un jour ou l'autre, vous vous êtes embourbés et vous avez eu besoin d'un coup de main. Je ne vous demanderai pas comment vous pouvez voter en faveur de cette proposition et continuer à vous considérer comme des chrétiens, car l'un de vous aurait certainement une réponse sortie tout droit ce que j'appelle la Sainte Bible apprêtée à la sauce perso. Mais, bon sang de bonsoir, comment pouvez-vous lire la parabole du Bon Samaritain le dimanche et dire que vous êtes pour un truc pareil le lundi soir ? »

À ce moment-là, Beatrice McCafferty explosa. Se hissant avec peine sur ses jambes (son pliant dut pousser un grincement de soulagement) et sans attendre ne fût-ce qu'un signe de tête d'approbation du président de séance, elle claironna : « Très bien, parlons-en ! *Abracadabra !* Tu as le toupet de venir nous dire, Harry Bluenote, qu'il n'y a jamais rien eu entre les garçons de Riffle et les filles de Bend ? » Elle regarda autour d'elle, l'expression aussi dure qu'une pelle. « Je me demande si Mr Bluenote ne serait pas né de la dernière pluie. Je me demande s'il pense à ce qui se passe en pleine nuit, s'il n'y a pas de cambriolages ni d'incendies de granges ? »

Harry Bluenote ne s'était pas rassis. Il se tenait de l'autre côté de la salle, les pouces passés dans ses bretelles. Il avait un visage à la fois rubicond et poussiéreux, comme tous les fermiers. L'amusement plissait peut-être légèrement – très légèrement – ses yeux pâles et étranges. Ou peut-être pas. Quand il fut certain que la femme avait terminé, avait dit tout ce qu'elle avait à dire, il répondit d'un ton calme et neutre : « J'ai jamais été zyeuter, Beatrice, mais c'était sûrement pas des viols. »

Sur quoi la question fut ajournée pour « une discussion ultérieure ». Ce qui est le synonyme courtois, dans la Nouvelle-Angleterre du Nord, de calendes grecques.

John Cheltzman et les autres garçons de Hetton House avaient été tout de suite enthousiastes à l'idée de cette sortie, mais Blaze nourrissait des doutes. Quand il était question d'aller « travailler à l'extérieur », il ne se souvenait que trop bien de Bowie.

Toe-Jam ne pouvait s'arrêter de raconter comment il allait se trouver une fille avec laquelle « s'envoyer en l'air ». Blaze estimait qu'il avait mieux à faire que perdre son temps à ce genre de rêverie. Il pensait encore à Marjorie Thurlow, mais à quoi servait de se faire des idées sur les autres ? Les filles aiment les gros durs, des types qui savent les baratiner, comme dans les films.

Sans compter que les filles lui faisaient peur. Aller s'enfermer dans les toilettes de Hetton House avec le si précieux exemplaire de *Girl Digest* de Toe-Jam et s'astiquer le manche était une chose. Lui faisait du bien quand il allait mal. D'après ce qu'il avait cru comprendre en entendant parler les autres garçons, les sensations que l'on éprouvait à se branler étaient à peu près les mêmes que quand on fourrait son engin dans une fille, sans parler de l'avantage de pouvoir recommencer quatre ou cinq fois par jour.

À quinze ans, Blaze avait atteint sa taille définitive. Il mesurait deux mètres, et la ficelle que Johnny tendit un jour entre ses épaules mesurait soixante-quatre centimètres. Il avait des cheveux bruns, épais, grossiers et huileux. Ses mains, quand il les écartait, formaient deux battoirs de trente centimètres, du pouce au petit doigt. Il avait des yeux vert bouteille, brillants et frappants, nullement des yeux de demeuré. Les autres garçons avaient l'air de pygmées à côté de lui, ce qui ne les empêchait pas de le taquiner ouvertement, avec une certaine impudence. Ils avaient accepté John Cheltzman – à présent connu sous les sobriquets de JC ou de Jeepers Cripe – comme totem personnel de Blaze et, du fait de leur virée à Boston, les deux garçons étaient devenus quelque chose comme des héros folkloriques dans la société fermée de Hetton House. Blaze, lui, occupait une place encore plus particulière. Quiconque a vu des bambins se presser autour d'un saint-bernard comprendra de quoi il retournait.

Lorsqu'ils arrivèrent à la ferme des Bluenote, Dougie Bluenote les attendait pour les conduire dans les cabanes de Riffle. Il leur dit qu'ils partageraient celles-ci avec six garçons de la maison de correction de South Portland. Les bouches se serrèrent à cette nouvelle. Les garçons de South Portland avaient la réputation d'être des casse-burnes de première.

Blaze se retrouva dans la cabane 3 en compagnie de John et de Toe-Jam. John avait maigri depuis leur virée à Boston. Le médecin de Hetton House (un vieux charlatan fumeur de Camel du nom de Donald Hough) n'avait vu dans son rhumatisme articulaire aigu qu'une histoire de mauvaise grippe. Diagnostic qui allait tuer John, mais pas avant une année.

« Voilà votre cabane », dit Doug Bluenote. Il avait le visage de paysan de son père, mais pas ses yeux bleus étranges. « Un tas de garçons y ont logé avant vous. Si vous vous y plaisez, prenez-en soin pour que des tas de garçons puissent encore y loger après vous. Il y a un poêle, au cas où il ferait froid la nuit, mais ça m'étonnerait. Il y a quatre lits, vous avez donc le choix. Si nous prenons un autre gars, il s'installera dans le dernier. Vous avez là une plaque chauffante pour vos casse-croûte et le café. Débranchez-la tous les matins avant de sortir. Et débranchez-la avant de vous pieuter le soir. Voilà des cendriers. C'est là que vous mettrez vos mégots. Pas par terre. Pas dans la cour. Pas question de boissons alcoolisées ou de parties de poker. Si on vous attrape en train de picoler ou de jouer au poker, mon père ou moi, vous êtes cuits. Pas de deuxième chance. Petit déjeuner à six heures, dans la grande maison. Déjeuner à midi, sur place, là-bas. » Il tendit le bras dans la direction approximative des champs de myrtilles. « Dîner à six heures du soir, dans la grande maison. On commence le ramassage demain à sept heures. Bonne journée, les gars. »

Après son départ, les trois copains explorèrent la cabane. Elle n'était pas si mal. Le poêle était un vieil *Invincible* à four hollandais. Il n'y avait pas de lits superposés – pour la première fois depuis des années, ils n'allaient pas être empilés comme des sardines. Il y avait une pièce commune relativement grande en plus des deux chambres. Comprenant une étagère à livres fabriquée à partir d'une caisse d'oranges Pomona où l'on trouvait une bible, un livre d'éducation sexuelle à l'intention des jeunes gens, et deux classiques : *Moby Dick* et *Autant en emporte le vent*. Un tapis au crochet délavé ornait le sol, lui-même fait de grosses planches disjointes, quelque chose de très différent des dallages et des planchers vernis de Hetton House. Ces planches grinçaient sous les pas.

Pendant que les autres faisaient leur lit, Blaze sortit sur le porche pour regarder la rivière. Elle était bien là, courant sur une faible pente à ce niveau, mais, pas très loin en amont, il entendait le grondement apaisant de rapides. Des arbres tordus, chênes et saules, se penchaient sur l'eau comme pour s'y mirer. Libellules et insectes aquatiques volaient juste au-dessus de la surface, l'effleurant parfois. De loin lui parvenait le crissement aigre d'une cigale.

Blaze sentit quelque chose se détendre en lui.

Il s'assit sur la première marche du porche. Au bout d'un moment, John sortit et vint s'installer à côté de lui.

« Où est Toe-Jam ? demanda Blaze.

– Il lit le bouquin de sexe. Il cherche des images.

– Il en a trouvé ?

– Pas encore. »

Ils gardèrent le silence pendant un moment.

« Blaze ?

– Ouais ?

– C'est pas si mal, hein ?

– Non, c'est pas si mal. »

Mais il se rappelait encore les Bowie.

Ils partirent à pied vers la grande maison en fin d'après-midi. Le chemin suivait le cours de la rivière et passait par les Bend Cabins, devant lesquelles se tenait un groupe de six filles.

Les garçons de Hetton House et les casse-burnes de South Portland continuèrent à marcher comme s'ils se trouvaient au milieu de filles – des filles *avec des seins* – tous les bon Dieu de jours. Les filles se joignirent à eux, certaines mettant du rouge à lèvres tout en bavardant entre elles, comme si elles se trouvaient au milieu de garçons – des garçons avec une ombre de poil au menton – tous les jours. Une ou deux portaient des bas nylon ; les autres étaient en socquettes. Des socquettes toutes repliées exactement à la même hauteur sur la cheville. Les petits défauts avaient été tartinés d'un maquillage qui atteignait parfois l'épaisseur d'un glaçage de pâtisserie. Très enviée des autres, une fille s'était mis du fard à paupières vert. Toutes avaient perfectionné le genre de démarche chaloupée que John Cheltzman allait appeler plus tard le pas d'arpenteuse.

L'un des casse-burnes de South Portland regarda le spectacle et cracha. Puis il prit une herbe (de la luzerne) et se la mit entre les dents. Les autres garçons, qui l'avaient observé attentivement, se creusèrent la tête pour trouver quelque chose – *n'importe quoi* – qui fasse la preuve de leur nonchalance vis-à-vis du beau sexe. Quelques originaux fourrèrent une main dans leur poche revolver. Les deux, même, pour certains.

Ceux de South Portland avaient probablement un avantage sur ceux de Hetton House ; question filles, on était mieux paré en ville. Les mères des garçons de South Portland avaient peut-être été des prostituées ou des droguées, ou les deux, et leurs sœurs des spécialistes de la branlette à dix balles, toujours est-il que les casse-burnes, pour la plupart, avaient une *idée* assez claire de ce qu'était une fille.

Les garçons de Hetton House, de leur côté, vivaient dans une société presque exclusivement masculine. Leur éducation sexuelle se résumait à quelques sermons sur le sujet faits par les pasteurs du coin. La plupart de ces prédicateurs de campagne se bornaient à informer les adolescents que la masturbation rendait fou et qu'on courait le risque, à la suite de relations sexuelles, de voir son pénis devenir tout noir et puer à cause de quelque maladie. Les garçons disposaient aussi des revues cochonnes que Toe-Jam dégottait de temps en temps (*Girl Digest* étant la plus récente et la meilleure). Ils tiraient des répliques de cinéma leur conception d'une conversation avec une fille. Pour ce qui était des rapports sexuels proprement dits, ils n'avaient pas d'idée, car – comme l'avait tristement observé une fois Toe-Jam – on ne voyait des couples baiser que dans les films français. Et le seul film français qu'ils aient jamais vu était *French Connection*.

Et c'est ainsi que le trajet entre les cabanes de Bend et la maison se déroula dans un silence tendu (mais nullement hostile). Auraient-ils été moins tétanisés par cet effort pour se montrer à la hauteur de la situation qu'ils auraient pu prendre le temps de jeter un coup d'œil à Dougie Bluenote, qui avait besoin de toute son énergie pour garder son sérieux.

Harry Bluenote était appuyé au chambranle de la porte de la salle à manger lorsqu'ils entrèrent. Les garçons comme les filles restèrent bouche bée devant les gravures qui ornaient les murs (paysages peuplés et gais de Courrier & Ives, paysages mélancoliques d'Andrew Wyeth), le mobilier ancien et patiné, la longue table avec PRENEZ

PLACE gravé sur un banc et VENEZ AFFAMÉ REPARTEZ RASSA-
SIÉ sur l'autre. Mais ce fut surtout le grand portrait à l'huile
du mur est qui les fascina ; il s'agissait de Marian Bluenote,
feu l'épouse de Harry.

Peut-être ces jeunes gens se considéraient-ils tous comme
des durs – et d'une certaine manière, c'était vrai – mais ils
n'en étaient pas moins des enfants qui arboraient seulement
depuis peu leurs caractéristiques sexuelles secondaires. Ils se
mirent spontanément en rang, comme ils l'avaient toujours
fait. Bluenote les laissa faire. Puis il leur serra la main, à tous
et à toutes, au fur et à mesure qu'ils entraient. Il ajoutait un
courtois signe de tête pour les filles, sans trahir un instant
qu'il les trouvait attifées comme des petites putes.

Blaze entra en dernier. Il dépassait Bluenote d'une demi-
tête, mais il n'en traînait pas moins les pieds en regardant
le sol, se disant qu'il aurait préféré être à Hetton House.
C'était trop dur. C'était horrible. Il avait la langue collée au
palais. Il tendit sa main à l'aveuglette.

Bluenote la lui serra. « Seigneur, quelle armoire à glace !
Mais pas fait pour râteler les myrtilles, pourtant. »

Blaze le regarda, l'air idiot.

« Tu veux conduire le camion ? »

Blaze déglutit. Il avait quelque chose de coincé dans la
gorge qui, semblait-il, ne voulait pas descendre. « J'sais pas
conduire, m'sieur.

– Je vais t'apprendre, répondit Bluenote. C'est pas dur.
En attendant, va casser la croûte. »

Blaze entra. La table était en acajou et brillait comme la
surface d'une eau calme. Les places étaient disposées de
part et d'autre. Un lustre scintillant était suspendu au-dessus, exactement comme dans les films. Blaze s'assit, ayant
chaud et froid en même temps. Il avait une fille à sa gauche, ce qui ne fit qu'aggraver son trouble. Chaque fois qu'il

regardait vers elle, son regard tombait sur sa poitrine. Il s'efforça de ne pas en tenir compte, mais en vain. Cette poitrine était juste... *là*. Occupant une place définie dans le monde.

Le service était assuré par Bluenote et la maman du camp. Ils apportèrent un ragoût de bœuf, une dinde entière et un énorme saladier en bois débordant de salade avec trois sortes de vinaigrettes. Puis un plat de haricots, un de petits pois et un de carottes en rondelles, ainsi qu'un pot en faïence rempli de purée de pommes de terre.

Quand tout fut sur la table et tout le monde assis devant son assiette brillante, un pesant silence se fit. Les garçons et les filles regardaient ce festin comme s'ils étaient victimes d'une hallucination. Un ventre gargouilla quelque part. On aurait dit un camion franchissant un pont de planches.

« Très bien », dit Bluenote. Il était assis au haut de la table, avec la maman du camp à sa gauche. Son fils était assis à l'autre bout. « Prions. »

Ils inclinèrent la tête et attendirent le sermon.

« Seigneur, dit Bluenote, bénissez ces garçons et ces filles. Et bénissez cette nourriture qu'ils vont consommer. Amen. »

Ils s'entre-regardèrent en douce, clignant des yeux, se demandant si ce n'était pas une plaisanterie. Ou un mauvais tour. *Amen* signifiait normalement qu'on pouvait manger ; si c'était bien le cas, alors ils venaient d'entendre réciter les grâces les plus brèves de l'histoire du monde.

« Passez-moi ce ragoût », dit Bluenote.

L'équipe des râteleurs ne se fit pas prier.

Bluenote et son fils firent leur apparition à la grande maison le lendemain matin au volant de deux Ford deuxtonnes. Filles et garçons montèrent à l'arrière pour être conduits au premier champ de myrtilles. Les filles étaient en pantalon cette fois. Elles avaient le visage encore bouffi de sommeil et n'étaient pratiquement pas maquillées. Elles paraissaient plus jeunes, plus tendres.

Des conversations s'ébauchèrent. Avec maladresse au début, puis de plus en plus naturellement. Quand le camion sautait sur une ornière, tout le monde riait. Il n'y eut pas de présentations formelles. Sally Ann Robichaux avait un paquet de Winston qu'elle partagea avec les autres ; même Blaze, assis au bout, en eut une. L'un des casse-burnes de Portland commença à parler revues cochonnes avec Toe-Jam. Justement, ce jeune homme, qui s'appelait Brian Wick, était venu à la ferme Bluenote muni d'un exemplaire de *Fizzy*, un digest au format de poche. Toe-Jam admit qu'il avait entendu dire de bonnes choses de *Fizzy*, et les deux garçons mirent au point un petit échange. Les filles s'arrangèrent pour ignorer ces palabres et avoir en même temps l'air indulgent.

Ils arrivèrent. Les buissons bas étaient chargés de baies. Harry et Doug Bluenote abaissèrent le hayon arrière et tout le monde sauta à terre. Le champ avait été divisé en bandes matérialisées par des chiffons blancs attachés à des pieux. Un autre camion – plus gros, plus ancien et fermé par une bâche – fit son apparition. Il était conduit par un Noir de petite taille qui répondait au nom de Sonny. Blaze n'entendit jamais Sonny prononcer ne serait-ce qu'une parole.

Les Bluenote distribuèrent des petits râteaux à dents serrées aux jeunes gens ; seul Blaze n'en eut pas. « Ils sont fait pour ne ramasser, en principe, que les baies mûres », expliqua Bluenote. Pendant ce temps, derrière lui, Sonny sortait une canne à pêche et son moulinet du gros camion. Il s'enfonça un chapeau de paille sur la tête et se dirigea ainsi vers une rangée d'arbres, à travers champs, sans un regard en arrière.

« Mais, poursuivit Bluenote, l'index levé, comme c'est une invention humaine, elle n'est pas parfaite. Vous allez ramasser des feuilles et des baies vertes. Ne vous en inquiétez pas, ne ralentissez pas. On les enlève une fois à la grange. Et vous serez présents, alors ne craignez pas qu'on les retienne sur votre salaire. Pigé ? »

Brian et Toe-Jam, qui allaient devenir inséparables à la fin de la journée, se tenaient côte à côte, bras croisés. Ils acquiescèrent tous les deux.

« Bon, pour que ce soit bien clair », reprit Bluenote. Ses yeux bleus étranges brillaient. « On me donne vingt-six cents du litre. Vous, vous touchez sept cents. Dit comme ça, on pourrait croire que je me fais dix-neuf cents à la sueur de votre front, mais c'est faux. Une fois toutes les dépenses comptabilisées, il me reste dix cents du litre. Trois de plus que vous. Ces trois cents, c'est ça qu'on appelle le capitalisme. C'est mon champ, c'est mon profit, vous touchez votre part. » Il répéta : « Pour que ce soit bien clair. Des objections ? »

Il n'y eut pas d'objections. Ils paraissaient tous hypnotisés, dans le soleil déjà chaud du matin.

« Très bien. Il me faut un chauffeur ; ce sera toi, le costaud. J'ai aussi besoin d'un comptable. Toi, mon gars. Comment tu t'appelles ?

– Euh, John. John Cheltzman.

– Viens par ici. »

Il aida Johnny à monter à l'arrière du camion fermé par des bâches et lui expliqua ce qu'il aurait à faire. Il y avait des piles de seaux en tôle galvanisée. Il devait courir en apporter à ceux qui lui en réclamaient. Chaque seau vide portait une étiquette collée sur le côté. Il fallait écrire le nom du ramasseur pour chaque seau plein. Les seaux pleins étaient disposés dans un cadre qui les empêchait de se renverser pendant que le camion roulait. Il y avait également un tableau noir antique et poussiéreux pour calculer les totaux.

« Très bien, fiston, dit Bluenote. Fais-les mettre en rang et donne-leur leurs seaux. »

John devint rouge, s'éclaircit la gorge et c'est dans un murmure qu'il leur demanda de se mettre en rang. S'il vous plaît. Il avait l'air de s'attendre qu'ils lui tombent dessus. Pas du tout : ils se mirent en rang. Certaines filles nouaient un fichu sous leur menton ou glissaient un chewing-gum dans leur bouche. John leur tendit les seaux en écrivant leurs noms en grandes lettres carrées. Garçons et filles choisirent leur rangée et la journée de travail commença.

Blaze se tenait à côté du camion et attendait. Une grande agitation indéfinie faisait palpiter sa poitrine. Conduire était son rêve depuis des années. À croire que Bluenote avait lu le langage secret de son cœur. Si du moins il avait parlé sérieusement.

Bluenote s'approcha de lui. « Comment on t'appelle en général, fiston ? En dehors du Costaud ?

– Blaze, en général. Ou des fois, Clay.

– D'accord, Blaze, viens par là. »

Bluenote le fit monter dans la cabine du camion et s'installa derrière le volant. « C'est un International Harvester à trois vitesses. Autrement dit, trois pour avancer et une pour reculer. Ce truc qui monte du plancher, ici, c'est le levier pour changer de vitesse. Tu le vois ? »

Blaze acquiesça.

« Cette pédale sur laquelle j'appuie mon pied gauche est l'embrayage. Tu la vois aussi ? »

Blaze acquiesça.

« Tu l'enfonces quand tu veux changer de vitesse. Quand tu as passé ta vitesse, tu laisses remonter la pédale. Si tu le fais trop lentement, tu risques de caler. Si tu le fais trop vite, brusquement, t'as des chances de renverser toutes les myrtilles et de faire tomber ton copain sur le cul en prime. Parce que le bahut va partir d'un coup. Tu comprends ? »

Blaze acquiesça pour la troisième fois. Les adolescents avaient déjà avancé dans les rangées. Douglas Bluenote allait de l'un à l'autre, leur montrant la meilleure manière de manier le râteau et comment éviter de se faire des ampoules. Il leur expliquait aussi l'art de donner un coup de poignet, à la fin de chaque passage du râteau : il permettait de se débarrasser de la plupart des feuilles et tiges indésirables.

L'aîné des Bluenote se racla la gorge et cracha. « Mais te casse pas la tête avec les vitesses. Pour commencer, t'as juste à savoir comment passer la première et la marche arrière. Et maintenant, regarde bien où elles sont. »

Blaze regarda. Il lui avait fallu des années pour comprendre le truc, pour les additions et les soustractions (et la notion de retenue était restée pour lui un mystère jusqu'au jour où John lui avait dit de penser qu'il mettait le chiffre dans sa poche en attendant d'en avoir besoin). En revanche, il apprit les notions élémentaires de la conduite au cours de cette seule matinée. Il ne cala que deux fois. Bluenote dit plus tard à son fils qu'il n'avait jamais vu personne maîtriser aussi vite le délicat équilibre entre embrayage et accélérateur. À Blaze, il dit seulement : « Tu t'en sors bien. Évite de frotter les buissons avec les roues. »

Mais Blaze ne faisait pas que conduire. Il ramassait les seaux pleins, les ramenait au petit trot jusqu'au camion, les passait à John, apportait les seaux vides aux ramasseurs. Il ne se départit pas de son grand sourire de toute la journée. Son bonheur s'avéra contagieux et contamina tout le monde.

Un orage se déclencha vers trois heures. Les ados s'empilèrent dans le gros camion, respectant la consigne de Bluenote quand celui-ci leur dit de faire attention où ils s'asseyaient.

« Je ramènerai le camion », dit Bluenote en s'installant derrière le volant. Il vit la tête que fit Blaze et sourit. « Faut un peu de temps, Costaud – Blaze, je veux dire.

– D'accord. Il est passé où, l'homme – Sonny ?

– Il fait la cuisine », répondit laconiquement Bluenote en passant la première. « Du poisson frais, si nous avons de la chance ; sinon, ce sera du ragoût. Tu veux venir en ville avec moi après le dîner ? »

Blaze se contenta de hocher la tête, trop estomaqué pour parler.

Ce soir-là, il observa en silence, comme Douglas, Harry Bluenote qui marchandait avec l'acheteur de Federal Foods et finissait par obtenir son prix. Douglas rentra de son côté, dans l'un des Ford de la ferme. Personne ne parlait. Regardant la route se dérouler dans les phares, Blaze songea : Je vais quelque part. Puis il pensa : Je *suis* quelque part. La première idée le rendit heureux. La deuxième était tellement énorme qu'il eut envie de pleurer.

Les jours passèrent, puis les semaines, selon un rythme bien établi. Debout tôt. Petit déj monstrueux. Travail jusqu'à midi. Déjeuner monstrueux dans les champs (Blaze dévorant jusqu'à quatre sandwichs sans soulever d'objections de personne). Puis travail jusqu'à ce que les orages de l'après-midi y mettent un terme ou jusqu'à ce que Sonny fasse retentir la cloche de laiton du dîner, un carillon qui roulait dans la chaleur du jour enfui comme un rêve vivant.

Bluenote laissa Blaze conduire par les petites routes entre la maison et les champs. Il s'en sortait mieux tous les jours et finit par atteindre une incroyable perfection. Jamais un seul seau ne se renversa du cadre de bois pendant qu'il était au volant. Après le dîner, il accompagnait souvent Harry et Douglas à Portland et regardait Bluenote l'aîné marchander avec les différentes sociétés alimentaires.

Juillet rejoignit le pays perdu des mois écoulés. Puis s'enfuirent les deux premières semaines d'août. L'été serait bientôt fini. Y penser rendait Blaze triste. Dans quelques jours, ce serait de nouveau Hetton House. Puis l'hiver. La seule idée d'un hiver de plus à Hetton lui était insupportable.

Il ne se doutait pas à quel point il avait séduit Harry Bluenote. Le grand gaillard avait naturellement le don d'apaiser les conflits et jamais cueillette ne s'était déroulée dans un si bon climat. Il n'y avait eu qu'une seule bagarre. D'ordinaire, il y en avait une demi-douzaine. Un garçon du nom de Henry Gillette avait accusé l'un de ses camarades de South Portland de tricher au black-jack (techniquement, ce n'était pas du poker). Blaze s'était contenté de prendre Gillette par son col et de l'écarter ; puis il avait obligé son adversaire à lui rendre son argent.

Finalement, au cours de la troisième semaines d'août, le couronnement de l'été, Blaze perdit sa virginité.

La fille s'appelait Anne Bradstay. On l'avait enfermée à Pittsfield pour incendie volontaire. Elle et son petit ami avaient mis le feu à six entrepôts de pommes de terre entre Presque Ile et Mars Hill avant d'être pris. Leur explication avait été qu'ils n'avaient rien trouvé d'autre à faire. C'était marrant de les voir brûler. Anne avait raconté que Curtis lui disait : « Viens, on va faire des frites », et ils y allaient. Le juge, qui avait perdu un fils de l'âge de Curtis Prebble en Corée, ne comprit ni n'eut envie de comprendre cette explication. Il condamna le garçon à un séjour de six ans dans la prison d'État de Shawshank.

Anne eut un an à passer dans ce que les filles appelaient l'usine Kotex, à Pittsfield. Elle n'en fut pas très affectée. Son beau-père l'avait dépucelée quand elle avait treize ans et son frère aîné la battait quand il était ivre, c'est-à-dire souvent. Après un tel merdier, Pittsfield, c'étaient les vacances.

Ce n'était pas une fille blessée avec un cœur d'or – simplement une fille blessée. Elle n'était pas mauvaise, mais elle avait une certaine avidité pour tout ce qui brillait, comme une pie. Toe-Jam, Brian Wick et deux autres garçons de Portland mirent en commun leurs ressources et offrirent quatre dollars à Anne pour qu'elle couche avec Blaze. Leur motif relevait de la simple curiosité. Personne n'en parla à John Cheltzman (ils craignaient qu'il ne s'en ouvre à Blaze, sinon à Doug Bluenote), mais tous les autres étaient au courant dans le camp.

Tous les soirs, un garçon devait se rendre depuis les cabanes jusqu'au puits, à côté de la maison, et en ramener deux seaux d'eau, l'un pour boire, l'autre pour se laver. Toe-Jam, qui était de corvée ce soir-là, se plaignit d'avoir la courante et proposa à Blaze d'y aller à sa place pour vingt-cinq cents.

« Mais non, ça va, je te le fais gratos », répondit Blaze en s'emparant des seaux.

Toe-Jam fut ravi du quarter économisé et alla raconter ça à son ami Brian.

Il faisait très noir et la nuit embaumait. La lune qui venait juste de se lever était orange. Blaze marchait d'un bon pas, sans penser à rien. L'anse des seaux grinçait. Quand un faisceau vint éclairer son épaule, il ne sursauta pas.

« Je peux t'accompagner ? » demanda Anne qui portait elle aussi ses deux seaux.

« Bien sûr », répondit Blaze.

Sur quoi sa langue resta collée à son palais et il se mit à rougir.

Ils se rendirent côte à côte jusqu'au puits. Anne sifflait doucement entre ses dents gâtées.

Une fois arrivé, Blaze se chargea de déplacer les planches qui fermaient le puits. En maçonnerie, il n'était profond que de six mètres environ, mais un caillou qu'on y faisait tomber produisait un *plouf !* creux et mystérieux. Fléoles des prés et roses sauvages poussaient à foison autour de la petite margelle en béton. Un bosquet de vieux chênes ayant l'air de monter la garde entourait l'endroit. À ce moment-là, la lune jeta un de ses pâles rayons entre leurs branches.

« Tu veux que je tire ton eau ? demanda Blaze, dont les oreilles brûlaient.

– Ouais ? Ça serait gentil.

– Sûr, dit-il, souriant béatement. Bien sûr. »

Il pensa à Margie Thurlow, même si cette fille ne lui ressemblait en rien.

Une corde délavée par le soleil était accrochée à un anneau pris dans la margelle de ciment. Blaze attacha l'extrémité libre à l'un des seaux. Le fit tomber dans le puits. Il y eut un bruit d'éclaboussement. Puis ils attendirent que le seau se remplisse.

Anne Bradstay n'était pas très avancée dans l'art de la séduction. Elle tendit une main et prit le pénis de Blaze.

« Hé ! s'exclama-t-il, stupéfait.

– Tu me plais bien, dit-elle. Tu veux pas me baiser ? Tu veux pas ? »

Blaze la regarda, suffoqué et émerveillé à la fois... ce qui n'empêchait pas la partie de lui-même prise dans la main d'Anne de jouer sa propre et si ancienne partition. Anne portait une robe longue qu'elle avait remontée sur ses cuisses. Elle était maigrichonne, mais le clair de lune était indulgent pour son visage. Et les ombres encore plus.

Il l'embrassa maladroitement, l'entourant de ses bras.

« Bordel, c'est une vraie matraque que tu as, hein ? dit-elle en reprenant son souffle (et en serrant encore plus fort la queue de Blaze). Te presse pas, te presse pas !

– D'accord », dit Blaze. Il la souleva dans ses bras avant d'aller la reposer au milieu des fléoles. Il défit sa ceinture. « J'y connais rien dans ce truc, moi. »

Anne sourit, non sans une certaine amertume. « C'est facile », dit-elle. Elle remonta sa robe au-dessus de ses hanches. Elle ne portait rien dessous. Il vit au clair de lune un fin triangle de poils sombres et crut qu'il allait mourir s'il le regardait trop longtemps.

Elle pointa son sexe du doigt, le plus simplement du monde. « Colle ton zizi dedans. »

Blaze laissa tomber son pantalon et monta sur elle. À une dizaine de mètres, dissimulés par un buisson, Brian Wick se tourna vers Toe-Jam, les yeux écarquillés : « Visemoi cet engin ! » murmura-t-il.

240

Toe-Jam se tapa la tête et répondit : « Je crois que ce que Dieu lui a enlevé ici s'est retrouvé là en bas. »

Ils se tournèrent pour regarder.

Le lendemain, Toe-Jam déclara avoir entendu dire que Blaze avait renversé plus que de l'eau en allant au puits. Blaze devint presque écarlate et lui montra les dents avant de s'éloigner. Toe-Jam n'osa plus jamais y faire allusion.

Blaze devint le chevalier servant d'Anne. Il la suivait partout. Il lui donna une deuxième couverture pour qu'elle n'ait pas froid la nuit. La gamine était ravie de ces attentions. À sa manière, elle se sentait amoureuse de lui. Elle et lui se chargèrent du transport nocturne de l'eau pour leurs cabanes respectives jusqu'à la fin de la cueillette, et personne ne fit la moindre réflexion. Personne n'aurait osé.

La veille du jour où ils devaient retourner à Hetton House, Harry Bluenote demanda à Blaze s'il voulait bien rester un moment après le dîner. Blaze répondit que oui, bien sûr, mais se sentit soudain mal à l'aise. Sa première pensée fut que Mr Bluenote avait découvert ce que lui et Anne faisaient au puits et qu'il était furieux. Et, du coup, il se sentait coupable, car il aimait beaucoup Mr Bluenote.

Quand tout le monde fut reparti, Bluenote alluma un cigare et fit deux fois le tour de la table débarrassée. Il toussa. Ébouriffa ses cheveux déjà ébouriffés. Puis, aboyant presque, il lança : « Écoute-moi. Tu voudrais pas rester ici ? »

Blaze resta bouche bée, incapable, sur le moment, de franchir le gouffre entre ce qu'il croyait que Mr Bluenote allait dire et ce qu'il avait réellement dit.

« Alors ? Ça te plairait ?

– Oui, réussit à répondre Blaze. Oui, bien sûr. Je... bien sûr.

– Bien, dit Bluenote, l'air soulagé. Parce que Hetton House, ce n'est pas pour quelqu'un comme toi. T'es un gentil garçon, mais t'as besoin d'être pris en main. T'es plein de bonne volonté, seulement voilà... (il montra la tête de Blaze). Comment c'est arrivé ? »

La main de Blaze se porta machinalement au trou dans son front. Il rougit. « C'est affreux, pas vrai ? À regarder, je veux dire. Bon sang !

– Peux pas dire que c'est joli, non, mais j'ai vu pire. » Bluenote se laissa tomber sur une chaise. « Comment c'est arrivé ?

– Mon père m'est tombé dessus et m'a envoyé en bas de l'escalier. Il avait mal au crâne ou un truc comme ça. Je me rappelle pas très bien... Bref... (il haussa les épaules)... c'est tout.

– C'est tout, hein ? Mais ça suffit, pas vrai. »

Il se leva de nouveau, alla jusqu'à la fontaine d'eau froide dans le coin et se servit un grand gobelet en carton. « J'ai été voir mon toubib aujourd'hui. J'avais retardé ça à cause de mes petites palpitations, mais il m'a dit que j'avais rien. J'ai été un peu soulagé. » Il but son eau, écrasa le gobelet en carton et le jeta dans la corbeille à papier. « On vieillit, qu'est-ce que tu veux. Toi, c'est quelque chose qui t'échappe, mais tu comprendras un jour. On vieillit, et la vie qu'on a eue commence à apparaître comme un rêve qu'on fait pendant une sieste. Tu me suis ?

– Oui », répondit Blaze qui n'avait rien compris.

Vivre ici chez Mr Bluenote ! Il commençait tout juste à saisir ce que cela pourrait signifier.

« Je voulais juste être sûr que tu serais d'accord avant d'aller demander de te garder, reprit Bluenote, tendant le pouce vers le portrait de la femme, sur le mur. Elle aimait les garçons. Elle m'en a donné trois mais elle est morte en donnant naissance au troisième. Dougie est le deuxième. L'aîné est dans l'État de Washington, il construit des avions pour Boeing. Et le plus jeune est mort dans un accident d'auto, il y a quatre ans. C'était bien triste, mais j'aime à penser qu'il est avec sa mère, à présent. C'est peut-être une idée stupide, mais on se réconforte comme on peut, pas vrai, Blaze ?

– Oui m'sieur », répondit Blaze qui pensait à Anne, auprès du puits, à Anne au clair de lune.

Puis il se rendit compte qu'il y avait des larmes dans les yeux de Mr Bluenote. Ce fut un choc, et il se sentit même un peu effrayé.

« Vas-y, maintenant, dit le vieux fermier. Et ne traîne pas trop longtemps au puits, tu m'entends ? »

Il s'arrêta néanmoins au puits. Il raconta à Anne ce qui s'était passé et elle approuva de la tête. Puis elle se mit à pleurer, elle aussi.

« Qu'est-ce qu'il y a, Annie ? demanda-t-il. Qu'est-ce qui ne va pas ?

– Rien, répondit-elle. Tire-moi de l'eau, tu veux bien ? J'ai apporté les seaux. »

Il s'occupa de l'eau. Elle le regardait, en adoration.

La dernière journée de ramassage fut écourtée : à une heure, ils avaient terminé et même Blaze se rendait compte que la récolte du jour était bien maigre. La saison des myrtilles était terminée.

Il conduisait toujours, à présent. Il était dans la cabine pendant que le moteur tournait au ralenti, lorsque Bluenote lança : « OK tout le monde ! Dans le camion ! Blaze va vous ramener ! Changez-vous et venez dans la grande maison ! Crème glacée et gâteaux pour tout le monde ! »

Les adolescents se précipitèrent à l'arrière du camion, criant comme des mômes à la récré, et John dut élever la voix pour leur dire de faire attention aux myrtilles. Blaze souriait. D'un sourire qui lui donnait l'impression de devoir rester imprimé toute la journée sur sa figure.

Bluenote fit le tour pour monter à la place du passager. Il était pâle, en dépit de son teint bronzé, et de la sueur coulait sur son front.

« Mr Bluenote ? Vous allez bien ?

– Mais oui », répondit le fermier. Il afficha son ultime sourire. « J'ai trop mangé à midi, c'est tout. Ramène-moi tout ce petit monde, Bla… »

Il s'étreignit la poitrine. Des vaisseaux sanguins saillaient de part et d'autre de son cou. Il était complètement tourné vers Blaze, mais on aurait dit qu'il ne le voyait pas.

« Q'est-ce qui se passe ?

– Le cœur », eut le temps de répondre Bluenote avant de s'effondrer en avant.

Son front heurta violemment le tableau de bord. Un instant, il agrippa à deux mains le vieux couvre-siège déchiré, comme si le monde était à l'envers. Puis il se mit à glisser et tomba sur le sol par la portière restée ouverte.

Dougie Bluenote venait de contourner le camion par l'avant. Il se mit à courir. « *Papa !* » hurla-t-il.

Bluenote mourut dans les bras de son fils pendant le trajet de retour ; le camion tressaillait et sautait sauvagement, mais Blaze, agrippé au gros volant craquelé, ne s'en rendait même pas compte, les yeux rivés sur la chaussée de terre inégale, roulant comme un fou.

Bluenote frissonna une fois, deux fois, comme un chien sous la pluie, et ce fut tout.

Mrs Bricker, la maman du camp, laissa tomber au sol le pichet de limonade qu'elle tenait quand ils le portèrent à l'intérieur. Les glaçons volèrent dans tous les sens sur le plancher en pin. Ils installèrent Bluenote sur le canapé du salon. Un de ses bras retomba sur le sol. Blaze le prit et le posa sur la poitrine du mort. Il retomba. Après quoi, Blaze se contenta de le tenir.

Dougie Bluenote, dans la salle à manger, se tenait à côté de la longue table déjà prête pour la grande collation de fin de récolte (un petit cadeau de départ était posé à côté de chacune des assiettes des gamins) et s'étranglait dans le téléphone. L'équipe des ramasseurs restait regroupée sur le porche et suivait de là les événements. Tous paraissaient horrifiés, à l'exception de John Cheltzman, qui avait l'air soulagé.

Blaze lui avait tout raconté, la veille.

Le médecin arriva et, après un bref examen, remonta la couverture sur le visage de Harry Bluenote.

Mrs Bricker, qui s'était tue, se remit à pleurer. « Et la crème glacée, s'écria-t-elle soudain. Qu'est-ce que je vais faire de toute cette crème glacée ? Oh, mon Dieu… » Elle remonta son tablier sur sa figure, puis sur sa tête, comme un capuchon.

« Faites-les entrer et qu'ils la mangent, dit Dougie Bluenote. Toi aussi, Blaze. Assieds-toi. »

Mais Blaze secoua la tête. Il avait l'impression qu'il n'aurait plus jamais faim.

« Ça fait rien, dit Doug en se passant la main dans les cheveux. Va falloir que j'appelle Hetton House... et South Portland... Pittsfield... bon Dieu de bon Dieu de bon Dieu. » Il appuya son front contre le mur et se mit à son tour à pleurer. Blaze resta assis où il était, se contentant de regarder la forme étendue sur le canapé.

C'est le break de Hetton House qui arriva le premier. Blaze s'assit à l'arrière et regarda par la vitre quand la voiture démarra. Il vit la grande maison rapetisser, rapetisser et finalement disparaître.

Les autres commencèrent à bavarder un peu entre eux, mais Blaze resta silencieux. La réalité de la situation commençait à lui apparaître. Il essaya de penser à autre chose, sans y parvenir. Cela n'avait pas de sens, mais n'empêche, cette réalité s'imposait à lui.

Son visage se mit à grimacer. Un tressaillement agita tout d'abord sa bouche, puis ses yeux. Ses joues se mirent à trembler. C'était impossible à contrôler. Cela lui échappait. Et finalement il commença à pleurer. Il appuya son front contre la vitre arrière du break et pleura en longs sanglots monotones qui rappelaient des hennissements de cheval.

Le beau-frère de Martin Coslaw se trouvait au volant. « On pourrait pas faire taire cette chèvre, quelqu'un ? »

Mais personne n'osa le toucher.

Le bébé d'Anne Bradstay naquit huit mois et demi plus tard. C'était un sacré garçon – plus de quatre kilos. On le proposa pour l'adoption et il fut tout de suite pris par un couple de Saco, les Wyatt. Le petit Bradstay devint Rufus Wyatt. Il reçut le titre de champion de football de l'État

avec son équipe l'année de ses dix-sept ans ; champion de
toute la Nouvelle-Angleterre l'année suivante. Il alla à
l'université de Boston avec l'intention de choisir la littérature comme matière principale. Il aimait tout particulièrement Shelley, Keats et le poète américain James
Dickey.

19

LA NUIT ARRIVA TÔT dans son manteau de neige. À dix-sept heures, la seule lumière du bureau du directeur provenait des papillotements du feu, dans la cheminée. Joe dormait bien, mais Blaze était inquiet ; le bébé respirait vite, son nez coulait et sa poitrine semblait encombrée. Deux taches d'un rouge vif brillaient sur ses joues.

D'après le livre, la poussée de dents s'accompagnait souvent de fièvre, de même que d'un rhume, dont elle était « un symptôme ». Un rhume, Blaze comprenait ça (mais il ignorait le sens du mot *symptôme*). Garder l'enfant bien au chaud, disait le Dr Spock. C'était facile à dire pour lui ; qu'est-ce que Blaze ferait quand Joe se réveillerait et qu'il aurait envie de se dégourdir les membres ?

Il lui fallait appeler les Gerard tout de suite, ce soir même. Ils ne pourraient pas lancer l'argent de l'avion dans cette tempête de neige, mais celle-ci s'arrêterait probablement demain soir. Il récupérerait l'argent et garderait Joe. Et merde pour ces salopards de républicains pleins aux as. Lui et Joe, c'était à la vie et à la mort, à présent. Ils fileraient d'ici. Il trouverait bien comment.

Contemplant les flammes, il glissa dans un songe éveillé. Il se vit allumant les feux de détresse dans la clairière. Il

249

imagina les feux de position d'un petit avion faisant son apparition. Le bourdonnement de guêpe de son moteur. L'appareil vire sur l'aile, plonge vers le signal qui brûle comme sur un gâteau d'anniversaire. Quelque chose de blanc en l'air – un parachute auquel est attachée une petite valise !

Puis il est de retour ici. Il ouvre la valise. Elle est pleine de fric. Chaque liasse a été soigneusement entourée d'une bande. Blaze vérifie. Le compte y est.

Ensuite, il se voit sur l'île d'Acapulco (pour lui, Acapulco est une île qui fait partie de l'archipel des Bahamas, mais il sait qu'il se trompe peut-être là-dessus). Il s'est acheté une maisonnette sur un terrain qui domine une plage. Elle comprend deux chambres, une grande, une petite. Sur le porche il y a deux hamacs, un grand, un petit.

Du temps passe. Cinq ans, peut-être. Et un gamin court sur la plage – une plage qui brille comme une peau mouillée sous le soleil. Il est bronzé. Il a de longs cheveux noirs, comme un guerrier indien. Il fait signe de la main. Blaze lui répond.

Une fois de plus, Blaze crut fugitivement entendre un rire. Il se tourna vivement. Personne.

Mais son rêve éveillé s'était brisé. Il se leva pour enfiler sa parka, se rassit pour mettre ses bottes. Il allait en faire une réalité, de son rêve. C'était décidé, autant dans sa tête que dans ses jambes, et quand les choses se présentaient comme ça, il faisait toujours ce qu'il avait décidé de faire. C'était sa fierté. Sa seule fierté.

Il vérifia que le bébé dormait bien et sortit. Il referma la porte du bureau derrière lui et descendit rapidement l'escalier. Il avait passé le pistolet de George dans sa ceinture. Cette fois, il était chargé.

Le vent s'engouffrait en hululant dans l'ancienne cour de récréation, soufflant tellement fort qu'il vacilla un instant avant de s'y habituer. La neige lui fouettait le visage et plantait ses innombrables aiguilles dans ses joues et son front. La cime des arbres oscillait dans tous les sens. De nouvelles congères se formaient sur l'ancienne croûte de neige, atteignant presque un mètre par places. Inutile de s'inquiéter davantage pour les traces qu'il avait pu laisser en arrivant.

Il pataugea jusqu'à la barrière anticyclone, regrettant de ne pas avoir de raquettes, et l'escalada maladroitement. Il se retrouva avec de la neige jusqu'à hauteur des cuisses et reprit sa route laborieuse vers le nord ; son but était de rejoindre Cumberland en ligne droite, par la campagne.

Il y avait cinq kilomètres à parcourir, mais il était déjà hors d'haleine à mi-chemin. Il ne sentait plus sa figure. Pas plus que ses mains et ses pieds, en dépit de ses moufles et de chaussettes épaisses. Il continuait néanmoins d'avancer, sans chercher à contourner les congères, ne déviant pas un instant de sa trajectoire. Par deux fois, il trébucha sur des barrières enfouies sous la neige ; sur l'une d'elles, du fil de fer barbelé déchira son jean et lui égratigna la jambe. Il se releva et repartit, ne gaspillant même pas son souffle pour un juron.

Une heure après s'être mis en route, il entra dans une pépinière. Là, de petits sapins parfaitement taillés étaient alignés, chacun poussant à un mètre quatre-vingts de son voisin. Blaze put alors emprunter un long corridor abrité, où la neige ne dépassait pas huit centimètres d'épaisseur ; par endroits, il n'y en avait pratiquement pas. Il se trouvait dans la Cumberland County Reserve, située le long de la route principale.

Quand il atteignit le bord ouest de la forêt miniature, il s'assit en haut du remblai et se laissa glisser jusqu'à la route 289. Un peu plus loin, devenu presque invisible dans les rafales chargées de neige, il y avait un feu clignotant dont il se souvenait bien : rouge sur deux côtés, jaune sur les deux autres. Au-delà, les lampadaires de l'agglomération diffusaient une lumière fantomatique.

Blaze traversa la route enneigée et sans trafic et se dirigea vers la station-service Exxon, au coin de la rue. Un rond de lumière, sur le côté du bâtiment en parpaings, éclairait une cabine téléphonique. L'air d'un bonhomme de neige ambulant, il dirigea vers elle sa haute silhouette voûtée. Il eut un moment de panique quand il crut qu'il n'avait pas de monnaie sur lui, mais il trouva deux quarters dans son pantalon et un autre dans une poche de sa parka. En plus, l'appareil lui rendit son argent : les renseignements étaient un service gratuit.

« Je voudrais appeler Joseph Gerard, dit-il. À Ocoma. »

Il y eut un instant de silence, puis l'opératrice lui donna le numéro. Blaze l'écrivit sur la vitre embuée qui protégeait le téléphone du mauvais temps, sans se rendre compte qu'il avait demandé un numéro sur liste rouge mais que, sur les instructions du FBI, l'opératrice lui avait tout de même donné. C'était évidemment la porte ouverte à n'importe quoi : manifestations intempestives de sympathie comme canulars, mais si les kidnappeurs n'appelaient pas, le matériel de repérage ne servirait à rien.

Blaze composa le zéro et donna le numéro des Gerard à la standardiste. Il demanda si c'était payant. La réponse était oui. Il voulut alors savoir s'il pouvait parler trois minutes pour soixante-quinze cents. La réponse était non.

Un appel de trois minutes pour Ocoma lui coûterait un dollar quatre-vingt-dix. Il n'avait pas une carte de crédit téléphonique ?

Il n'en avait pas. Blaze n'avait aucune carte de crédit.

La standardiste lui dit alors qu'il pouvait faire facturer l'appel sur le téléphone de son domicile – et il y avait effectivement un téléphone au chalet (même s'il n'avait pas servi une seule fois depuis la mort de George), mais Blaze était trop malin pour ça.

– En PCV, alors ?

– Ouais, en PCV ! dit Blaze.

– Votre nom, monsieur ?

– Clayton Blaisdell Junior », répondit-il aussitôt. Il était tellement soulagé à l'idée de ne pas avoir fait tout ce chemin pour rien, parce qu'il n'aurait pas eu assez de monnaie, qu'il ne prit conscience de son erreur tactique qu'au bout de pratiquement deux heures.

« Merci, monsieur.

– Merci à vous », dit Blaze, se sentant malin – malin comme un singe.

À l'autre bout, le téléphone ne sonna qu'une fois avant d'être décroché. « Oui ? fit une voix qui trahissait inquiétude et fatigue.

– J'ai votre fils, dit Blaze.

– Monsieur, c'est le dixième appel, aujourd'hui, qui me dit la même chose. Prouvez-le. »

Blaze resta interloqué. Il ne s'était pas attendu à cette réaction. « Eh bien, il n'est pas avec moi. C'est mon associé qui le garde.

– Ouais ? »

Rien d'autre. Juste ce *ouais* interrogatif.

« J'ai vu votre femme quand je suis entré. (Il avait répondu la seule chose qui lui soit venue à l'esprit.) Elle est

253

très jolie. Elle avait une chemise de nuit blanche… et vous avez trois photos sur la commode – enfin, trois photos mises ensemble. »

À l'autre bout du fil, la voix lui demanda de donner d'autres détails ; elle ne paraissait plus fatiguée, tout d'un coup.

Blaze se creusa la tête. Il ne voyait pas, vraiment pas ce qui pourrait convaincre cet entêté. Puis une idée lui vint. « La vieille dame avait un chat. C'est pourquoi elle est descendue. Elle croyait que c'était le chat… que j'étais… (il se creusa encore un peu la tête)… *Mikey* ! cria-t-il. Je suis désolé d'avoir tapé si fort. Je voulais vraiment pas, mais j'avais la frousse. »

À l'autre bout du fil, l'homme se mit soudain à pleurer. Ce fut un choc pour Blaze. « Est-ce qu'il va bien ? Pour l'amour du ciel, est-ce que Joe va bien ? »

Il y eut un brouhaha confus en fond sonore. Une voix de femme le dominait. Une autre femme criait et pleurait – probablement la mère. Ces Narméniennes étaient des émotives, sans doute. Comme les Français.

« Ne raccrochez pas ! dit vivement Joseph Gerard (il fallait bien que ce soit lui), l'air pris de panique. Il va bien ?

– Ouais, en pleine forme, répondit Blaze. Il a encore fait une dent. Il en a trois maintenant. Et il a les fesses moins rouges. Je… je veux dire nous… nous lui tartinons le derrière de crème, comme il faut. Qu'est-ce qu'elle a, votre femme ? Elle est trop bien pour lui tartiner le derrière ? »

Gerard haletait comme un chien. « Nous ferons tout ce que vous voudrez, monsieur. Vous êtes le maître du jeu. »

C'est tout juste si Blaze ne sursauta pas. Il avait presque oublié la raison de son appel.

« Très bien. Je vais vous dire ce que vous allez faire. »

À Portland, un employé des téléphones parlait à l'inspecteur Albert Sterling. « Il est à Cumberland centre. Le Taxiphone de la station-service.

– Pigé », répondit Sterling en brandissant le poing.

« Montez dans un petit avion demain soir à huit heures », dit Blaze. Il commençait à se sentir mal à l'aise ; cela faisait trop longtemps qu'il était au téléphone. « Volez le long de la route 1 en direction du New Hampshire. À basse altitude. Pigé ?

– Attendez… je ne suis pas sûr…

– Vous avez intérêt à être sûr », dit Blaze, s'efforçant d'adopter le ton qu'aurait pris George. « N'essayez pas de me rouler si vous voulez pas retrouver votre fils dans un sac-poubelle.

– D'accord, dit Gerard. Je prends simplement des notes. »

Sterling tendit un bout de papier à Bruce Granger et lui fit signe de téléphoner. Granger appela la police de la route de l'État – autrement dit les Troopers.

« Le pilote verra un signal lumineux, continuait Blaze. Attachez la valise à un parachute et jetez-la comme si vous vouliez la faire tomber sur les feux – sur la lumière. Le signal. Vous aurez l'enfant le lendemain. Je vous laisserai même le truc que je… que nous, je veux dire… lui mettons sur le derrière. » Une petite plaisanterie lui vint à l'esprit : « Sans frais supplémentaires. »

Il regarda machinalement la main qui ne tenait pas le téléphone et s'aperçut qu'il avait croisé les doigts quand il avait dit qu'il leur rendrait Joe. Comme un petit garçon qui en est à son premier mensonge.

« Ne raccrochez pas ! s'écria Gerard. Je n'ai pas très bien compris…

– Vous êtes un malin. Je suis sûr que si. »

Il raccrocha et quitta la station-service à toute vitesse, ne sachant trop pourquoi il courait, seulement que cela lui paraissait logique. La seule chose à faire. Il franchit le carrefour aux feux clignotants, traversa la route en diagonale et escalada le remblai en quelques foulées géantes. Puis disparut entre les rangées de sapins de la pépinière.

Derrière lui, un monstre énorme aux yeux aveuglants surgit dans un rugissement au-dessus de la colline. Il plongea dans l'air chargé de neige, sa pelle de neuf pieds soulevant une gerbe blanche. Le chasse-neige fit disparaître les empreintes de Blaze à l'endroit où il avait traversé la route en diagonale. Lorsque les deux voitures de patrouille convergèrent sur la station-service Exxon, neuf minutes plus tard, les traces de pas laissées par Blaze sur le remblai n'étaient plus que de vagues creux aux formes brouillées. Et alors que la police de la route se tenait autour du Taxiphone, lampe-torche braquée, le vent poursuivait son travail de sape derrière eux.

Le téléphone de Sterling sonna cinq minutes plus tard. « Il était bien là », lui dit le Trooper. Sterling entendait souffler le vent, en fond sonore. Hurler, plutôt. « Il était bien là mais il est parti.

– Parti comment ? En voiture ou à pied ?

– Comment savoir ? Le chasse-neige est passé quelques minutes avant que nous n'arrivions. Mais à mon avis, il devait être en voiture.

– Votre avis, personne ne vous le demande. Et à la station ? Personne ne l'a vu ?

– Ils ont fermé à cause du mauvais temps. Et même s'ils étaient restés ouverts… la cabine est contre un mur latéral.

– Il a du pot, ce fils de pute, gronda Sterling. Un cul bordé de médailles, l'enfant de salaud ! On a pris d'assaut l'espèce de baraque minable du côté de l'Apex et nous avons arrêté quatre revues porno et une boîte de petits pois. Et les empreintes ? Le vent les a effacées, je parie ?

– Il y en avait encore autour de la cabine, répondit le Trooper. Le vent les a un peu brouillées, mais c'est lui.

– Encore à votre avis ?

– Non. Elles étaient grandes.

– Bon. Barrages routiers, d'accord ?

– Toutes les voies, même les plus petites. C'est en train d'être mis en place.

– Les chemins d'exploitation forestière aussi ?

– Oui, aussi », répondit le policier d'un ton acerbe.

Sterling s'en fichait. « Il est donc coincé, hein ? On peut dire ça, Trooper ?

– Oui.

– Bien. Nous débarquons dans le coin avec trois cents hommes dès que la tempête se calmera, demain. Cette affaire a trop duré.

– Oui, monsieur.

– Le chasse-neige ! grogna Sterling. La petite chatte fourrée de ma sœur, oui ! »

Il raccrocha.

Le temps de retourner à Hetton House, Blaze était épuisé. En passant pour la seconde fois au-dessus de la barrière anticyclone, il retomba de l'autre côté la tête la première dans la neige. Il se retrouva le nez en sang. Il avait effectué le trajet de retour en trente-cinq minutes. Il se releva, contourna le bâtiment d'une démarche mal assurée et entra.

Il fut accueilli par les hurlements furieux et angoissés de Joe.

« Bordel ! »

Il grimpa l'escalier quatre à quatre et entra comme une bombe dans le bureau de Martin Coslaw. Le feu s'était éteint. Le berceau était renversé et Joe gisait sur le sol, la tête couverte de sang. Il avait le visage violacé, les mains saupoudrées d'une poussière blanche et il fermait les yeux de toutes ses forces.

« Joe ! s'écria Blaze. Joe ! Joe ! »

Il prit le bébé dans ses bras et se précipita dans le coin où il avait empilé les couches. Il en prit une et tamponna la coupure au front du bébé. Le sang paraissait encore couler. Une écharde dépassait de la plaie. Blaze la retira et la jeta par terre.

Joe se débattait dans ses bras et hurlait de plus belle. Blaze essuya encore le sang, tenant fermement le bébé, et se pencha pour mieux voir. La coupure était irrégulière, mais une fois la grosse écharde enlevée, elle n'avait pas l'air très profonde. Grâce à Dieu, elle n'avait pas touché son œil. Elle aurait pu lui crever l'œil !

Il alla prendre un biberon et le donna à Joe sans le faire réchauffer. Le bébé s'en empara à deux mains et se mit à téter avec avidité. Haletant, Blaze prit une couverture dont il entoura Joe. Puis il s'allongea sur celles qui lui servaient de lit, le bébé dans les bras. Il ferma les yeux mais un horrible vertige s'empara aussitôt de lui. Le monde lui paraissait fait de choses qui se dissipaient comme fumée :

George, Johnny, Harry Bluenote, Anne Bradstay, les oiseaux sur les fils et les nuits sur la route.

Puis la sensation s'éloigna.

« À partir de maintenant, Joe, dit-il, c'est toi et moi. Tu m'as et je t'ai. Ça va se passer très bien. D'accord ? »

De violentes rafales chargées de neige fouettaient les vitres et les faisaient trembler. Joe détourna la tête du biberon et partit d'une toux épaisse, sa langue sortant dans l'effort que faisait sa poitrine pour se dégager. Puis il reprit la tétine. Sous sa main, Blaze sentait le petit cœur qui battait vite.

« C'est comme ça qu'on fonctionne », dit Blaze en déposant un baiser sur le front ensanglanté du bébé.

Ils s'endormirent ensemble.

20

Derrière les bâtiments principaux de Hetton House s'étendait un vaste terrain, utilisé comme potager, que des générations de garçons avaient appelé le jardin de la Victoire. La directrice qui avait précédé Martin Coslaw ne s'en était pas beaucoup occupée, disant à qui voulait l'entendre qu'elle avait la main brune et non verte, mais Martin Coslaw, alias la Loi, avait tout de suite compris le double et juteux avantage qu'il représentait : une économie substantielle sur le budget-nourriture de Hetton House, si les garçons faisaient eux-mêmes pousser leurs légumes, et habituer ces mêmes garçons à un dur et bon labeur – les fondements mêmes du monde aux yeux de la Loi. « Le travail et les mathématiques ont bâti les pyramides », aimait-il à dire. C'est pourquoi les garçons plantaient au printemps, désherbaient pendant l'été (sauf ceux qui étaient « en extérieur » dans les fermes du voisinage) et récoltaient à l'automne.

Quatorze mois environ après ce que Toe-Jam appelait « le fabuleux été des myrtilles », John Cheltzman faisait partie de l'équipe chargée du ramassage des citrouilles dans le carré nord du jardin de la Victoire. Il prit froid, tomba malade, mourut. Oui, aussi vite que ça. Transféré au Portland City Hospital pour Halloween pendant que les autres

261

garçons étaient en classe sur place ou à l'extérieur, il mourut dans le pavillon des indigents et y mourut seul.

On défit son lit, à Hetton House, et on y mit des draps propres. Blaze passa l'essentiel de l'après-midi assis sur le sien à regarder celui de John. Le dortoir tout en longueur – qu'ils appelaient « le bélier » – était désert. Les autres étaient allés aux funérailles de John. Pour la plupart, c'était la première fois qu'ils assistaient à un enterrement, et cette idée les excitait.

La vue du lit de John fascinait et effrayait Blaze. Le pot de beurre de cacahuètes Shedd qu'il avait toujours vu coincé entre la tête du lit et le mur avait disparu ; il avait vérifié. Les crackers Ritz également (après l'extinction des lumières, Johnny disait souvent : « Tout a meilleur goût sur un Ritz, même la merde », ce qui ne manquait jamais de faire pouffer Blaze). Le lit lui-même était fait dans le style militaire, la couverture du dessus tendue à fond. Les draps étaient parfaitement blancs et propres, ce qui n'avait pas toujours été le cas – Johnny était un adepte enthousiaste des masturbations nocturnes. Bien des soirs, Blaze était resté allongé dans le noir, les yeux perdus dans l'obscurité, écoutant le léger grincement des ressorts pendant que JC se secouait le manche. Il y avait toujours des taches jaunâtres et raides sur ses draps. Bordel, ces taches jaunâtres et raides se retrouvaient sur les draps de tous les grands. Il y en avait une bien à lui sur son lit, en ce moment, juste sous ses fesses, pendant qu'il regardait le plumard de Johnny. Il lui vint à l'esprit, comme une révélation, que si jamais il mourait, on referait son lit à fond et ses draps tachés de foutre seraient remplacés par des draps comme ceux du lit de Johnny, des draps immaculés. Des draps ne comportant pas la moindre indication que quelqu'un y avait dormi, y avait rêvé et avait été assez vigoureux pour éjaculer dedans. Blaze se mit à pleurer en silence.

C'était un après-midi limpide du début novembre, et une lumière impartiale inondait le bélier. L'un des carrés de lumière découpés par les montants des fenêtres tombait sur le lit de John. Au bout d'un moment, Blaze arracha les couvertures du lit ou son ami avait dormi. Il jeta l'oreiller entre la rangée de lits. Puis il arracha les draps et jeta le matelas au sol. Cela ne lui suffisait cependant pas. Il renversa le lit sur le matelas ; ses petits pieds pointèrent en l'air, stupides. Et comme il n'était pas encore satisfait, il donna un coup de pied dans les montants du plumard, ne réussissant qu'à se faire mal lui-même. Après quoi, il s'allongea sur son lit, les mains sur les yeux, sa poitrine se soulevant pesamment.

Après les funérailles, les autres garçons, dans l'ensemble, laissèrent Blaze tranquille. Personne ne l'interrogea sur le lit mis à l'envers, mais Toe-Jam fit un truc marrant : il prit l'une des mains de Blaze et l'embrassa. Marrant, en effet. Blaze y pensa pendant des années. Pas constamment, mais de temps en temps.

Arriva dix-sept heures. Temps libre. La plupart des garçons étaient dans la cour de récréation, faisant les idiots et se creusant l'appétit en vue du dîner. Blaze se rendit dans le bureau de Martin Coslaw. La Loi était derrière son bureau. Les pantoufles aux pieds, il se tenait renversé dans son fauteuil à bascule et lisait l'*Evening Express*. Il leva les yeux et dit : « Oui ?

– Prends ça, fils de pute », répondit Blaze.

Quand il s'en alla, l'homme gisait inconscient sur le sol.

Il partit à pied en direction du New Hampshire, sûr qu'il se ferait prendre en moins de quatre heures s'il volait une voiture. Au lieu de cela, ils le cravatèrent en deux. Il oubliait toujours qu'il avait une taille de géant, mais Martin Coslaw ne l'avait pas oublié, lui, et il ne fallut pas longtemps à la police de la route du Maine pour repérer un homme de race blanche de deux mètres avec un trou dans la tête.

Le procès fut expédié devant le tribunal du Cumberland County. Martin Coslaw s'y présenta un bras en écharpe et la tête enveloppée d'un énorme bandage qui descendait jusque sur un de ses yeux. Il avança vers la barre en s'appuyant sur des béquilles.

Le procureur lui demanda combien il mesurait. Coslaw répondit un mètre soixante-cinq. Le procureur lui demanda combien il pesait. Coslaw répondit soixante-deux kilos. Le procureur lui demanda s'il avait fait quoi que ce soit qui ait pu provoquer ou exciter l'accusé, Clayton Blaisdell Jr., ou s'il l'avait puni injustement. Martin Coslaw répondit que non. Le procureur abandonna alors le témoin à l'avocat de Blaze, un blanc-bec-frais-émoulu-de-l'école-de-droit. Le blanc-bec-etc. posa un certain nombre de questions furieuses et obscures, auxquelles Martin Coslaw répondit avec le plus grand calme pendant que son bras dans le plâtre, sa tête bandée et ses béquilles continuaient à témoigner pour lui. Lorsque le blanc-bec-etc. admit qu'il n'avait plus de questions, l'État dit qu'il n'en avait pas non plus.

Le commis d'office de Blaze le fit venir à la barre et lui demanda pourquoi il avait battu le directeur de Hetton House. Blaze bredouilla son histoire. Son meilleur ami était mort. C'était la faute de Coslaw, à son avis. On n'aurait jamais dû envoyer Johnny cueillir les citrouilles, en particulier avec le froid qu'il faisait. John était fragile du cœur. Ce n'était pas juste, et Mr Coslaw savait que ce n'était pas juste. C'était de sa faute.

Le jeune avocat se rassit, une expression de désespoir dans les yeux.

Le procureur se leva et s'approcha à son tour. Il demanda à Blaze combien il mesurait. Un mètre quatre-vingt-dix-huit ou deux. Le procureur lui demanda combien il pesait. Blaze répondit qu'il ne savait pas exactement, mais pas cent vingt kilos, tout de même. Ce qui provoqua quelques rires sur le banc de la presse. Blaze les regarda, l'air intrigué. Puis il esquissa un sourire, désireux de leur faire savoir qu'il était capable de comprendre la plaisanterie, comme tout le monde. Le procureur n'avait plus de questions à poser et se rassit.

Le commis d'office de Blaze fit un résumé furieux et obscur, puis déclara qu'il en avait fini. Le juge regarda par la fenêtre, le menton dans la main. Le procureur se leva alors. Il traita Blaze de jeune voyou. Il dit qu'il était de la responsabilité de l'État du Maine de « le mater vite et bien ». Blaze ne savait pas ce que cela voulait dire, mais il comprit que ce n'était pas bon.

Le juge demanda à Blaze s'il avait quelque chose à dire.

« Oui m'sieur, mais j'sais pas comment. »

Le juge hocha la tête et le condamna à deux ans de prison à purger à South Portland Correctional.

Ce ne fut pas aussi dur pour lui que pour certains, mais assez, cependant, pour qu'il n'ait jamais envie d'y retourner. Sa taille de géant lui permettait d'éviter les corrections ou le harcèlement sans qu'il appartienne pour autant à l'une des cliques clandestines, avec leurs leaders de pacotille ; mais se retrouver enfermé pendant de longues périodes de temps derrière les barreaux d'une cellule minuscule était très pénible. Et très déprimant. Deux fois, au cours des premiers six mois, il « piqua sa crise », hurlant qu'il voulait sortir, cognant sur les barreaux de sa cellule jusqu'à ce que les gardiens accourent. La première fois, ils vinrent à quatre, durent rapidement faire appel à quatre autres collègues et finalement à encore six autres pour parvenir à le maîtriser. La deuxième fois, ils lui firent une piqûre qui l'assomma pendant seize heures.

La solitude était encore pire. Il allait et venait sans fin dans l'étroit espace (six pas dans un sens, six dans l'autre) jusqu'à ce que le temps n'ait plus de sens, jusqu'à ce qu'il s'arrête. Quand on lui ouvrit finalement la porte et qu'il put rejoindre la société des autres garçons – libres de marcher dans la cour ou de décharger les camions, au dépôt –, il fut presque fou de gratitude. La seconde fois il prit dans ses bras le gardien qui lui ouvrit, ce qui valut cette note dans son dossier : *Manifeste des tendances homosexuelles*.

Mais la solitude n'était pas la pire chose ; lui qui oubliait tout gardait les pires choses en mémoire. C'était comme ça qu'ils te possédaient. Ils te conduisaient dans une petite pièce blanche et t'entouraient. Ils commençaient alors à te poser des questions. Et avant d'avoir eu le temps de penser à ce que voulait dire la première – à ce qu'elle signifiait –, la deuxième tombait, puis la suivante, puis la suivante. Ils revenaient en arrière, prenaient une tangente, circulaient dans tous les sens. Tu avais l'impression d'être pris dans une toile d'araignée. Et finalement, tu reconnaissais tout ce qu'ils voulaient que tu reconnaisses, rien que pour les faire taire. Ils t'apportaient alors un papier et te demandaient de le signer et là, mon frère, tu le signais.

Le responsable de l'interrogatoire de Blaze était un substitut du procureur du district du nom de Holloway. Holloway n'entra dans la pièce que lorsque les autres l'eurent cuisiné pendant au moins une heure et demie. Blaze avait les manches remontées, les pans de sa chemise sortis du pantalon. Il était couvert de sueur et avait une envie irrépressible d'aller aux toilettes pour la grosse commission. Il avait l'impression de se retrouver dans le chenil des Bowie, entouré des colleys lui montrant les dents. Holloway était cool et élégant, avec son costume bleu marine à rayures et ses chaussures noires arborant une galaxie de trous-trous sur l'empeigne. Blaze n'oublia jamais les trous-trous minuscules sur les chaussures de Mr Holloway.

Le substitut s'assit à la table placée au milieu de la pièce, les fesses sur le bord de la chaise, la jambe droite croisée sur la gauche transformant l'élégante chaussure noire en balancier d'horloge. Il adressa alors un sourire amical à Blaze et lui demanda : « Alors, tu veux parler, fiston ? »

Blaze commença à bredouiller. Oui, il voulait parler. Si quelqu'un avait envie de l'écouter, se montrait amical, il voulait bien parler.

Holloway dit aux autres de sortir.

Blaze demanda s'il pouvait aller aux toilettes.

Holloway lui montra une porte que Blaze n'avait pas encore remarquée. « Qu'est-ce que tu attends ? » Il avait toujours le même sourire amical lorsqu'il lui posa la question.

Lorsque Blaze revint, il trouva un pichet d'eau fraîche et un verre sur la table. Il regarda Holloway et le substitut répondit d'un hochement de tête. Blaze descendit trois verres à la suite, puis se rassit avec l'impression d'avoir un pic à glace planté dans la tête.

« Ça fait du bien ? » demanda Holloway.

Blaze acquiesça.

« Ouais. Ça donne soif, de répondre aux questions. Une cigarette ?

— Je fume pas.

– Bon garçon. Voilà qui t'évitera bien des embêtements, pronostiqua le substitut tout en en allumant une pour lui. « Tu es qui, pour tes copains ? Comment t'appellent-ils ?

– Blaze.

– Très bien, Blaze. Moi, c'est Frank Holloway. » Il tendit la main, puis fit la grimace et pinça la cigarette entre ses dents quand Blaze la lui serra. « Et maintenant, raconte-moi exactement ce qui s'est passé pour que tu atterrisses ici. »

Blaze entreprit alors de déballer son histoire, en commençant par l'arrivée de la Loi à Hetton House et par ses problèmes avec l'arithmétique.

Holloway leva la main au bout d'un moment. « Ça t'embête si on fait venir une sténographe, Blaze ? C'est comme une secrétaire. Cela t'évitera de répéter les choses. »

Non, ça ne l'embêtait pas.

Plus tard, à la fin, les autres revinrent. Blaze remarqua à ce moment-là que les yeux de Holloway avaient perdu leur pétillement amical. Il repoussa son siège, se brossa les fesses de deux coups secs et dit : « Mettez ça au propre et faites-le signer par ce crétin. » Il sortit sans regarder derrière lui.

Il quitta la prison avant d'avoir fait ses deux ans, ayant eu quatre mois de remise de peine pour bonne conduite. On lui donna deux jeans de taulard, une veste en toile de jean de taulard, et un sac marin pour transporter le tout. Ainsi que ses économies de prison : un chèque de 43,84 dollars.

C'était en octobre. Le vent soufflait, mais l'air était doux. Le gardien qui lui ouvrit la porte agita la main comme si c'était un essuie-glace et lui conseilla de ne pas faire de bêtises. Blaze passa devant lui sans le regarder ni lui parler et frissonna quand il entendit le lourd portail vert claquer sourdement dans son dos.

Il marcha jusqu'à la disparition du trottoir, puis du bourg. Il étudiait tout ce qu'il voyait. Des voitures passaient, étrangement modernes. L'une d'elles ralentit et il pensa qu'on allait lui offrir de monter. Puis quelqu'un cria : « Hé, gibier de potence ! » et la voiture accéléra.

Finalement, il s'assit sur le muret de pierre qui entourait un petit cimetière de campagne et se contenta de regarder la route. Il était libre, finit-il par comprendre. Personne n'était là pour lui donner des ordres, sauf qu'il avait du mal à déterminer seul ce qu'il devait faire et qu'il n'avait aucun ami. Finie la solitude dans une cellule, mais il n'avait pas de boulot. Il ne savait même pas comment transformer en argent le bout de papier raide qu'on lui avait donné.

N'empêche, il se sentait envahi d'un merveilleux et apaisant sentiment de gratitude. Il ferma les yeux et tourna son visage vers le soleil, se remplissant la tête d'une lumière rouge. Des odeurs d'herbe et de goudron frais (les cantonniers venaient de boucher un nid-de-poule) lui parvenaient, ainsi que celle des gaz d'échappement chaque fois que passait une voiture emmenant son conducteur là où il voulait. Il serrait ses bras autour de lui de soulagement.

Il dormit dans une grange, ce soir-là, et trouva un boulot le lendemain : ramasser des patates à cinq cents le panier. Cet hiver-là, il travailla dans une usine lainière du New Hampshire – strictement non-syndiquée. Au printemps, il prit le car pour Boston et trouva un emploi à la lingerie de l'hôpital pour femmes de Brigham. Il y était depuis six mois lorsqu'il tomba sur une tête qu'il connaissait de South Portland : Billy St. Pierre. Ils sortirent ensemble et se payèrent mutuellement de nombreuses bières. Billy confia à

Blaze qu'avec un ami ils allaient braquer un magasin de spiritueux à South. C'était du gâteau, il y avait place pour un troisième.

Blaze était partant. L'affaire lui rapporta dix-sept dollars. Il continuait cependant à travailler à la laverie. Quatre mois plus tard, avec Billy et le beau-frère de celui-ci, Dom, ils braquèrent un ensemble station-service-épicerie de Danvers. Un mois plus tard, Blaze et Billy, avec le renfort d'un ancien de South Portland du nom de Calvin Surks, s'en prirent à une société de prêt qui abritait une salle de jeu clandestine dans son arrière-boutique. Sur ce coup, ils ramassèrent plus de mille dollars.

« On joue dans la cour des grands cette fois, dit Billy, tandis qu'ils se partageaient le butin dans une chambre de motel, à Duxbury. Et c'est juste le début. »

Blaze hocha la tête, mais continua néanmoins à aller travailler à l'hôpital.

Et c'est ainsi qu'il fonctionna pendant un certain temps. Blaze n'avait aucun véritable ami à Boston. Ses relations se réduisaient à Billy et à l'équipe de besogneux qui orbitaient autour de lui. Blaze se mit à traîner avec eux, après le travail, dans un établissement de Lynn, le Moochie's, où ils jouaient au billard électrique et draguaient. Blaze n'avait pas de petite amie, même occasionnelle. Il était d'une timidité maladive et obsédé par ce que Billy appelait sa *tronche pétée*. Lorsqu'ils avaient réussi un coup, il se payait parfois une pute.

Alors que Blaze connaissait Billy depuis environ un an, un musicien intermittent baratineur lui fit connaître l'héroïne – par piqûre. Elle rendit Blaze abominablement malade, soit parce qu'elle n'était pas pure, soit qu'il ait été naturellement allergique. Il n'essaya plus jamais. Il lui arrivait de tirer deux ou trois bouffées sur un pétard ou de sniffer une ligne de coke juste pour être sociable, mais il ne voulut plus jamais rien savoir des drogues dures.

Peu de temps après son expérience avec l'héroïne, Billy et Calvin Suks (dont le plus grand objet de fierté était un tatouage proclamant : LA VIE FAIT SUKER ET TU CLAQUES) se firent prendre en tentant de braquer un supermarché. Mais il y en avait d'autres qui étaient prêts à prendre Blaze avec eux dans leurs combines. Qui ne demandaient pas mieux, même. Quelqu'un le surnomma le Croquemitaine, et ça lui resta. Même si un masque dissimulait ses traits défigurés, les employés comme les patrons des magasins y pensaient à deux fois, devant sa taille immense, avant de sortir le pétard qu'ils avaient peut-être sous leur comptoir.

Dans les deux années qui suivirent l'arrestation de Billy, Blaze faillit se faire prendre une demi-douzaine de fois et souvent d'extrême justesse. Lors de l'une d'elles, deux frères avec lesquels il avait braqué un magasin de vêtements à Saugus se firent coincer au coin de la rue où Blaze venait de les remercier avant de les quitter. Les frères auraient été bien contents de donner Blaze pour se faire bien voir, mais ils ne le connaissaient que sous le nom du Grand Croque, si bien que la police se mit dans la tête que le troisième membre de la bande était un Afro-Américain.

En juin, l'hôpital le licencia de son boulot à la laverie. Il ne prit même pas la peine de chercher un autre travail normal. Il se contenta de vivre au jour le jour – jusqu'à celui où il rencontra George Rackley. Et ce jour-là, son destin fut scellé.

21

ALBERT STERLING SOMNOLAIT dans l'un des fauteuils trop rembourrés du bureau, chez les Gerard, lorsque les premières lueurs de l'aube se coulèrent au-dessus de l'horizon. On était le premier février.

Il y eut un seul coup frappé à la porte. Sterling ouvrit les yeux et vit Granger s'avancer vers lui. « Nous tenons peut-être quelque chose, dit celui-ci.

— J'écoute.

— Blaisdell a grandi dans un orphelinat — un foyer d'État, c'est du pareil au même — qui s'appelait Hetton House. C'est dans le secteur d'où est venu le coup de téléphone. »

Sterling se leva. « Cet orphelinat existe-t-il toujours ?

— Non, il a été fermé il y a quinze ans.

— Et qui l'occupe aujourd'hui ?

— Personne. La ville l'a vendu à des gens qui ont essayé d'y ouvrir un externat. Mais ils ont fait faillite et la ville a récupéré les murs. Depuis, le bâtiment est vide.

— Je parie qu'il est allé se réfugier là », dit Sterling.

Simple intuition, mais cela sonnait juste. Ils allaient coincer ce salopard dès ce matin, et tous ceux qui étaient dans le coup. « Appelle les Troopers. Il m'en faut au moins vingt, en plus de toi et moi. » Il réfléchit un ins-

273

tant. « Et Frankland. Fais-moi sortir Frankland de son bureau.

— En fait, il doit être encore au lit…

— Tire-le des toiles. Et dis à Norman de pointer ses fesses ici. Il pourra s'occuper du téléphone.

— Tu es certain que c'est comme ça que…

— Oui. Ce Blaisdell est un escroc, un imbécile et un flemmard. » Dans l'église personnelle d'Albert Sterling, c'était un article du dogme : les escrocs étaient également des flemmards. « Où voudrais-tu qu'il soit allé, sinon ? » Il consulta sa montre. 5 heures 45. « J'espère simplement que le gosse est encore vivant. Mais je ne parierais pas cher là-dessus. »

Blaze se réveilla à 6 heures 15. Il se tourna pour regarder Joe qui avait passé la nuit contre lui. L'apport de chaleur supplémentaire de sa grande carcasse semblait avoir fait un peu de bien au petit bonhomme. Sa peau était fraîche et sa respiration n'était plus aussi sibilante. Il avait toujours les joues d'un rouge fiévreux, cependant. Blaze glissa un doigt dans la bouche du bébé (Joe se mit aussitôt à le sucer) et sentit un renflement nouveau à sa mâchoire supérieure gauche. Quand il appuya dessus, Joe gémit dans son sommeil et détourna la tête.

« Bon Dieu d'dents », marmonna Blaze. Il examina le front du bébé. Une croûte s'était formée sur la plaie, mais il ne pensait pas qu'elle laisserait de cicatrice. Tant mieux. C'est le front qui mène la charge, dans la vie. Comme emplacement pour une cicatrice, c'était nul.

Son inspection terminée, il continua néanmoins à contempler le visage du bébé, fasciné. La plaie au front mise à part, Joe avait une peau parfaite. Blanche, avec des nuances légèrement olivâtres. Blaze pensa qu'il n'attraperait jamais de coups de soleil mais qu'il bronzerait en prenant des nuances de vieux bois poli. Qu'il deviendrait tellement foncé, même, qu'on pourrait peut-être le prendre pour un Noir. Il ne va pas devenir rouge comme un homard comme moi, se dit-il. Ses paupières supérieures comme inférieures – ces dernières formant un arc minuscule sous l'œil fermé – étaient d'une nuance bleue presque imperceptible. Ses lèvres étaient roses et légèrement en cul de poule.

Blaze prit une des petites mains et la tint dans la sienne. Les doigts minuscules se replièrent aussitôt sur l'auriculaire de Blaze, qui pensa que Joe aurait des mains puissantes. Elles pourraient un jour brandir un marteau de charpentier ou une clef de mécanicien. Sinon un pinceau d'artiste.

La perspective des possibilités de l'enfant le fit frissonner. Il fut pris du besoin de le soulever dans ses bras. Et pourquoi ? Pour pouvoir voir les yeux de Joe s'ouvrir et le regarder. Qui sait ce que ces yeux allaient voir dans les années à venir ? Pour l'instant, cependant, ils étaient fermés. Joe était fermé. Semblable à un livre merveilleux et terrible dans lequel se cachait, écrite à l'encre invisible, une histoire. Blaze prit conscience que l'argent ne comptait plus, pas vraiment. Ce qui le fascinait était de voir quels mots allaient apparaître sur toutes ces pages. Quelles images.

Il embrassa Joe juste au-dessus de l'égratignure puis repoussa ses couvertures et alla jusqu'à la fenêtre. Il neigeait toujours ; air et terre se confondaient, blanc sur blanc. Il estima qu'une vingtaine de centimètres avaient dû tomber dans la nuit. Et ce n'était pas fini.

Ils t'ont presque attrapé, Blaze.

Il fit volte-face. « George ? dit-il doucement. C'est toi, George ? »

Mais non. C'était venu de sa propre tête. Et pourquoi donc, au nom du ciel, une telle pensée lui était-elle venue à l'esprit ?

Il regarda de nouveau par la fenêtre. L'effort de la réflexion plissait son front mutilé. Ils connaissaient son identité. Il avait fait la bêtise de donner son vrai nom à la standardiste, *Junior* y compris. Il s'était cru malin, mais il avait été stupide. Une fois de plus. La stupidité était une prison d'où on ne vous laissait jamais sortir, pas de remise de peine pour bonne conduite. C'était la perpète.

George serait comme toujours parti de son rire chevalin, aucun doute. George aurait dit : *Je parie qu'ils sont déjà en train d'éplucher ton casier. « Les plus grands succès de Clayton Blaisdell Jr. »* C'était vrai. Ils savaient tout de l'embrouille à la religion, de son séjour à South Portland, des années passées à Hetton House...

Et soudain, ce fut comme si un météore traversait sa conscience troublée : *il était à Hetton House...*

Il jeta des coups d'œil éperdus autour de lui, comme pour le vérifier.

Ils t'ont presque attrapé, Blaze.

De nouveau il eut l'impression d'être un gibier, un gibier cerné dans un cercle qui allait se rétrécissant. Il repensa à la pièce blanche où on l'avait interrogé, à son besoin d'aller aux toilettes, aux questions qu'on lui jetait à la tête sans qu'il ait le temps d'y répondre. Et cette fois, il ne s'agirait pas d'un petit procès dans une salle d'audience à moitié vide. Cette fois, ce serait le cirque et il n'y aurait pas un siège de libre. Puis la prison pour le reste de sa vie. Et l'isolement en cellule s'il pétait les plombs.

Ces pensées le remplirent de terreur, mais ce n'était pas le pire. Le pire était de les imaginer faisant irruption, le revolver braqué, et lui reprenant Joe. De nouveau kid-nappé. Son Joe.

En dépit du froid qui régnait dans la pièce, la sueur se mit à perler sur son visage et ses bras.

Pauvre cloche… Il ne va haïr personne plus que toi en grandissant… Ils y veilleront.

Ce n'était toujours pas George. Mais ses propres pensées, et elles étaient justes.

Il se mit à se creuser furieusement la cervelle, tentant d'élaborer un plan. Il devait bien y avoir un endroit où se réfugier. Il *fallait* qu'il y en ait un.

Joe, sur le point de se réveiller, commença à remuer ; mais Blaze ne l'entendit même pas. Un lieu où aller. Un lieu sûr. Un lieu proche. Un lieu secret où l'on ne pourrait le retrouver. Un lieu que même George ne connaissait pas. Un lieu…

L'inspiration frappa.

Il se précipita vers le lit. Joe avait les yeux ouverts. Voyant Blaze, il lui sourit et se mit le pouce dans la bouche – geste qui était presque désinvolte.

« Faut que tu manges, Joe. Vite. On est en fuite. J'ai eu une idée. »

Il donna à Joe un petit pot au bœuf et au fromage. Il en avait déjà descendu plusieurs le temps de le dire, mais, cette fois, il commença à détourner la tête dès la cinquième cuillerée. Et quand Blaze insista, il se mit à pleurer. Blaze lui proposa alors un biberon que Joe téta avec avidité. Le problème était qu'il n'en restait que trois.

Pendant que Joe buvait, allongé sur la couverture avec le biberon bien serré dans l'étoile de ses deux mains, Blaze entreprit de ramasser et emballer à toute vitesse les affaires éparpillées dans la pièce. Il ouvrit un paquet de Pampers et les glissa sous sa chemise jusqu'à ce qu'il ressemble à un obèse de cirque.

Puis il s'agenouilla et habilla Joe aussi chaudement qu'il put : deux chemises, deux pantalons, un chandail, son petit bonnet tricoté. Indigné, le bébé pleura pendant toute cette agitation. Blaze n'y fit pas attention. Une fois le bébé habillé, il replia les deux couvertures pour former une sorte de sac de plusieurs épaisseurs et glissa Joe dedans.

Il était à présent violet de rage. Ses cris retentirent le long des couloirs délabrés quand Blaze quitta le bureau du directeur pour se diriger vers l'escalier. Au pied des marches, il ajouta sa propre casquette au bonnet de Joe, prenant garde de l'incliner à gauche. Les protège-oreilles lui tombaient jusqu'aux épaules. Puis le géant s'avança dans la tourmente neigeuse.

Il traversa la cour, à l'arrière du bâtiment, et franchit maladroitement son mur d'enceinte en béton, au fond. De l'autre côté, il ne restait plus rien de l'ancien jardin potager, sinon des buissons réduits à des monticules de neige sphériques et des jeunes pins maigrichons qui avaient poussé au petit bonheur la chance. Il trottinait, le bébé serré contre sa poitrine. Joe ne pleurait plus, mais Blaze sentait ses halètements rapides pour lutter contre l'air en dessous de zéro.

Un second mur, constitué de pierres sèches, fermait le jardin de la Victoire. De nombreuses pierres s'étaient détachées, laissant des trouées béantes. Blaze le franchit par l'une d'elles et descendit la forte pente en quelques sauts, de l'autre côté, non sans glisser et déraper. Ses chaussures soulevaient des nuages d'une neige poudreuse. En bas de la pente, la forêt reprenait. Un violent incendie l'avait détruite, trente ou quarante ans plus tôt, et les buissons du sous-bois avaient repoussé anarchiquement, chacun luttant pour sa part de lumière. Il y avait des fondrières partout mais elles étaient cachées par la neige, et en dépit de sa volonté d'aller vite, Blaze fut obligé de ralentir. Le vent hurlait dans la cime des arbres et il entendait les troncs grincer et protester.

Joe se mit à gémir. C'était un son guttural, essoufflé.

« Tout va bien, lui dit Blaze. On est bientôt arrivés. »

Il ignorait si l'ancienne barrière de fil de fer barbelé serait encore en place, mais elle n'avait pas bougé. Elle était cependant presque entièrement enfouie sous la neige, si bien qu'il trébucha pratiquement dessus et s'enfonça dans la congère avec Joe. Il l'enjamba avec prudence et poursuivit son chemin le long d'une faille du terrain. Là, le sol donnait l'impression de s'écarter pour exhiber le squelette de la terre. La couche de neige était plus mince. Le vent hurlait à présent loin au-dessus de leur tête.

« Voilà, dit Blaze, c'est dans ce coin. »

Il se mit alors à explorer la paroi de la faille à mi-chemin de l'endroit où elle disparaissait de nouveau, allant et venant au milieu des empilements de rochers, des racines à demi sorties du sol, des poches de neige, des amoncellements d'aiguilles de pin. Il n'arrivait pas à la trouver. La panique commença à lui serrer la gorge. Le froid devait déjà transpercer les couvertures ; bientôt, ce seraient les vêtements de Joe.

Un peu plus loin, peut-être.

Il se remit à descendre. C'est alors qu'il glissa et tomba sur le dos, sans cependant lâcher Joe. Il ressentit une douleur soudaine et violente à la cheville droite, comme une gerbe d'étincelles. Il vit à cet instant, juste devant lui, un triangle d'obscurité pris entre deux rochers ronds qui s'appuyaient l'un contre l'autre comme des seins. Il rampa dans cette direction, serrant Joe plus que jamais contre lui. Oui, c'était ça. Oui, oui et oui. Il rentra la tête dans les épaules et se glissa par l'ouverture.

La grotte était noire et humide, mais étonnamment tiède. Des rameaux de pins anciens et doux tapissaient le sol. Une impression de *déjà-vu* submergea Blaze. C'était avec John Cheltzman qu'il avait traîné ces branches après qu'ils étaient tombés par hasard sur l'endroit, un jour où ils avaient fait l'école buissonnière.

Blaze déposa le bébé sur un lit de branches, fouilla dans ses poches à la recherche des allumettes de cuisine qu'il avait toujours sur lui, et en alluma une. À sa lumière vacillante, il put distinguer les lettres carrées que Johnny avait tracées sur le plafond de la grotte.

Johnny C. et Clay Blaisdell. 15 août. Troisième année en enfer.

Il s'était servi de la fumée de la bougie.

Blaze frissonna, mais pas de froid, pas ici, et éteignit l'allumette.

Joe tourna les yeux vers lui dans la pénombre. Il haletait toujours et son regard était plein d'angoisse. Puis il s'arrêta de haleter.

« Bordel, qu'est-ce qui t'arrive ? » s'écria Blaze. La paroi de pierre lui renvoya sèchement l'écho de ses paroles. « Qu'est-ce qui va pas ? Qu'est-ce... »

Puis il comprit. Les couvertures l'empêchaient de respirer. Il les avait trop serrées lorsqu'il avait posé le bébé sur les rameaux. Il les desserra avec des doigts qui tremblaient. Joe inhala une grande bouffée de l'air humide de la grotte et se mit à pleurer. C'était un son affaibli et tremblotant.

Blaze sortit alors les couches qui rembourraient sa chemise ainsi qu'un des biberons. Il essaya de glisser la tétine dans la bouche de Joe, mais celui-ci détourna la tête.

« Bon, attends, alors. Attends tranquillement. »

Il enfonça la casquette sur sa tête, la tourna vers la gauche et sortit.

Il trouva du bois bien sec dans un taillis, au bout de la faille, et prit également quelques poignées de débris végétaux qu'il fourra dans ses poches. De retour dans la grotte, il prépara un petit feu et l'alluma. Il y avait une fissure, juste au-dessus de l'entrée, suffisamment grande pour créer un effet de cheminée et entraîner l'essentiel de la fumée à l'extérieur. Il n'avait pas à s'inquiéter que l'on voie ces maigres volutes à l'extérieur, du moins tant que le vent continuerait à souffler et la neige à tomber.

Il alimenta son feu une branche après l'autre, jusqu'à ce qu'il pétille vivement ; après quoi, il prit Joe sur ses genoux, face aux flammes pour le réchauffer. Le petit bonhomme avait une respiration moins encombrée, à présent, mais le râle bronchique était toujours là.

« Je vais t'amener chez un médecin, lui dit Blaze. Dès qu'on sera sortis d'ici. Il va t'arranger ça. Frais comme un gardon, tu seras. »

Joe lui sourit brusquement, exhibant sa nouvelle dent. Blaze lui rendit son sourire, soulagé. Il ne devait pas aller si mal que ça, songea-t-il, s'il était encore capable de sourire, non ? Il tendit un doigt et Joe enroula sa main autour.

« On se serre la pince, collègue », dit Blaze, éclatant de rire. Puis il prit le biberon froid dans sa poche, chassa les débris végétaux collés dessus et l'approcha du feu pour le réchauffer. Dehors, le vent hurlait et s'époumonait, mais dans la grotte, la température commençait à devenir plus agréable. Il regrettait de ne pas s'être souvenu plus tôt de ce refuge. Ils y auraient été mieux qu'à Hetton House. Il avait eu tort de s'installer avec Joe à l'orphelinat. Un mauvais plan, aurait dit George.

« De toute façon, tu t'en souviendras pas, pas vrai ? »

Quand le biberon lui parut suffisamment réchauffé au toucher, il le donna à Joe. Cette fois, le bébé téta avec avidité et le vida complètement. Et tandis qu'il en extrayait les dernières gorgées, Blaze vit naître dans ses yeux le regard voilé et vague qu'il connaissait bien, maintenant. Il le mit sur son épaule et le balança. Le bébé rota deux fois et babilla pendant peut-être cinq minutes. Puis son bredouillis incohérent cessa. Il avait de nouveau les yeux fermés. Blaze était habitué à ce rituel. Joe allait dormir pendant trois quarts d'heure, peut-être une heure, puis s'agiterait le reste de la matinée.

L'idée de le laisser seul répugnait à Blaze, surtout après l'accident de la veille, mais c'était vital. Son instinct le lui disait. Il posa Joe sur l'une des couvertures, mit l'autre sur lui et maintint cette dernière en place avec de gros cailloux. Il essaya de se convaincre que si Joe se réveillait avant son retour, le bébé pourrait se tourner mais non s'en dégager. Il faudrait s'en contenter.

Après être sorti à reculons de la grotte, Blaze revint par où ils étaient arrivés. Ses empreintes commençaient à se combler. Il se dépêcha et, quand il fut sorti de la faille, il se mit à courir. Il était sept heures et quart du matin.

Pendant que Blaze se préparait à donner le biberon au bébé, Sterling roulait dans le quatre-quatre qui lui servait de poste de commandement. Un Trooper conduisait et lui-même occupait le siège du passager. Avec son grand chapeau à bord plat, le policier avait l'air d'une recrue des Marines après sa première coupe de cheveux. Aux yeux de

Sterling, d'ailleurs, les State Troopers avaient tous l'air de Marines. De même que la plupart des agents du FBI avaient des têtes d'avocats ou de comptables, ce qui leur convenait parfaitement bien, étant d...

Il chassa cet envol de pensées vagabondes et revint au niveau du sol. « On pourrait pas aller un peu plus vite ?

— Certainement, répondit le Trooper. Après quoi on passerait le reste de la matinée à récupérer nos dents dans une congère.

— Ce n'est pas la peine de le prendre sur ce ton.

— Ce type de temps me rend nerveux, dit le policier. Une tempête de merde. Dessous, c'est plus glissant qu'une patinoire.

— Très bien, très bien, admit Sterling. À combien sommes-nous de Cumberland ?

— Un peu plus de vingt kilomètres.

— Et il nous faudra ? »

Le Trooper haussa les épaules. « Vingt-cinq minutes ? »

Sterling poussa un grognement. L'opération était conjointe – FBI et police d'État du Maine – et, mis à part se faire arracher une dent, il ne connaissait rien de pire que ces opérations conjointes. La possibilité d'un cafouillage augmentait quand on faisait appel à ce genre de renforts. Et la possibilité devenait une probabilité quand le Bureau était obligé de collaborer avec les forces de police locales. Pour l'instant, ça lui suffisait déjà d'être obligé de rouler en compagnie d'un faux Marine qui redoutait de dépasser le quatre-vingts à l'heure.

Il changea de position dans son siège et le canon de son pistolet lui entra dans le bas du dos. Il le portait toujours ainsi. Sterling avait confiance dans son arme, dans le Bureau et dans son flair. Il avait un nez de chien pour gibier à plumes. Un bon chien de chasse pour gibier à plumes faisait mieux que sentir la présence d'une perdrix ou d'une dinde dans les buissons ; il était aussi capable de sentir sa peur, et dans quelle direction et quand l'oiseau s'envolerait. De sentir l'instant où son besoin de s'envoler serait plus fort que celui de rester immobile et caché.

Blaisdell était caché, probablement dans son ex-orphelinat. C'était très bien, mais l'homme allait fuir. C'était ce que le flair de Sterling lui disait. Et si ce trou-du-cul n'avait pas d'ailes, il possédait de bonnes jambes et courait. S'il avait eu un comparse – le cerveau de l'opération, comme Sterling et Granger avaient pensé que cela allait de soi, au début –, ils auraient déjà entendu parler de lui, ne serait-ce que parce que Blaisdell était aussi stupide qu'une bûche. Non, il était probablement seul sur le coup et probablement planqué quelque part dans les bâtiments de l'ancien orphelinat (tel un pigeon voyageur fatigué, songea Sterling), certain que personne ne viendrait le chercher là. Pas de raison de penser qu'ils ne le trouveraient pas terré derrière quelque buisson, comme une caille.

Sauf que Blaisdell était remonté à bloc. Et Sterling le savait.

Il consulta sa montre. Six heures et demie passées.

Le filet allait avoir une forme triangulaire : le long de la route 9 à l'ouest, une voie secondaire appelée Loon Cut au nord et un ancien chemin d'exploitation forestière au sud-est. Quand tout le monde serait en position, le piège commencerait à se resserrer, pour se refermer finalement sur Hetton House. Si la neige était empoisonnante, elle les protégerait quand ils se rapprocheraient.

Comme à la parade, sauf que…

« Pouvez pas pousser un peu votre engin ? » demanda Sterling. Il savait qu'il avait tort de le faire, tort d'asticoter le Trooper, mais ç'avait été plus fort que lui.

Le policier se tourna pour jeter un coup d'œil au petit visage pincé et aux yeux brûlants de l'homme. Et il se dit : Ce gugusse a l'intention de le tuer, je parie.

« Attachez votre ceinture, agent Sterling, répondit-il.

– C'est fait », répondit le policier en passant un pouce dessous la ceinture.

Le Trooper soupira et enfonça un peu plus l'accélérateur.

Sterling avait donné son ordre à sept heures et l'ensemble des forces s'étaient mises en mouvement. La neige était très profonde, atteignant un mètre vingt par endroit, mais les hommes s'y enfonçaient et en ressortaient, gardant le contact radio entre eux. Personne ne se plaignait. La vie d'un enfant était en jeu. Les flocons qui tombaient ne faisaient que renforcer le sentiment d'urgence surréaliste qu'ils éprouvaient. On aurait dit les acteurs d'un vieux film muet, un mélodrame sépia dans lequel le méchant ne faisait aucun doute.

Sterling dirigeait les opérations en bon capitaine, gardant le contrôle de la progression par talkie-walkie. Les hommes qui venaient de l'est étaient ceux qui avaient la tâche la moins pénible, et il les fit ralentir pour qu'ils restent synchrones avec ceux qui venaient du SR 9 et de Loon Hill depuis Loon Cut. Le policier voulait non seulement resserrer le cordon autour de Hetton House, mais que tous les buissons et le moindre bosquet soient battus pour en faire lever les oiseaux.

– Sterling ? Ici Tanner. Vous me recevez ?

– Fort et clair, Tanner. À vous.

– Nous sommes au début de la route qui conduit à l'orphelinat. La chaîne est encore en travers, mais le cadenas a été forcé. Il est là-dedans, c'est certain. À vous.

– Affirmatif », dit Sterling.

Une onde d'excitation le traversa en tout sens. En dépit du froid, il sentit la sueur envahir le dessous de ses bras et son entrejambe. « Voyez-vous des traces récentes de pneus ?

– Non, monsieur. À vous.

– Continuez. Terminé. »

Ils le tenaient. La grande crainte de Sterling avait été que Blaisdell leur ait de nouveau échappé – qu'ils soit parti avec le bébé et leur fausse une fois de plus compagnie –, mais non.

Il parla doucement dans le walkie et les hommes progressèrent plus rapidement, se mettant à haleter comme des chiens dans la neige.

Blaze escalada le mur qui séparait le jardin de la Victoire de la cour, à l'arrière de Hetton House. Courut jusqu'à la porte. Son esprit n'était qu'une clameur pleine d'effroi. Il avait les nerfs aussi à vif que des pieds nus sur du verre. Les paroles de George retentissaient dans son cerveau, se répétant, lancinantes : *Ils t'ont presque attrapé, Blaze.*

Il grimpa l'escalier quatre à quatre, entra en dérapant dans le bureau et se mit à charger tout ce qu'il put – vêtements, petits pots, biberons – dans le berceau. Puis il dévala les marches et courut au-dehors.

Il était 7 heures 30.

7 heures 30.

« Attendez, dit Sterling d'une voix calme, dans son talkie-walkie. Que personne ne bouge pour l'instant. Granger ? Bruce ? Compris ? »

Il y avait une note d'excuse dans la voix qui répondit :
« C'est Corliss, ici.

– Corliss ? C'est pas vous que je veux, Corliss. Mais
Bruce. À vous.

– L'agent Granger est par terre, monsieur. Je crois qu'il
s'est cassé la jambe. À vous.

– Quoi ?

– Ces bois sont bourrés de fondrières, monsieur. Il, euh,
il est tombé dans l'une d'elles et sa jambe a pas résisté.
Qu'est-ce que nous devons faire ? À vous. »

Le temps lui coulait entre les doigts. Vision d'un sablier
géant rempli de neige, Blaisdell disparaissant par le rétrécis-
sement central. Sur un putain de traîneau.

« Posez des attelles, mettez-le au chaud dans une couverture et laissez-lui votre walkie. À vous.

– Oui, monsieur. Vous désirez lui parler ? À vous.

– Non. Je veux avancer. À vous.

– Oui monsieur, bien compris.

– Parfait, dit Sterling. À tous vos chefs de groupe : on y
va. C'est parti. »

Blaze retraversa le jardin de la Victoire, haletant. Atteignit le mur de pierres sèches, le franchit et effectua une
dégringolade plus ou moins contrôlée jusque dans le bois,
en dessous, agrippant toujours le berceau.

Il se releva, fit un pas et s'arrêta. Il posa le berceau à terre et
sortit le pistolet de George de sa ceinture. Il n'avait rien vu,
rien entendu, mais il savait. Il passa derrière le tronc d'un gros
pin. La neige fouettait sa joue gauche, l'engourdissant. Il attendit sans bouger. Dans sa tête, c'était l'enfer. Son désir de
retourner auprès de Joe était violent jusqu'à la douleur, mais la
nécessité de patienter s'imposait à lui avec tout autant de force.

Et si jamais Joe sortait de ses couvertures et rampait jus-que dans le feu ?

Il ne le fera pas, se dit Blaze. Même les bébés ont peur du feu.

Et s'il rampait hors de la grotte et se retrouvait dans la neige ? Et s'il était déjà en train de geler à mort, pendant que lui restait planté là comme un idiot ?

Mais non. Il dort.

Oui, mais rien ne garantit que ça va durer, dans un endroit qu'il ne connaît pas. Et si le vent tournait et que la grotte se remplisse de fumée ? Pendant que tu attends là, seule personne vivante à deux milles à la ronde, peut-être, sinon cinq…

Il n'était pas seul. Il y avait quelqu'un dans le secteur. *Quelqu'un.*

Mais on n'entendait que le vent, le craquement des arbres et le léger chuintement de la neige qui tombait.

Temps de partir.

Mais non. Temps d'attendre.

Tu aurais dû tuer le gosse quand je te l'ai dit, Blaze.

George. Dans sa tête, maintenant. Bordel !

J'ai jamais été ailleurs. Et maintenant vas-y !

Il décida de partir. Puis qu'il compterait d'abord jusqu'à dix. Il en était à six lorsque quelque chose se détacha de la ceinture d'un vert grisâtre des arbres, en bas de la pente. Un Trooper, mais Blaze ne ressentit aucune peur. Elle s'était consumée pendant ce moment de calme mortel. Seul Joe comptait, à présent. Prendre soin de Joe. Il pensa que le Trooper ne le verrait pas, mais qu'il verrait les empreintes et ça ne vaudrait pas mieux.

Il se rendit compte que le policier allait passer à hauteur de sa position par la droite et se glissa du côté opposé du gros tronc. Il pensa aux nombreuses fois où ils avaient joué dans ces bois, lui, John, Toe-Jam et les autres ; aux cowboys et aux Indiens, aux gendarmes et aux voleurs. Un coup avec un bout de bois, et t'étais mort.

Un seul coup de feu et, de toute façon, ce serait terminé. Sans qu'il y ait besoin d'un mort ou d'un blessé. Le bruit suffirait. Dans le cou de Blaze, une artère pulsait violemment.

Le Trooper s'immobilisa. Il avait vu les empreintes. Forcément. Ou un pan de la parka de Blaze dépassant de l'arbre. Blaze enleva le cran de sûreté du pistolet. S'il devait y avoir un coup de feu de tiré, autant que ce soit le sien.

Puis le Trooper reprit sa progression. Il jetait de temps en temps un regard sur la neige, devant lui, mais il consacrait l'essentiel de son attention à scruter les fourrés. Il était à cinquante mètres, maintenant. Non – un peu moins.

Sur sa gauche, Blaze entendit quelqu'un d'autre trébucher ou faire craquer une branche basse et pousser un juron. Son cœur se serra encore un peu plus dans sa poitrine. Il y en avait donc partout dans les bois. Mais peut-être… peut-être que s'ils allaient tous dans la même direction…

Hetton ! Ils entouraient Hetton House ! Bien sûr ! Et s'il parvenait à rejoindre la grotte, il serait de l'autre côté ! Ensuite, un peu plus loin dans les bois, à quelque chose comme cinq kilomètres, il y avait un chemin de bûcherons…

Le Trooper n'était qu'à vingt-cinq mètres de lui. Blaze tourna encore un peu autour de l'arbre. Si quelqu'un sortait des buissons sur son côté découvert, à présent, il était foutu.

Le policier dépassait l'arbre. Blaze entendait le craquement de ses bottes dans la neige. Il entendait même des objets tinter dans ses poches – de la monnaie, ou peut-être des clefs. Et un autre craquement : celui de son ceinturon.

Embrassant étroitement l'arbre, Blaze se déplaça à petits pas. Puis attendit. Quand il risqua de nouveau un œil, le Trooper lui tournait le dos. Il n'avait pas encore vu les empreintes, mais ça n'allait pas tarder : il marchait dessus.

Blaze sortit de derrière l'arbre et s'avança dans le dos du policier à grandes enjambées silencieuses. Il prit le pistolet de George par le canon.

Le Trooper baissa alors les yeux et vit les empreintes. Il se raidit, puis porta la main au talkie-walkie accroché à sa ceinture. Blaze brandit le pistolet et l'abattit avec force. L'homme poussa un grognement et oscilla, mais son épais chapeau avait absorbé une bonne partie de l'impact. Blaze frappa à nouveau, de côté, et l'atteignit cette fois à la tempe gauche. Il y eut un bruit bref, étouffé. Le chapeau du Trooper s'inclina d'un côté et se mit à pendre sur sa joue droite. Blaze vit alors qu'il était jeune, encore presque un gosse. Ses genoux le trahirent et il s'effondra, soulevant un nuage de poudreuse autour de lui.

« Et merde, dit Blaze, en larmes. Pourquoi on peut pas me foutre la paix ? »

Il prit le policier sous les bras et le traîna jusqu'au gros pin. L'adossa contre l'arbre, redressa son chapeau. Il n'y avait pas beaucoup de sang, mais Blaze se s'y trompa pas. Il savait avec quelle force il pouvait frapper. Personne ne le savait mieux que lui. Il sentit un pouls, au cou du jeune flic, mais il n'était pas bien vaillant. Si ses potes ne le trouvaient pas rapidement, il allait mourir. Mais, bon Dieu, qui lui avait demandé de venir ? Qui lui avait demandé de venir mettre son foutu nez dans cette affaire ?

Il ramassa le berceau et reprit sa marche. Il était huit heures moins le quart quand il arriva à la grotte. Joe dormait toujours, ce qui fit de nouveau pleurer Blaze – mais de soulagement cette fois. La grotte, cependant, était froide. De la neige avait pénétré dedans et éteint le petit feu.

Blaze entreprit aussitôt de le rallumer.

L'agent spécial Bruce Granger vit Blaze descendre la ravine et ramper dans l'étroite ouverture de la grotte. Il n'avait pas bougé d'où il était, attendant que la battue soit terminée, d'une manière ou d'une autre, afin qu'on puisse venir le chercher. Sa jambe lui faisait un mal de chien et jusqu'ici, il s'était senti comme un idiot.

Mais en cet instant, il avait l'impression qu'il venait de toucher le gros lot. Il prit le walkie que Corliss lui avait laissé et le porta à son oreille.

« Granger à Sterling, dit-il à voix basse. À vous, parlez. »

Chuintement. Un chuintement neutre très particulier.

« Albert, c'est Bruce et c'est urgent. À vous, parlez. »

Rien.

Granger ferma les yeux pendant quelques instants. « Fils de pute », gronda-t-il. Puis il rouvrit les yeux et se mit à ramper.

8 heures 10.

Albert Sterling et deux Troopers se trouvaient dans l'ex-bureau de Martin Coslaw, l'arme à la main. Une couverture était jetée dans un coin. Ils virent deux biberons en plastique vides et trois boîtes de lait lyophilisé Carnation qui avaient l'air d'avoir été ouvertes avec un couteau de chasse. Et deux boîtes vides de Pampers.

« Merde, dit Sterling, merde, merde merde !

— Il ne peut pas être loin, remarqua Franklin, l'un des policiers. Il est à pied. Avec l'enfant.

— Sauf qu'il fait moins dix, là-dehors », remarqua quelqu'un d'autre, depuis le couloir.

Parce que vous croyez peut-être que vous m'apprenez quelque chose, putain de moine, songea Sterling.

Franklin regardait autour de lui. « Où est passé Corliss ? Brad, t'as pas vu Corliss ?

— Il est peut-être resté en bas, répondit Bradley.

— On retourne dans les bois, intervint Sterling. Cet enfoiré ne peut être que dans les bois. »

Il y eut un coup de feu. Un son affaibli, étouffé par la neige, mais sur lequel on ne pouvait se tromper.

Ils se regardèrent. Il y eut cinq secondes d'un silence absolu, bouleversé. Sept, peut-être. Puis ils foncèrent vers la porte.

Joe était toujours endormi quand la balle pénétra dans la grotte. Elle ricocha deux fois avec un bruit d'abeille en colère, détachant et dispersant des éclats de granit. Blaze était en train de disposer des couches ; il voulait changer Joe pour qu'il soit bien sec avant de se tirer de là.

Réveillé en sursaut, le bébé se mit à pleurer. Ses petites mains s'agitaient en l'air. Un des éclats de granit lui avait fait une coupure au visage.

Blaze ne réfléchit pas. Il vit le sang et toute forme de pensée cessa dans sa tête. Remplacée par quelque chose de noir et de meurtrier. Il bondit hors de la grotte et fonça vers l'origine du coup de feu, hurlant.

22

On était en septembre. Blaze était installé au comptoir du Moochie's devant un doughnut, et lisait une BD de Spiderman, lorsque George entra dans sa vie. Deux mois qu'il n'avait pas travaillé et il était à court d'argent. Plusieurs des petits malins de sa bande s'étaient fait pincer. Blaze lui-même avait été interrogé par la police à propos du hold-up d'une société de prêt à Saugus auquel il n'avait pas participé ; il avait eu l'air si sincèrement ahuri que les flics l'avaient relâché. Blaze se demandait s'il n'allait pas essayer de récupérer son ancien poste à la lingerie de l'hôpital.

« C'est lui, dit quelqu'un. Le Croquemitaine. »

Blaze se tourna et vit Hankie Melcher avec, à ses côtés, un petit bonhomme en costard impec. Le petit bonhomme avait un teint jaunâtre et des yeux qui paraissaient brûler comme des charbons.

« Salut, Hank, dit Blaze. Ça fait une paye.

— Ah, petites vacances aux frais de l'État, répondit Hank. Ils m'ont laissé sortir parce qu'ils savent pas très bien compter, là-bas. Pas vrai, George ? »

Le petit bonhomme ne dit rien ; il se contenta d'esquisser un sourire et continua d'étudier Blaze, que ce regard noir mettait mal à l'aise.

Moochie s'approcha d'eux en s'essuyant les mains à son tablier. « Salut, Hank.

— Pour moi, ce sera un *chocolate egg cream**. T'en veux aussi, George ?

— Non, juste du café. Noir. »

Moochie s'éloigna. « Blaze, reprit Hank, je te présente mon beau-frère. George Rackley, Clay Blaisdell.

— Salut, dit Blaze, subodorant un boulot.

— Salut, dit George en secouant la tête. T'es un sacré balèze, tu sais ? »

Blaze rit comme si c'était la première fois qu'on le lui faisait remarquer.

« George est un phénomène, dit Hank avec un sourire. Un vrai Bing Crosby – mais en blanc.

— Ouais », fit Blaze sans comprendre, mais souriant toujours.

Moochie revint avec la boisson de Hank et le café de George. George prit une gorgée de café, fit la grimace et regarda Moochie. « Tu chies toujours avant dans la tasse ou tu te sers des fois des chiottes, beau gosse ? »

Hank se tourna vers le barman. « George dit juste ça comme ça. »

George hochait la tête. « Exact. J'suis juste un phénomène. Va prendre l'air un moment, Hank. Ou va faire une partie de flipper là-bas au fond. »

Hank ne s'était pas départi de son sourire. « Ouais, OK. Pas de problème. »

Une fois Hank loin d'eux et Moochie retourné à l'autre bout du bar, George se tourna vers Blaze. « Cet ahuri m'a dit que tu cherchais peut-être un boulot.

---

* Boisson à base de chocolat liquide épais.

– C'est un peu ça. »

Hank glissa des pièces dans le monnayeur du billard, posa ses mains dessus et se mit à fredonner un air qui rappelait vaguement le thème de *Rocky*.

George eut un mouvement de tête vers son beau-frère. « Maintenant qu'il a retrouvé le grand air, Hank a de grands projets. Une station-service de Malden.

– Ah bon ? dit Blaze.

– Ouais. Le putain de casse du siècle. T'as envie de te faire cent billets cet après-midi, en attendant ?

– Et comment ! répondit Blaze sans hésitation.

– Faut que tu fasses exactement ce que je te dirai.

– D'accord. C'est quoi, l'embrouille, Mr Rackley ?

– George, appelle-moi George.

– C'est quoi l'embrouille, George ? » répéta Blaze. Puis il repensa au regard noir et brûlant et ajouta : « Je veux faire de mal à personne, moi.

– Pareil pour moi. Boum-boum, c'est pour les mickeys. Et maintenant, écoute. »

L'après-midi même, George et Blaze entrèrent dans un grand magasin de Lynn, le Hardy's. Tous les employés du Hardy's portaient des polos roses à manches blanches, ainsi que des badges sur lesquels on lisait : BONJOUR, JE M'APPELLE DAVE ! ou JOHN ! ou n'importe quoi. George portait l'un de ces polos sous sa chemise, avec un badge proclamant : BONJOUR, JE M'APPELLE FRANK ! Lorsque Blaze le vit, il hocha la tête et dit : « C'est un peu comme un pseudo, non ? »

George sourit, mais pas comme il avait souri à Hank Melcher. « Exact, Blaze. C'est comme un pseudo. »

Quelque chose, dans ce sourire, fit que Blaze se détendit. Rien de méchant ou de sournois ne s'y cachait. Et comme ils n'étaient que tous les deux sur cette arnaque, il n'y avait personne pour donner un coup de coude dans les côtes de George si Blaze disait une ânerie qui le rejetterait en marge du groupe. Blaze n'était pas sûr que George aurait souri s'il y avait eu quelqu'un d'autre ; il aurait dit plutôt quelque chose comme *Garde tes cons de coudes pour toi, face de rat.* Pour la première fois depuis la mort de John Cheltzman, Blaze se prit de sympathie pour quelqu'un.

George en avait pas mal bavé, lui aussi, pour creuser son sillon dans la vie. Naissance dans le pavillon des indigents à l'hôpital catholique St. Joseph de Providence, mère célibataire, père inconnu. Sa mère refusa de l'abandonner pour qu'il soit adopté comme le lui suggérait les religieuses, préférant s'en servir comme massue pour taper sur sa famille. George grandit dans les faubourgs misérables de la ville et monta son premier coup à l'âge de quatre ans. Sa mère était sur le point de lui flanquer une raclée pour avoir renversé son bol de Maypo, lorsque George lui dit qu'un monsieur était venu porter une lettre pour elle et l'avait laissée dans l'entrée. Pendant qu'elle allait la chercher, il l'enferma dehors et prit la tangente par l'échelle de secours. Il reçut une double raclée pour la peine, mais n'oublia jamais la sensation enivrante d'avoir gagné, au moins pour un petit moment. Il passa le reste de sa vie à pourchasser cette sensation de *J't'ai eu*. Éphémère, mais toujours suave.

Garçon brillant mais d'un caractère amer, l'expérience lui enseigna des choses que des ratés comme Hank Melcher n'apprendraient jamais. George avait onze ans quand, avec trois types plus âgés (pas des potes, il n'en avait pas), il vola une voiture pour aller faire un tour à Central Falls depuis Providence. Ils s'étaient fait pincer ; le plus âgé (quinze ans, le chauffeur) avait été envoyé en maison de redressement.

George et les autres avaient bénéficié d'une « mise à l'épreuve ». George avait eu aussi droit à une correction monumentale de la part du maquereau au visage grisâtre avec qui sa mère vivait alors, un certain Aidan O'Kellaher, affligé d'une maladie de reins qui lui avait valu le sobriquet de Kel le Pisseur. Kel le Pisseur avait battu George jusqu'à ce que la demi-sœur de ce dernier lui hurle d'arrêter.

« T'en veux autant ? » lui avait demandé Kelly. Et comme la gamine secouait la tête, il avait ajouté : « Alors ferme ta putain de gueule. »

George ne vola plus de voitures sans une bonne raison. Une seule fois avait suffi à lui apprendre qu'on n'avait rien à gagner à piquer une bagnole juste pour se marrer. Ce monde n'était pas marrant.

À treize ans, lui et un copain se firent prendre en train de voler à la tire dans un Woolworth's. De nouveau, mise à l'épreuve. Et de nouveau, une raclée. George n'arrêta cependant pas de piquer des trucs, mais il améliora sa technique et ne se fit plus prendre.

À dix-sept ans, Kel le Pisseur lui trouva un boulot : la collecte des loteries clandestines. À l'époque, Providence connaissait le genre de renouveau qui pouvait passer pour de la prospérité dans les États économiquement sinistrés de la Nouvelle-Angleterre. Les loteries clandestines marchaient bien. George ne s'en sortait pas mal. Il s'acheta de belles fringues. Commença aussi à truquer ses comptes. Le Pisseur considérait que George était un garçon entreprenant et prometteur ; il lui ramenait six cent cinquante dollars tous les mercredis. Mais il s'en mettait aussi deux cents dans la poche dans le dos de son beau-père.

Puis la pègre d'Atlantic City débarqua dans le Nord. Elle s'empara des loteries. Certains des malfrats locaux furent éjectés. Kel le Pisseur se retrouva éjecté du côté d'une casse automobile où on le découvrit dans une Chevrolet Biscayne, la gorge tranchée et les couilles dans la boîte à gants.

Dépouillé de son gagne-pain, George partit pour Boston, emmenant sa petite sœur âgée de douze ans avec lui. Le père de Tansy était également inconnu, mais George avait sa petite idée, car Tansy avait le même menton fuyant que Kel le Pisseur.

Au cours des sept années suivantes, George mit au point et améliora un certain nombre de petites arnaques. Il en inventa également quelques-unes. Sa mère signa d'une main négligente le document qui faisait de son fils le tuteur légal de Tansy Rackley, et George obligea la petite pute à aller à l'école. Vint un jour où il découvrit qu'elle se shootait à l'héroïne. Et qu'elle était aussi – ah, jours heureux – en cloque. Tout d'abord surpris, George ne le resta pas longtemps. Le monde était rempli de fous qui ne cessaient de faire des conneries pour vous montrer combien ils étaient intelligents.

George se prit d'intérêt pour Blaze parce que c'était un fou dépourvu de prétentions. Il ne jouait ni les petits malins, ni les grandes gueules, ni les tireurs de ficelles. Il n'était pas très futé et, laissé à lui-même, Blaze était un vrai péquenot. Il était un instrument, et c'est comme instrument que George l'utilisa tant qu'ils furent ensemble. Mais jamais mal. Tel un bon charpentier, George aimait les bons outils – ceux qui fonctionnaient comme ils le devaient à chaque fois qu'on les employait. Il pouvait tourner le dos à Blaze. Il pouvait dormir dans une pièce où Blaze était réveillé et savoir que, lorsqu'il ouvrirait les yeux, leur butin serait toujours sous le lit.

George réussit aussi à calmer les côtés affamés et agressifs de Blaze. Ce ne fut pas un mince exploit. Vint un jour où George sut que s'il disait à Blaze : « Saute du haut de cet immeuble parce que c'est comme ça qu'on fonctionne », eh bien, Blaze sauterait. D'une certaine manière, Blaze était la Cadillac que George n'aurait jamais – une suspension merveilleuse sur les mauvaises routes.

Quand ils entrèrent dans le magasin Hardy's, Blaze alla directement au rayon confection pour hommes, comme lui avait dit George. Il n'avait pas son vrai portefeuille sur lui, mais un modèle simple en similicuir contenant quinze dollars et une pièce d'identité au nom de David Billings, de Reading.

En arrivant dans le rayon, il passa la main dans le bas de son dos – comme pour vérifier s'il avait bien toujours son portefeuille – et le laissa au trois quarts tiré. Quand il se pencha pour examiner des chemises posées sur une étagère basse, le portefeuille tomba par terre.

C'était le moment le plus délicat de l'opération. Blaze se tourna légèrement, gardant un œil sur son portefeuille sans en avoir l'air. Pour un observateur peu attentif, il aurait paru complètement absorbé par l'inspection des chemisettes Van Heusen. George lui avait bien expliqué le coup. Si une personne honnête remarquait le portefeuille, alors le coup était fichu et ils recommenceraient au Kmart. Parfois, il fallait une demi-douzaine de tentatives avant que le coup réussisse.

« Bon Dieu, avait répondu Blaze, je ne me doutais pas qu'il y avait autant de gens honnêtes.

– Ils ne le sont pas, lui avait répondu George avec un sourire glacial. Mais beaucoup ont trop la frousse. Et garde ton foutu portefeuille à l'œil. Si jamais un type arrivait à te le piquer, ce serait quinze billets perdus, sans parler de la pièce d'identité, qui vaut beaucoup plus. »

Ce jour-là, au Hardy's, ils bénéficièrent de la chance des débutants. Un homme portant un polo orné d'un crocodile sur le sein s'engagea tranquillement dans l'allée et aperçut le portefeuille. Il regarda alors dans les deux directions pour voir si personne ne venait. Pas d'autres clients. Blaze reposa une chemisette, en prit une autre et la tint devant lui dans le miroir. Son cœur cognait dans sa poitrine.

Attends qu'il le mette dans sa poche, lui avait dit George. *Et là, tu fous un bon Dieu de bordel !*

Du pied, l'homme au polo-croco poussa le portefeuille jusque sous le présentoir de chandails qu'il examinait. Puis il glissa une main dans sa poche, en sortit ses clefs de voiture qu'il laissa tomber au sol. Zut. Il se pencha pour les ramasser, barbota le portefeuille par la même occasion, fourra le tout dans sa poche de pantalon et commença à s'éloigner.

Blaze poussa un meuglement de taureau : « *Au voleur !* *Au voleur, oui, VOUS !* »

Les autres clients se tournèrent et dressèrent la tête. Les employés regardèrent autour d'eux. Le surveillant de l'étage repéra l'origine de l'altercation et se dirigea vivement dans cette direction, ne s'arrêtant qu'un instant à une caisse pour appuyer sur un bouton marqué *urgence spéciale*.

L'homme au croco sur le néné devint blême... regarda autour de lui... et détala. Il n'avait pas fait quatre pas que Blaze l'empoignait par le cou.

Tu me le bouscules un peu mais tu ne le blesses pas, lui avait dit George. *Continue de gueuler. Et surtout, arrange-toi pour qu'il ne jette pas le portefeuille par terre. Si jamais il a l'air de vouloir le faire, balance-lui ton genou dans les bijoux de famille.*

Blaze prit l'homme par les épaules et commença à le secouer comme un flacon de médicament. L'homme à la chemise crocodilienne, peut-être un fan de Walt Whitman, émit son *yawp* barbare*. Des pièces volèrent de ses poches. Il voulut glisser une main dans celle qui contenait le porte-feuille, comme George l'avait prévu, et Blaze lui colla son genou dans les noix – mais pas trop fort. L'homme à la chemise au croco poussa un hurlement.

« Je vais t'apprendre à me piquer mon portefeuille, moi ! beugla Blaze en pleine figure au type. (Il se prenait au jeu.) J'vais te tuer !

– Faites quelque chose ! s'égosilla l'homme en polo. Le laissez pas faire ! »

L'un des employés du rayon homme pointa son nez. « Hé, ça suffit comme ça ! »

George, qui jusqu'ici examinait des vêtements un peu plus loin, déboutonna sa chemise, l'enleva sans chercher un instant à se dissimuler et la fourra sous une pile de Beefy Tees. De toute façon, personne ne le regardait. Les gens n'avaient d'yeux que pour Blaze – lequel tira de toutes ses forces sur le polo au croco et le déchira par le milieu.

« Laissez tomber ! cria l'employé. Calmez-vous !

– Ce fils de pute m'a piqué mon portefeuille ! » cria Blaze.

Une foule assez considérable de badauds commença à s'attrouper. Ils avaient envie de voir si Blaze allait vraiment massacrer le type qu'il ceinturait avant l'arrivée du sur-veillant, ou de l'agent de sécurité du magasin, ou de tout autre responsable.

George appuya sur le levier de l'une des deux caisses du rayon homme et entreprit de vider le tiroir. Il avait un pan-

---

* Allusion à un poème de Whitman : « Je fais retentir mon yawp barbare sur les toits du monde… »

talon trop grand avec un sac cousu devant. Il fourra les billets dedans en prenant son temps. Il commença par ceux de vingt et de dix – il y en avait même quelques-uns de cinquante, toujours la chance des débutants –, puis il prit ceux de cinq et de un.

« Arrêtez-moi ça ! » criait le surveillant en fendant la foule. Hardy's avait un agent de sécurité et celui-ci arriva sur les talons du surveillant. « Ça suffit, on arrête ! »

L'agent se glissa entre Blaze et l'homme à la chemise au croco déchirée.

Arrête la bagarre dès que le flic de la boîte sera là, lui avait dit George, *mais continue d'avoir l'air de vouloir tuer le type.*

« Regardez dans ses poches ! cria Blaze. Ce fils de pute m'a piqué mon portefeuille !

– J'ai ramassé un portefeuille par terre, reconnut l'homme au croco, et je regardais juste autour de moi pour voir à qui il pouvait appartenir, lorsque ce... ce voyou... »

Blaze se jeta sur lui. L'homme au croco eut un mouvement de recul. L'agent de sécurité repoussa Blaze – qui s'en fichait : il s'amusait trop.

« Du calme, l'armoire à glace, du calme. »

Pendant ce temps-là, le surveillant demanda son nom à l'homme au croco.

« Peter Hogan.

– Veuillez vider vos poches, Mr Hogan.

– Certainement pas !

– Vous préférez peut-être que j'appelle la police ? »

George partit d'un pas tranquille vers l'escalier mécanique, l'air aussi alerte et dégagé que le meilleur des employés ayant jamais pointé chez Hardy's.

Peter Hogan hésita un instant à faire valoir ses droits, puis décida finalement de vider ses poches. Quand la foule vit le portefeuille marron bon marché il y eut un *ahhhh* prolongé.

« C'est ça, c'est le mien, s'écria Blaze. Il a dû le prendre dans ma poche revolver pendant que je regardais les chemises.

— Il y a une pièce d'identité ? » demanda l'agent de sécurité en ouvrant le portefeuille.

Pendant un horrible instant, Blaze eut un trou. Puis il eut l'impression que George se tenait juste à côté de lui. *David Billings, Blaze.*

« Bien sûr. Dave Billings, dit Blaze. Moi.

— Combien d'argent dedans ?

— Pas grand-chose. Environ quinze dollars. »

L'agent adressa un signe de tête affirmatif au surveillant. La foule poussa de nouveau un *ahhhh*. L'agent rendit son portefeuille à Blaze qui le mit dans sa poche.

« Vous, vous m'accompagnez, dit l'agent de sécurité en prenant Hogan par le bras.

— Allez, dispersez-vous maintenant ! lança le surveillant à la petite foule. Vous avez plein d'excellentes affaires qui vous attendent chez Hardy, cette semaine, et je vous invite à en profiter ! »

Blaze trouva qu'il s'exprimait avec autant de faconde qu'un speaker à la radio ; pas étonnant qu'il ait un travail avec une telle responsabilité.

L'homme se tourna vers Blaze. « Voulez-vous m'accompagner, monsieur ?

— Oui, répondit Blaze avec un dernier regard meurtrier pour Hogan. Je voudrais juste choisir ma chemise.

— Je crois que vous allez apprendre avec plaisir que cette chemise vous sera gracieusement offerte par Hardy's, aujourd'hui. Mais nous aimerions vous voir une minute au troisième niveau. Demandez Mr Flaherty. Pièce 7. »

Blaze acquiesça et retourna au rayon chemises. Le surveillant s'éloigna. Non loin de là, l'un des employés s'apprêtait à ouvrir la caisse que George avait vidée.

« Hep, vous ! » lança Blaze en lui faisant signe.

L'employé s'approcha… mais resta toutefois à distance respectueuse du géant. « Puis-je vous aider, monsieur ?

– Vous avez un restaurant quelque part ?

– Au rez-de-chaussée, répondit l'employé, l'air soulagé.

– Vous êtes mon homme », répliqua Blaze.

Il simula un pistolet, pouce levé et index tendu, adressa un clin d'œil à l'employé et prit la direction de l'escalier mécanique. L'employé le suivit des yeux. Le temps qu'il revienne à sa caisse, dans laquelle il ne restait plus le moindre billet, Blaze était dans la rue. George l'attendait dans une vieille Ford rouillée. Il démarra aussitôt.

Ils avaient récupéré trois cent quarante dollars. George partagea la somme en deux. Blaze était aux anges. C'était le boulot le plus facile qu'il ait jamais fait. George était un génie. Ils allaient refaire le coup dans toute la ville.

George prit ces hommages avec la mine modeste d'un magicien de troisième ordre ayant réussi à sortir un lapin de son chapeau lors de la fête d'anniversaire d'un gamin. Il ne dit pas à Blaze que ce coup remontait à l'époque où il était encore au lycée : deux acolytes simulaient une bagarre dans un magasin et un troisième larron vidait le tiroir-caisse pendant que le commerçant intervenait pour les séparer. Il n'expliqua pas non plus à Blaze qu'à la troisième fois ils se feraient prendre, sinon à la deuxième. Il se contenta de hocher la tête, de hausser les épaules et de jouir de l'émerveillement du grand costaud. Émerveillement ? Un bon Dieu de ravissement, oui.

Ils se rendirent à Boston, passèrent par un magasin de spiritueux où ils achetèrent deux bouteilles d'Old Grand-dad, puis ils allèrent au Constitution (on y passait toujours deux films), sur Washington Street, où ils virent des poursuites de voitures et des types se canarder avec des armes automatiques. Quand ils sortirent du cinéma, à dix heures du soir, ils étaient tous les deux fin soûls. On avait volé les quatre enjoliveurs de la Ford. Ils avaient beau être aussi pourris que le reste de la bagnole, George était fou furieux. Puis il vit qu'on avait essayé de gratter son autocollant VOTEZ DÉMOCRATE du pare-chocs et il éclata de rire. Il dut s'asseoir sur le trottoir, s'esclaffant jusqu'à ce que des larmes se mettent à couler sur ses joues bilieuses.

« C'est un fan de Reagan qui me les a piqués ! dit-il. J'te parie ce que tu veux, bordel !

– Peut-être que le type qu'a gratté ton autocroulant n'est pas le même que celui qui t'a fauché les enjoliveurs », lui fit remarquer Blaze.

Il s'était assis à côté de George. Sa tête lui tournait, mais c'était un agréable tournis. Un supertournis.

« Mon autocroulant ! » s'écria George, plié en deux comme s'il avait une crampe d'estomac mais en réalité hurlant de rire. Il se mit à taper des pieds. « *Je savais bien qu'il y avait un nom pour Barry Goldwater ! Putain d'autocroulant !* »

Puis il s'arrêta de rire. Il se tourna vers Blaze, l'œil vague mais l'air solennel, et déclara : « Blazer, je me suis pissé dessus. »

À son tour, Blaze éclata de rire. Et se bidonna au point de se renverser sur le trottoir. Il ne s'était jamais autant marré, pas même avec John Cheltzman.

Deux ans plus tard, George fut arrêté pour une histoire de chèques en bois. La chance avait une fois de plus servi

Blaze, qui sortait d'une grippe, si bien que George était seul lorsqu'il s'était fait alpaguer par les flics à la sortie d'un bar de Danvers. Il écopa de trois ans – peine sévère pour usage de faux, mais George était un escroc notoire et le juge un vachard tout aussi notoire. Peut-être même un autocroulant. Il ne fit que vingt mois, entre la préventive et la réduction de peine pour bonne conduite.

Avant le verdict, George avait pris Blaze à part. « Je vais me retrouver à Walpole, Costaud. Au moins un an. Sans doute plus longtemps.

— Mais ton avocat…

— Mon avocat ne serait pas foutu de défendre le pape si on l'accusait de viol. Écoute-moi bien : ne t'approche pas du Moochie's.

— Mais Hank a dit que si je venais, il pourrait…

— Et tiens-toi à l'écart de Hank aussi. Trouve-toi un boulot normal jusqu'à ce que je sorte, c'est comme ça que tu fonctionnes. N'essaie surtout pas de monter une arnaque tout seul. T'es beaucoup trop crétin. Tu le sais, pas vrai ?

— Ouais », répondit Blaze avec un sourire, mais il avait envie de pleurer.

George s'en rendit compte et lui donna un coup de poing dans le bras. « Tu vas très bien t'en sortir, tu verras. »

Puis, alors que Blaze s'éloignait, George le rappela. Blaze se retourna. George porta la main à son front d'un geste impatient. Blaze acquiesça et tourna la visière de sa casquette vers le côté de la chance. Il sourit. Mais en lui-même, il avait toujours envie de pleurer.

Il reprit un temps son ancien métier, mais c'était trop plan-plan après la vie qu'il avait menée avec George. Il le quitta et se mit à chercher quelque chose de mieux. Il fut un temps videur pour une boîte de Combat Zone, mais il ne s'en sortait pas bien, dans ce boulot : il avait trop bon cœur.

Il retourna dans le Maine, trouva un emploi dans une exploitation forestière et attendit que George sorte. Il aimait bien abattre des arbres et transporter des sapins de Noël vers le sud. Il aimait l'air frais, les horizons qu'aucun haut bâtiment ne venait rompre. La ville, c'était très bien de temps en temps, mais rien ne valait le calme des bois. Il y avait des oiseaux et on pouvait voir de temps en temps un cerf s'avancer dans un étang ; ce spectacle le faisait fondre. Ni le métro ni les bousculades de la foule ne lui manquaient, oh non. Mais lorsque George lui fit parvenir un mot laconique – *Je sors vendredi, j'espère te voir* – Blaze laissa tout tomber et retourna à Boston.

George avait été initié à toute une gamme de nouvelles arnaques à Walpole. Il les testèrent avec la méfiance de vieilles dames essayant une nouvelle voiture. La meilleure était l'arnaque au pédé. Tout se passa comme sur des roulettes pendant trois ans, jusqu'à ce que Blaze se fasse avoir sur ce que George appelait le coup de Jésus.

George avait aussi ramené une autre idée de prison : *le grand coup, après quoi on arrête*. Parce que, dit-il à Blaze, il ne se voyait pas passer les meilleurs années de sa vie à arnaquer des homos dans des bars où tout le monde était habillé comme dans *The Rocky Horror Picture Show*. Ou à fourguer des encyclopédies bidon. Ou à dévaliser le client d'une pute complice dans une contre-allée. Non, un grand coup et terminé. La formule devint son leitmotiv.

Un professeur du secondaire emprisonné pour homicide, du nom de John Burgess, lui avait suggéré un enlèvement.

« Tu dérailles ! » s'était exclamé George, horrifié. Ils étaient dans la cour, pour la promenade de six heures, mangeant leur banane tout en regardant quelques abrutis tout en muscles taper dans un ballon.

« C'est un truc qui a mauvaise réputation parce que c'est le crime de choix pour les idiots, avait expliqué Burgess, un petit homme mince et chauve. L'astuce, c'est de kidnapper un bébé.

— Ouais, comme Hauptmann*, avait fait remarquer George, se mettant à tressauter comme s'il s'électrocutait.

— Hauptmann était un imbécile. Bon Dieu, la Râpe, bien goupillé, un enlèvement peut pas rater. Qu'est-ce que le morpion va raconter quand on va lui demander qui a fait le coup ? Gou-ga-ga-gah ? »

Il rit.

« Ouais, d'accord, mais ça va chauffer.

— Bien sûr, que ça va chauffer. » Burgess sourit et se tira sur l'oreille. C'était sa manie. « Beaucoup chauffer. Pour les enlèvements de bébé et les tueurs de flics, ça chauffe toujours. Tu sais ce que Harry Truman a dit, à propos de ça ?

— Non.

— Si tu ne supportes pas la chaleur, sors de la cuisine.

— C'est impossible de récupérer la rançon, observa George. Et même si tu y arrives, l'argent sera marqué. Ça va sans dire. »

Tel un professeur, Burgess leva un doigt ; mais il tira ensuite sur son oreille, ce qui gâtait plus ou moins le premier geste. « Parce que tu supposes qu'on appellera les flics. Mais si tu flanques suffisamment la frousse à la famille, tu pourras traiter directement avec eux. » Il marqua un temps

* Le kidnappeur du bébé de l'aviateur Lindbergh dans les années 1930.

d'arrêt. « Et même si l'argent n'est pas net… tu m'as pas dit que tu connaissais une filière ?

— Peut-être, ou peut-être pas.

— T'as des types qui rachètent l'argent douteux. C'est juste un investissement pour eux, comme l'or où les obligations du gouvernement.

— Mais pour récupérer la rançon, comment tu t'y prends ? »

Burgess haussa les épaules. « Facile. Arrange-toi pour que les pigeons te le jettent d'un avion. » Sur quoi, il s'était levé et éloigné.

Blaze écopa de quatre ans pour le coup de Jésus. George lui affirma que ce ne serait rien du tout s'il se tenait tranquille. Deux au maximum, lui avait-il dit, et il fit effectivement deux ans. Ces deux années de taule ne furent pas très différentes de celles qu'il avait faites après avoir corrigé la Loi ; les détenus étaient simplement plus âgés. Il ne se retrouva jamais en cellule d'isolement. Quand il avait le bourdon, pendant les longues soirées, ou pendant les heures interminables qu'il passait bouclé parce qu'il n'y avait pas de permission d'exercice, il écrivait à George. Son orthographe était épouvantable, ses lettres interminables. George ne répondait pas souvent mais, avec le temps, le seul fait de rédiger ces missives, aussi laborieux que fût le processus, eut un effet apaisant. Il s'imaginait que lorsqu'il les écrivait, George se tenait derrière lui et regardait par-dessus son épaule.

« Linjeri de la prizon, disait George. Putain de moine ! *l-i-n-g-e-r-i-e*, lingerie. *P-r-i-s-o-n*, prison. Lingerie de la prison.

— Ah oui, c'est vrai. »

Son orthographe s'améliora, ainsi que sa ponctuation, même s'il n'utilisa jamais de dictionnaire. Et une autre fois :

« Blaze ? Pourquoi tu ne prends pas ton quota de cigarettes ? » C'était pendant l'âge d'or où certains fabricants de cigarettes donnaient de petits paquets gratuits aux détenus.

— Mais je ne fume jamais, George. Tu le sais bien. Elles s'empileraient dans un coin.

— Écoute-moi un peu, Blazer. Tu les prends le vendredi et tu les revends le jeudi suivant, quand ils sont tous là, à saliver après une cigarette. C'est comme ça que tu fonctionnes. »

Blaze se mit à faire ça. Il fut surpris du nombre de détenus prêts à payer pour tirer sur une cigarette qui ne les mettait même pas stone.

Une autre fois :

« T'as pas l'air d'aller très bien, George, dit Blaze.

— Évidemment, on vient de m'arracher quatre dents. Ça fait un mal de chien. »

Blaze l'appela dès le jour où on lui accorda une autorisation pour téléphoner à l'extérieur, non pas en PCV, mais en alimentant le Taxiphone avec le fric qu'il s'était fait en vendant ses cibiches au marché noir. Il demanda à George comment allaient ses dents.

— Quelles dents ? rétorqua un George ronchon. Ce putain de dentiste doit les porter autour de son cou, comme un sauvage. » Il se tut un instant. « Mais au fait, comment sais-tu que je les ai fait arracher ? Quelqu'un te l'a dit ? »

Blaze eut soudain l'impression d'avoir plus ou moins failli être surpris pendant un acte honteux, comme se branler dans une chapelle. « Ouais, répondit-il. Quelqu'un me l'a dit. »

Ils échouèrent dans le sud de l'État de New York lorsque Blaze sortit, mais la ville ne plut ni à l'un ni à l'autre. George fut victime d'un pickpocket, ce qu'il prit comme un affront personnel. Ils descendirent ensuite jusqu'en Floride et passèrent un mois désolant à Tampa, sans le sou et incapables de monter un coup. Ils retournèrent donc dans le Nord mais pas à Boston, à Portland. George racontait qu'il avait envie de passer l'été dans le Maine et de faire semblant d'être un bâton merdeux de républicain.

Peu après leur arrivée, George lut un article dans un journal. Il y était question des Gerard, à quel point ils étaient riches, comment le fils Gerard venait juste d'épouser une ravissante petite moricaude. Et l'idée que lui avait soufflée Burgess refit surface dans son esprit – le grand coup. Mais il n'y avait pas de bébé, pas encore, et ils retournèrent bientôt à Boston.

Boston l'hiver, Portland l'été devint leur mode de vie au cours des deux années suivantes. Ils partaient vers le nord dans une vieille caisse, début juin, ce qui restait de leurs arnaques de l'hiver planqué dans la roue de secours : sept cents dollars une année, deux mille la suivante. À Portland, ils montaient un coup si l'occasion se présentait. Sinon, Blaze pêchait et posait parfois un piège dans les bois. Ce furent des étés joyeux pour lui. George lézardait au soleil pour bronzer (mais c'était une cause perdue : il brûlait), lisait les journaux, écrasait les mouches noires et priait pour que Ronald Reagan (qu'il appelait Papa Elvis) tombe raide mort.

Puis, le 4 Juillet de leur second été dans le Maine, il apprit que Joseph Gerard III et sa Narménienne de femme étaient devenus parents.

Blaze faisait une partie de solitaire sur le porche du chalet en écoutant la radio. George arrêta le poste. « Écoute, Blazer, j'ai une idée. »

Trois mois plus tard, il était mort.

Ils participaient régulièrement à des parties de dés clandestines et tout s'était toujours bien passé. Les joueurs étaient corrects. Blaze ne jouait pas mais il accompagnait souvent George. George avait beaucoup de chance.

Par un soir d'octobre, George rafla la mise six fois de suite. Le type agenouillé en face de lui sur la couverture ouvrait à chaque fois contre lui. Il avait déjà perdu quarante dollars. Les parties avaient lieu dans un entrepôt plein d'odeurs du quartier des quais : fumet de poisson, grain fermenté, sel, essence. Quand le silence régnait, on entendait le *tac-tac-tac* des mouettes qui arpentaient le toit. L'homme qui venait de perdre quarante dollars s'appelait Ryder. Il prétendait être à moitié indien – Penobscot – et en avait la tête.

Lorsque George reprit les dés une septième fois au lieu de les passer, Ryder jeta vingt dollars sur la couverture.

« Allez, petits dés chéris », dit George – ou plutôt roucoula-t-il. Son visage maigre brillait. Sa casquette était tournée vers la gauche. « Allez, petits dés chéris, sortez maintenant, sortez le grand jeu ! » Les dés se carambolèrent sur la couverture et totalisèrent onze.

« Sept de suite ! jubila George. Ramasse-moi ce paquet, Blazerino, papa va tenter un huitième. Le Grand Huit du Kansas !

– T'as triché », dit Ryder.

Il avait parlé d'une voix douce, d'un ton calme.

George se pétrifia, la main sur les dés. « T'as dit quoi ?

– T'as changé de dés.

– Allons voyons, Ride, dit un autre joueur. Il n'a pas...

– Rends-moi mon fric. »

Ryder tendit la main au-dessus de la couverture.

« C'est un bras cassé que tu vas avoir si t'arrêtes pas de déconner, dit George. C'est ça que tu vas avoir, Beau Gosse.

– Rends-moi mon fric », répéta Ryder, la main toujours tendue.

Il y eut un de ces moments de silence où l'on entendait les mouettes sur le toit : *tac-tac-tac*.

« Vas te faire enculer », répliqua George, crachant dans la main tendue.

Tout se passa alors très vite, comme toujours dans ces cas-là. C'est cette rapidité qui donne le tournis et fait refuser la réalité de ce qui se passe. Ryder enfonça dans sa poche la main sur laquelle brillait le crachat et la ressortit avec un couteau à cran d'arrêt. Il appuya sur le bouton qui dépassait du manche en imitation ivoire et les hommes agenouillés autour de la couverture s'égaillèrent à toute vitesse.

George cria : « *Blaze !* »

Le géant se jeta sur Ryder, par-dessus la couverture, mais l'Indien avait plongé en avant, sur ses genoux, et planté sa lame dans l'estomac de George. Blaze souleva Ryder et l'abattit tête la première contre le sol. Il y eut un bruit de branche cassée.

George se leva. Il regarda le manche du couteau qui dépassait de sa chemise. Il le prit, commença à tirer, fit la grimace. « Merde, dit-il, oh, putain de merde. » Il se rassit lourdement.

Blaze entendit une porte claquer. Des pas précipités sur des planches qui sonnaient creux.

« Emmène-moi loin d'ici », dit George. Sa chemise jaune devenait rouge autour du manche du couteau. « Prends aussi le fric – oh, putain, ça fait mal ! »

Blaze ramassa les billets éparpillés et les fourra dans ses poches avec des doigts qui ne sentaient rien. George haletait. On aurait dit un chien un jour de grande chaleur.

« George, laisse-moi l'enle…

– Non mais t'es cinglé ? Il me tient les intestins en place. Porte-moi, Blaze. Oh, putain de Dieu ! »

Blaze souleva George, qui cria de nouveau. Du sang coula sur la couverture, coula sur les cheveux d'un noir brillant de Ryder. Sous la chemise, le ventre de George donnait l'impression d'être aussi dur que du bois. Blaze traversa l'entrepôt et sortit.

« Non, dit George, t'as oublié le pain. T'es jamais foutu d'avoir du pain. » Blaze pensa que George faisait peut-être allusion à l'argent et commença à dire qu'il l'avait pris, lorsque le blessé ajouta : « Et le salami. » Il se mit à respirer encore plus rapidement. « J'ai ce livre, tu sais.

– George !

– Ce livre avec la photo de… » C'est alors que George commença à s'étouffer avec son propre sang. Blaze le tourna et lui tapa dans le dos – c'est tout ce qui lui vint à l'esprit. Mais quand il le retourna, George était mort.

Blaze le déposa sur les planches, à l'extérieur de l'entrepôt. Recula. Puis revint à pas lents et lui ferma les yeux. Il s'éloigna une deuxième fois, puis s'approcha à nouveau et s'agenouilla à côté du corps.

« George ? »

Pas de réponse.

« T'es mort, George ? »

Pas de réponse.

Il courut alors jusqu'à la voiture et sauta derrière le volant. Il partit à fond la caisse, faisant hurler les pneus sur une douzaine de mètres.

« Ralentis, dit George depuis le siège arrière.

– George ?

– Ralentis, bon Dieu ! »

Blaze ralentit. « George ! Passe devant ! Monte par-dessus ! Attends, je vais me garer.

— Non, dit George. Je préfère être à l'arrière.

— George ?

— Quoi ?

— Qu'est-ce qu'on va faire maintenant ?

— Enlever le môme, répondit George. Comme prévu. »

23

LORSQUE BLAZE JAILLIT DE LA PETITE GROTTE et se redressa, il n'avait aucune idée du nombre d'hommes qui se trouvaient dehors. Des douzaines, supposait-il. Peu importait. Le pistolet tomba de sa ceinture, mais cela aussi était sans importance. Il marcha dessus et l'enfonça profondément dans la neige quand il chargea le premier type qu'il vit. L'homme était allongé dans la neige, à quelque distance, appuyé sur les coudes, et tenait un automatique à deux mains.

« Les mains en l'air, Blaisdell ! Ne bougez plus ! » cria Granger.

Blaze bondit sur lui.

Granger eut le temps de faire feu deux fois. La première balle ne fit qu'une éraflure à l'avant-bras de Blaze. La seconde alla se perdre dans la neige. Blaze jeta ses cent vingt kilos sur le type qui avait blessé Joe, et l'arme de Granger lui vola des mains. Le policier hurla lorsque les fragments de son tibia cassé frottèrent l'un contre l'autre.

« T'as fait mal au petit ! » hurla Blaze en plein visage à un Granger terrifié. Ses doigts trouvèrent la gorge du flic. « T'as fait mal au petit, espèce de fils de pute, t'as fait mal au petit, t'as fait mal au petit ! »

La tête de Granger ballottait dans tous les sens comme pour dire qu'il comprenait, qu'il avait saisi le message. Sa figure était devenue violacée. Ses yeux paraissaient vouloir jaillir de leur orbite.

Ils viennent.

Blaze arrêta d'étouffer le malheureux et regarda autour de lui. Personne en vue. Aucun bruit, sinon le souffle du vent et le léger sifflement de la neige qui tombait.

Non, il y avait un autre son. Joe.

Blaze remonta au pas de course jusqu'à la grotte. Le bébé se tortillait sur le sol, hurlant et griffant l'air. L'éclat de pierre avait fait plus de dégâts que sa chute du berceau ; sa joue était couverte de sang.

« Bon Dieu de Dieu ! » s'exclama Blaze.

Il prit le bébé, lui essuya la joue, le glissa de nouveau entre les couvertures, puis lui mit son propre couvre-chef sur la tête. Joe continuait à brailler tant qu'il pouvait.

« Faut qu'on se tire à présent, George, dit Blaze. À fond les manettes. Pas vrai ? »

Pas de réponse.

Blaze sortit de la grotte à reculons, tenant le bébé contre sa poitrine, se retourna dans le vent et s'enfuit en direction du sentier de bûcheron.

« Où Corliss l'a-t-il laissé ? » demanda un Sterling haletant à Franklin. Les hommes s'étaient arrêtés à l'orée du bois et respiraient avec force.

Franklin tendit la main. « Là en bas. Je suis sûr de pouvoir le trouver. »

Sterling se tourna vers Bradley. « Appelez vos hommes. Et le shérif de Cumberland. Je veux qu'on me verrouille ce chemin de bûcheron aux deux bouts. Qu'est-ce qu'il y a après, s'il réussit à passer ? »

Bradley eut un rire bref. « Rien, sinon la rivière. La Royal. J'aimerais bien le voir tenter de la passer à gué.

– Elle n'est pas gelée ?

– Si, mais la glace n'est pas assez solide pour qu'on puisse marcher dessus.

– Très bien. On y va. Franklin, prenez la tête, mais faites vraiment gaffe. Ce type est très dangereux. »

Ils descendirent la première pente. Au bout d'une cinquantaine de mètres dans les bois, Sterling aperçut une silhouette gris-bleu affaissée contre un arbre.

Franklin fut le premier sur place. « Corliss, dit-il.

– Mort ? demanda Sterling en le rejoignant.

– Oh oui. »

Franklin montra des empreintes, réduites maintenant à de simples dépressions dans la neige.

« Allons-y », dit Sterling qui prit à son tour la tête du groupe.

Ils trouvèrent Granger cinq minutes plus tard. Sur sa gorge, les marques de doigts avaient plus de deux centimètres de profondeur.

« C'est une vraie brute, ce type », dit quelqu'un.

Sterling montra un endroit au milieu de la neige. « Il y a une grotte là-haut. J'en suis pratiquement sûr. Il a peut-être laissé le gosse là »

Deux Troopers escaladèrent la petite pente jusqu'au triangle plongé dans l'ombre. L'un d'eux s'arrêta soudain, se pencha et ramassa quelque chose qu'il brandit. « Un pistolet ! » cria-t-il.

Il nous prend pour des aveugles, se dit Sterling. « Rien à foutre de ce foutu pétard, cherchez le gosse ! Et faites gaffe ! »

L'un d'eux s'agenouilla, brancha sa lampe-torche, puis se mit à ramper, précédé par le rayon lumineux. Le deuxième resta penché en avant, mains sur les genoux, tendit l'oreille, puis se retourna vers Sterling et Franklin. « Par là ! »

Ils repérèrent des traces qui partaient de la grotte et prenaient la direction du chemin de bûcheron avant même que le Trooper soit ressorti du trou. Les empreintes n'étaient plus que de vagues creux tant la neige tombait en abondance.

« Il ne peut pas avoir plus de dix minutes d'avance sur nous », dit Sterling à Franklin. Puis il éleva la voix : « Déployez-vous ! Nous allons le rabattre sur ce chemin ! »

Ils foncèrent, Sterling marchant dans les traces de pas laissées par Blaze.

Blaze courait.

Il bondissait maladroitement, fonçant droit dans les broussailles pour éviter de perdre du temps à chercher à en faire le tour, penché sur Joe pour le protéger des branches qui le fouettaient. Un torrent d'air entrait et sortait de ses poumons. Il entendit des cris affaiblis, derrière lui. Ces voix le remplirent de panique.

Joe hurlait, se débattait, toussait, mais Blaze le maintenait fermement contre lui. Encore un bout de forêt, encore un peu plus loin et ils allaient déboucher sur une route. Il y aurait des voitures. Des voitures de police – mais ça, il s'en fichait, du moment qu'on aurait laissé les clefs dessus. Il roulerait aussi loin et aussi vite qu'il pourrait, puis larguerait la voiture de patrouille pour prendre un autre véhicule. Un camion, ça serait parfait. Ces pensées allaient et venaient dans sa tête comme un dessin animé aux couleurs criardes.

Il se jeta par inadvertance dans une dépression marécageuse où la fine couche de glace qui entourait les monticules bas et enneigés céda sous lui, le plongeant jusqu'aux chevilles dans une eau glacée. Il continua d'avancer et se retrouva alors devant un mur de ronces qui arrivait à hauteur de sa tête. Il fonça droit dedans, se retournant simplement pour protéger Joe. L'une des tiges agrippa la casquette trop grande que portait Joe et, comme une fronde, l'expédia vers le marécage. Pas le temps d'aller la chercher.

Joe regardait autour de lui, de la terreur dans les yeux. Sans la protection de la casquette qui gardait l'air chaud autour de sa tête, il se mit à haleter plus fort. Ses cris s'amenuisaient. Derrière eux les voix lointaines de représentants de la loi criaient autre chose. Peu importait. Plus rien ne comptait, sinon regagner la route.

Le terrain commença à monter. Sa progression devint plus rapide. Il allongea le pas, courant pour sauver sa vie. Et celle de Joe.

Sterling aussi fonçait ; il avait déjà trente mètres d'avance sur les autres. Il gagnait du terrain. Normal, non ? Ce grand salopard lui ouvrait la voie. À sa ceinture, le walkie se mit à crépiter. Sterling le prit mais ne gaspilla pas son oxygène, faisant simplement un double clic.

« Ici Bradley. Vous me recevez ?

– Ouais. »

Ce fut tout. Sterling avait besoin de tout l'air disponible pour courir. De toutes ses pensées, la plus cohérente, celle qui recouvrait toutes les autres d'une brillante pellicule rouge, était que ce fumier de tueur avait abattu Granger. Qu'il avait tué un Agent.

« Le shérif a disposé des unités le long du chemin de bûcheron, patron. La police d'État va arriver en renfort dès que possible. Bien reçu ?

– Bien reçu. Terminé. »

Il continua de courir. Cinq minutes plus tard, il tomba sur une casquette à rabats rouge posée sur la neige. Il la fourra dans sa poche et reprit sa course.

Blaze était pratiquement hors d'haleine après l'ascension des cinquante derniers mètres de la pente qui précédaient le chemin. Joe ne criait plus ; il n'avait plus assez d'air à gaspiller pour ça. La neige s'était amassée sur ses paupières et ses cils et pesait sur ses yeux fermés.

Blaze tomba à deux reprises à genoux, encerclant à chaque fois le bébé de ses bras pour le protéger. Finalement il atteignit le sommet. Et là, bingo ! Au moins cinq voitures de patrouille de la police étaient garées le long du chemin forestier.

Derrière lui, en contrebas, Albert Sterling jaillit à son tour d'entre les arbres et leva les yeux vers la pente que Blaze venait d'escalader. Et bon Dieu, il était là. Il tenait enfin ce grand salopard.

« Ne bougez plus, Blaisdell ! FBI ! Arrêtez-vous ! Les mains en l'air ! »

Blaze regarda par-dessus son épaule. De là-haut, le flic lui paraissait minuscule. Il se tourna, courut sur la route, s'arrêta à hauteur de la première voiture et regarda dedans. Et une fois de plus, bingo ! Les clefs pendaient du contact. Il était sur le point de poser George sur le siège, à côté du carnet de contraventions, quand il entendit le bruit d'un moteur qui accélérait. Il se tourna vers sa gauche et vit une berline blanche qui zigzaguait vers lui sur le chemin. Il se tourna vers sa droite et vit une véhicule identique qui fonçait aussi.

« George ! hurla-t-il. George ! »

Il serra Joe contre lui. La respiration du bébé était très rapide et superficielle, lui rappelant celle de George après qu'il avait été poignardé par Ryder. Blaze claqua la portière et fit le tour de la voiture par l'avant.

Un adjoint du shérif se pencha par la vitre de la voiture qui venait du nord. Il tenait un mégaphone dans sa main gantée. « Stop, Blaisdell ! C'est terminé ! Restez où vous êtes ! »

Blaze traversa le chemin en courant et un coup de feu retentit. Un panache de neige s'éleva à sa gauche. Joe commença à pousser une série de petits gémissements étouffés. Blaze plongea de l'autre côté de la route, dans une série d'enjambées gigantesques. Une autre balle ronfla près de sa tête, arrachant des éclats de bois et d'écorce à un bouleau. En bas, il trébucha sur une bûche cachée par la neige fraîche. Il dégringola dans la congère, l'enfant sous lui. Il se remit sur ses pieds et dégagea le visage du bébé de la neige qui le saupoudrait. « Joe ! Ça va, Joe ? »

Mais Joe respirait avec des halètements rauques et convulsifs, séparés par des intervalles de temps qui n'en finissaient pas.

Blaze courait.

Sterling atteignit la route et la traversa, toujours à fond de train. L'un des véhicules de patrouille s'était arrêté en travers de l'autre côté, après un dérapage plus ou moins contrôlé. Les adjoints étaient descendus et regardaient vers le bas, l'arme au poing.

Les joues de Sterling étaient figées et il sentait le froid sur ses gencives ; il supposa donc qu'il souriait. « Nous le tenons, ce salopard. »

Ils dégringolèrent le long du talus.

Blaze zigzagua au milieu d'un bosquet de peupliers et de frênes squelettiques. Pour se retrouver, de l'autre côté, en terrain découvert. Plus d'arbres ni de sous-bois broussailleux. Un espace blanc et immobile s'étendait devant lui : la rivière. De l'autre côté, des masses d'un vert grisâtre de sapins et de pins couraient jusqu'à l'horizon qu'étouffait la neige.

Blaze s'engagea sur la glace. Il avait à peine fait quelques pas qu'elle rompait sous lui, et il se retrouva dans l'eau glacée jusqu'aux cuisses. Respirant avec peine, il revint péniblement jusqu'à la rive et l'escalada.

Sterling et les deux adjoints sortirent du dernier bosquet. « FBI ! lança Sterling. Posez le bébé par terre et reculez ! »

Blaze prit à droite et se mit à courir. L'air qu'il respirait lui brûlait douloureusement la gorge. Il chercha un oiseau des yeux, n'importe quel oiseau qui volerait au-dessus de la rivière, mais il n'en vit aucun. Ce fut George qu'il vit, George qui se tenait à environ quatre-vingts mètres de lui. Les rafales de neige le lui cachaient presque entièrement, mais il devinait sa casquette, légèrement inclinée sur la gauche – le côté de la chance.

« Amène-toi, Blaze ! Grouille-toi, au lieu de lambiner, connard ! Montre-leur tes talons ! Montre-leur comment on fonctionne, bon Dieu de Dieu ! » Blaze accéléra. La première balle l'atteignit au mollet droit. Ils lui tiraient dans les jambes pour ne pas toucher le bébé. Cela ne le ralentit pas : il ne l'avait même pas sentie. Il continua de courir. Sterling déclara par la suite qu'il n'aurait jamais cru cela possible, mais ce salopard avait continué de courir. Comme un orignal blessé au ventre.

« Aide-moi George, j'suis dans la merde ! »

La silhouette avait disparu, mais Blaze put entendre la voix rauque et enrouée, portée par le vent. « Ouais, mais tu en es presque sorti. Fonce, mon vieux. »

Blaze fit un ultime effort. Il gagnait sur eux. Il trouvait son second souffle. Lui et Joe allaient réussir à s'en tirer, en fin de compte. De justesse, certes, mais ils allaient s'en tirer. Il regarda vers la rivière, plissant les yeux, essayant de voir George. Ou un oiseau. Juste un oiseau.

La troisième balle pénétra dans sa fesse droite, obliqua vers le haut et lui démolit la hanche. La balle aussi fut démolie. Le plus gros morceau alla déchirer son gros intestin. Il vacilla, faillit tomber mais repartit en courant.

Sterling, un genou à terre, tenait son pistolet à deux mains. Il visa rapidement, presque négligemment. Le truc consistait à ne pas trop réfléchir. À faire confiance à sa coordination œil-main et à lui laisser faire le boulot. « Seigneur, que ta volonté soit faite », dit-il.

La quatrième balle – la première de Sterling – atteignit Blaze dans les reins et lui trancha la moelle épinière. Il eut l'impression d'avoir reçu un coup de poing gigantesque porté avec un gant de boxe. Il tomba et Joe lui échappa.

« Joe ! » hurla-t-il, commençant à se traîner sur les coudes. Joe avait les yeux ouverts et le regardait.

« Il veut attraper le gosse ! » cria un des adjoints.

Blaze tendit sa grande main vers Joe. Celle du bébé, s'agitant à la recherche de n'importe quoi, la heurta. Les doigts minuscules s'enroulèrent autour du pouce de Blaze.

Sterling se tenait derrière Blaze, haletant. Il parla doucement pour ne pas que les adjoints l'entendent : « Celle-là est pour Bruce, mon chou.

– George ? » dit Blaze.

Et Sterling appuya sur la détente.

24

Extraits de la conférence de presse tenue le 10 février :

Q : Comment va Joe, Mr Gerard ?

Gerard : D'après les médecins, il va très bien, grâce à Dieu. On a pu craindre le pire pendant un moment, mais la pneumonie est guérie. C'est un sacré bagarreur, aucun doute là-dessus.

Q : Des commentaires sur la manière dont le FBI a conduit l'affaire ?

Gerard : Et comment ! Ils ont été sensationnels.

Q : Qu'est-ce que vous allez faire à présent, vous et votre femme ?

Gerard : Nous allons aller à Disneyland.

[rires]

Q : Sérieusement ?

Gerard : Mais j'étais presque sérieux ! Dès que les médecins considéreront Joe comme guéri, nous prendrons des vacances. Un endroit chaud, avec des plages. Puis, au retour, nous nous mettrons au travail pour oublier ce cauchemar.

On enterra Blaze à South Cumberland, à moins de vingt kilomètres de Hetton House et à peu près à la même distance de l'endroit où son père l'avait jeté à bas de l'escalier de leur appartement. Comme pour la plupart des indigents du Maine, la ville couvrit les frais. Il n'y eut ni soleil ni personne pour suivre le cercueil, ce jour-là. Sinon les oiseaux. Des corbeaux, surtout. Près des cimetières de campagne, on trouve toujours des corbeaux. Ils arrivent, se perchent sur une branche puis s'envolent pour aller là où vont tous les oiseaux.

Joe Gerard IV était derrière une paroi de verre, couché dans son berceau d'hôpital. Il se portait de nouveau bien. Son père et sa mère allaient venir le chercher pour le ramener à la maison le jour même, mais il l'ignorait.

Il avait une nouvelle dent et ça, il le savait ; elle lui faisait mal. Allongé sur le dos, il regardait les oiseaux au-dessus de son berceau. Ils étaient attachés à des fils et voletaient dès qu'un souffle d'air les mettait en mouvement. Mais ils étaient immobiles, pour le moment, et Joe se mit à pleurer.

Un visage se pencha sur lui, une voix se mit à roucouler. Ce n'était pas le bon visage, cependant, et il cria plus fort.

Le visage mit la bouche en cul de poule et souffla sur les oiseaux. Les oiseaux se mirent à voleter. Joe arrêta de pleurer. Il étudia les oiseaux. Les oiseaux le faisaient rire. Il oublia que ce n'était pas le bon visage, il oublia la douleur de sa nouvelle dent. Il regarda les oiseaux voler.

1973